रोमा पुत्री के नाम

[आत्माख्यान-यायावरी उपन्यास]

आर्य प्रकाशन मंडल

आर्य प्रकाशन मंडल

नयी दिल्ली-110002

रोमा पुत्री के नाम

[आत्माख्यान-यायावरी उपन्यास]

श्याम सिंह शशि

ISBN—978-93-84788-50-6

प्रकाशक
आर्य प्रकाशन मंडल
24/4855-56, अंसारी रोड, दरियागंज
नयी दिल्ली-110002

प्रथम संस्करण
2018

मूल्य
तीन सौ रुपये

आवरण
के. जी. पी.

मुद्रक
कुमार ऑफसेट प्रिंटर्स
381, पटपड़गंज इंडस्ट्रियल एरिया, दिल्ली-92

ROMA PUTRI KE NAAM *(Novel in Hindi)*
by Shyam Singh Shashi
Price : ₹ 300

उनको
जो एक हजार वर्ष पूर्व
भारत छोड़कर चले गए!

राहुल सांकृत्यायन की राह पर

विश्व-यात्राओं में एक यायावरी उपन्यास लिखने का मन बनाया। शुरू किया एक ऐतिहासिक अछूते विषय पर, एक हजार वर्ष पूर्व स्वदेश छोड़कर गए विश्व में भटकते रोमा यायावरों पर; तीन करोड़ भारतवंशी रोमा समुदायों से जुड़े संस्मरणों को लिपिबद्ध करने के लिए। ये वे ही रोमा हैं जिन्हें महापंडित राहुल सांकृत्यायन ने अपने घुमक्कड़-लेखन के लिए छोड़ दिया था। मैं उनकी तरह पूर्णकालिक घुमक्कड़ लेखक तो नहीं बन सका। हाँ, उनके छूटे हुए कार्यों को पूरा करने का प्रयास अवश्य किया।

'रोमा पुत्री के नाम' यह यायावरी उपन्यास कलेवर में भले ही बहुत बड़ा न लगे किंतु इसमें एक अनूठी दुनिया है जो यथार्थ की अद्‌भुत यात्रा है। कला और साहित्य को सत्यं शिवं सुंदरम् के रूप में यायावरी प्रस्तुतीकरण है। मेरे नए-पुराने यात्रा-विवरणों की अनकही कथा है। इसे हाइटेक युग का 'गागर में सागर' विश्व-व्यापी भारत कहें या कुछ और? प्रकारांतर से यहाँ लेखक भी उपस्थित है जो वर्षों से इधर-उधर फाइलों में दबा पड़ा रहा। लिखना कुछ और था, पर जीवन का सातवाँ दशक स्मृति-द्वार पर दस्तक दे गया। येन-केन प्रकारेण आधी-अधूरी समाप्ति में मन को कुछ तुष्टि मिली। पर सृजन-पिपासा यथावत् बनी रही। अपने सहृदय पाठकों तथा मिशन के लिए समर्पित है लेखक की संभवतः यह प्रथम और अंतिम औपन्यासिक कृति। जिस रूप में चाहें ग्रहण करें और यायावरी पथ के लेखक-कलाकार,

साहित्यकार आगे का सफर पूरा करें। अपनी चिर-परिचित पंक्तियों में–

हमने अपने दर से पूछा–
हमारा घर कहाँ है?
दर ने कहा–
सारा जहां जहाँ है।
हमने सवाल किया
बंधु, सारा जहां कहाँ है?
दर का जवाब था–
प्यार जहाँ-जहाँ है।

–श्याम सिंह शशि

1

एक अविस्मरणीय पत्र

डियर रोमा डॉटर,

तुम्हें सौंदर्य की देवी कहूँ, विदेशी गौरांगना कहूँ या भारतवंशी रोमा पुत्री! ये शब्द अधूरे लगते हैं तुम्हारे संबोधन के लिए। तुम यूक्रेन में जन्मी, पोलैंड में पली-बढ़ी, जर्मनी तुम्हारी प्रणय भूमि बनी। तुम्हारे केवल पिता ही रोमा थे–सिंती रोमा समुदाय के जिप्सी। अन्य सभी सगे-संबंधी इंटरकांटिनेंटल समाज से थे। इसीलिए, तुम मॉडर्न बन गई हो। यूरोपियन कल्चर में ढल गई हो। लेकिन तुम्हारी रगों में भारतीय रक्त बह रहा है। तुम बार-बार अपने 'बारोथान', यानी भारत आती हो। तुम्हारे जर्मन पति भी कभी-कभी तुम्हारे साथ भारत आते हैं। भारत तुम्हारे घर की तरह है। तुम खुशी-खुशी यहाँ आती हो, पर कटु अनुभवों के बाद पछताती हुई वापस चली जाती हो। न जाने क्यों छटपटाती हो, कभी-कभी इंबैलेंस्ड–अर्द्ध-विक्षिप्त की तरह। इस बार तुम्हारी पेंटिंग-प्रदर्शनी से शुरू होती है तुम्हारी बेचैनी। खट्टे-मीठे अनुभव। पेंटिंग लेने के लिए कस्टम के अधिकारियों से मुझे भी दो-चार होना पड़ा था। ओह! कितना करप्शन है हमारे देश में, इसका अनुभव तुम्हारी पेंटिंग कस्टम से छुड़ाते समय हुआ था। सुविधा-शुल्क नहीं दिया, इसीलिए दो दिन तक कारगो के कमाल से रूबरू होना पड़ा। इस कार्य के लिए वरिष्ठ अधिकारियों से मिलना पड़ा। मेरा मुद्रित प्रोफाइल बड़ा काम आया। पर, तुम जिस व्यथा से गुजरी, उसे याद करते ही तुम्हें बड़ी तकलीफ़ होती होगी। प्लीज, डोंट माइंड। यहाँ अच्छे लोगों की कमी नहीं है। राम और रावण दोनों एक ही घर में मिल जाएँगे। सत्यासत्य भी एक परिवार की परिधि में होंगे और देव-दानव के रूप में मिलेंगे बहुत से लोग। अपराधियों की संख्या अब दिनोदिन बढ़ती जा रही है। जैसा कि तुम जानती ही हो कि अब विदेशी बालाओं के साथ भी रेप और हत्या के केस होने लगे हैं। अतः जब भी तुम भारत आओ, अपने

पति या किसी मित्र के साथ आओ। वैसे, तुम बड़ी बोल्ड हो और अपनी रक्षा स्वयं करना जानती हो। मेरे घर में तुम्हें सब खूब प्यार करते हैं। मित्रों में भी तुम्हारा मान-सम्मान है। मैं इस पत्र के बहाने तुम्हारी चित्रकला की चर्चा करना चाहूँगा। कुछ काल्पनिक नामों में यदि तुम्हारे कथन कहीं घट-बढ़ गए हों, तो अन्यथा न लेना। रोमा समाज पर एक उपन्यास लिखकर देश-विदेश के पाठकों को समर्पित करने का मन था। किंतु वह पूरा नहीं हो सका। इस ऐतिहासिक कृति में समाहित है एक यायावरी दर्द। कोई इसे ह्यूमन राइट्स से जूझता भारतवंशी रोमाओं का दस्तावेज भी कह सकता है। नोबेल पुरस्कार विजेता दुआतरे का उपन्यास तुमने पढ़ा होगा। रोमा-जीवन पर कल्पना-प्रधान नावेल्स तथा शोध-ग्रंथ देखे होंगे किंतु यह उन सबसे अलग है। तुम प्रतिक्रिया देना न भूलना। भारत का यह लेखक 'वसुधैव कुटुंबकम्', विश्वशांति, प्रेम, करुणा तथा अहिंसा का संदेश अपनी लेखनी की अंतिम यात्रा में संप्रेषित कर रहा है, अवश्य भाएगा। क्योंकि तुम इसमें यत्र-तत्र विद्यमान हो और मैं भी लेखक के रूप में प्रकारांतर से कुछ नया देने के लिए उपस्थित हूँ। प्रवासी भारतीयों और भारतवंशियों से कहना कि वे अपने पूर्वजों के देश की धरती से स्नेहिल संबंध बनाए रखें। भारत माता से नाता कभी मत तोड़ना।

सप्रेम, शुभेच्छु,
लेखक

2

"यू टू वांट मी एंड माई आर्ट टू मोलेस्ट!"

वह बुदबुदाई।

उसके शब्दों में कातरता उतर आई थी। वह अपनी कलाकृतियों में खोई रहती। यही उसकी दुनिया थी। रंग-बिरंगे कलर का संसार जिसमें हॉलोकॉस्ट के गैस चैंबर दहकते रहते। हिटलर के नरभक्षी कन्सन्ट्रेशन कैंप का भयावह दृश्य होता। रोमा और यहूदी दोनों ही रक्त-समूह परीक्षणों की प्रतीक्षा करते। जहाँ-तहाँ अधमरे लोग। स्त्री-पुरुष और बच्चे परीक्षणों के बाद सभी को

एक-एक करके गैस चैंबरों में बेरहमी से झोंक दिया जाता। भून दिया जाता। उनकी चीत्कार सुनने के लिए केवल ज़हरीला धुआँ होता जो उनका प्राणांत कर देता।

वह बड़बड़ाती, ''यह कौन सी आर्य संस्कृति थी जिसमें हिटलर के खूनी हाथ स्वस्तिक का चित्र खरोंच रहे थे! विश्व-सम्राट बनने के लिए फासीवाद का घृणित युद्ध लड़ रहे थे! लेखक बर्लिन की आर्ट गैलरी में रोमा कलाकार के चित्रों को निहार रहा था। वह विश्व के यायावरों के शोधाध्ययन के दौरान जर्मनी गया था।

चित्रों में बने बीभत्स दृश्य देख उसका कवि-हृदय उद्वेलित हो उठा। वह कक्ष के एक कोने में बैठ गया। वह लिखता जा रहा था। सुभाषचंद्र बोस याद आए, जो कभी हिटलर से मिले थे। उन्होंने भारत की आजादी के लिए सहायता माँगी थी। अच्छा हुआ नहीं ली। उन्हें क्या पता था कि भारत मूल के लाखों रोमा हिटलर द्वारा गैस चैंबरों में झोंके जा रहे हैं। रोमा और यहूदी 'वी हेट हिटलर' कहते हुए उत्तेजित हो उठते हैं। वस्तुतः सही जानकारी के अभाव में हम कितनी ही गलतफहमियाँ पाल लेते हैं। अच्छा हुआ नेताजी ने हिटलर से सैन्य सहायता नहीं ली और जापान चले गए। उन्होंने वहाँ आजाद हिंद फौज के लिए सहायता माँगी थी।

लेखक की कलम कागज पर आग उगल रही थी कि रोमा पुत्री की अश्रुधारा ने घृत की आहुति की तरह उसे और भड़का दिया। वह पुनः चित्र बनाने लगी। रियलिस्टिक से लेकर एब्सट्रैक्ट आर्ट फॉर्म कैनवस पर उतरते हैं। उसके रक्त-रंजित चित्र इनसानियत के खूनी पन्नों को सबक देने में लगे हैं। क्या सचमुच इनसान इनसान का इतना बड़ा दुश्मन हो सकता है कि वह दुधमुँहे बच्चों तक को उनके माता-पिता के साथ आग में जिंदा जला दे। आर्य रक्त की पवित्रता के लिए आर्य रक्त की होली खेले!

लेखक की कलम ने प्रश्न किए–''कौन है, जिसने रक्त-शुद्धता के नाम पर आर्यत्व का हनन किया है?''

''कौन है, जिसकी आवाज़ में फासीवाद आज भी सिर उठाकर निहत्थे लोगों पर प्रहार कर रहा है?''

''कौन है जो आज जिहाद के नाम पर लादेनों की जमात खड़ी कर रहा है?''

रोमा पुत्री चित्रों में इन प्रश्नों का उत्तर देना चाहती है। वह चाहती है कि

उसकी कला वह सब कुछ कह दे जिसे सहस्त्रों शब्द नहीं कह पाते। उपन्यासों और महाकाव्यों में उन्हें समेट पाना संभव नहीं। चित्र बोलते हैं, बतियाते हैं। कला की आत्मा दर्शक से संवाद करती है। कलाकार के ब्रश रुकने का नाम नहीं लेते और समूचा ब्रह्मांड एक चित्र की भाषा में मुखर हो उठता है।

एक चित्र लेखक के प्रश्न का उत्तर देता है–

''मैं पिकासो की तरह फैंटेसी तथा नग्नकला का चितेरा नहीं हूँ।'' (कहते हैं पिकासो के पूर्वज रोमा जिप्सी थे।)

दूसरे चित्र के स्वर उभरते–

''मैंने रवीन्द्र के सत्यं शिवं सुंदरम् को जिया है।''

तीसरे चित्र से ध्वनि उत्पन्न होती–

''मकबूल फिदा हुसैन के चित्रों से मुझे सख़्त नफ़रत है।''

चौथा चित्र बोला–

''तो कौन सी आकृति चाहिए तुम्हें?''

सभी चित्र अपना-अपना राग अलापने लगे।

लेखक असमंजस में था, किसकी कला को 'वसुधैव कुटुंबकम्' के साथ जोड़े? वह चाहता, कोई ऐसा चित्र मिले, जिसमें विश्व-शांति के कपोत उड़ते हों, दुनिया में अमन-चैन की रोशनी बाँटते हों। वह देखना चाहता था कोई ऐसा चित्र जिसमें कलाकार की रचना अन्याय-शोषण-दमन के विरुद्ध स्वर उठाती हो। उसका ब्रश आतंक के विरुद्ध अंतिम युद्ध को अंजाम देता हो। उसमें पूर्वग्रहों के विरुद्ध संघर्ष का सृजन हो। चित्रों में 'सर्वे भवंतु सुखिनः' की सुखद सृष्टि निर्मित हो सके। लेकिन ये आदर्श अब पुराने पड़ गए हैं। आज का इनसान इन्हें कभी का छोड़ चुका है। उसे अब इंटरनेट पर गूगल चाहिए, ग्लोबलाइजेशन का नेटवर्क चाहिए, स्वयं में सिमटती एक कंप्यूटरी दुनिया चाहिए।

लेखक चित्रों से पुनः संवाद करने लगा। उनमें नरभक्षी समुदाय के कंठों में झूलती जंग लगी खोपड़ियाँ दिखाई दीं। चिरायंध अभी भी बाकी थी। कहाँ से आई हैं ये खोपड़ियाँ? चित्रों का कथोपकथन जारी था–

एक ने कहा, ''मैं तंत्र विद्या की जीवित प्रतिमा हूँ।''

दूसरी बोली, ''मैं हिंसा-प्रतिहिंसा की शिकार हूँ।''

तीसरी ने कहा, ''मुझे मेरे अपनों ने मारा है।''

चौथी खोपड़ी के स्वर थे, ''नापाक हाथों ने जिंदा दफनाया था मुझे।''

कुछ और खोपड़ियाँ छद्म शरीफों के राज़ खोलने वाली थीं कि लेखक

की कलम दूसरी ओर मुड़ गई। विश्व-प्रदर्शनी में अन्य कलाकारों के चित्र भी टँगे थे जिनमें कुछ बिग बैंग की कहानी कह रहे थे तो कुछ में जल-प्लावन के आदि मनु की झलक थी। वहीं कुछ गुरु-शिष्य परंपरा को ढो रहे थे। सृष्टि-निर्माण से लेकर आधुनिक मानव तक की कथा समाई थी उनमें। कहीं पाषाण काल के आखेटों में खोया आदिमानव दिखाई पड़ता तो कहीं रामायण, महाभारत, इलियड या ओडेसी के चरित्र आकृतियों में उभरते।

कुछ कटे-फटे चित्र थे जो लेखक की आँखों में चुभने लगे। इन चित्रों में मार-काट मची है। भाई-भाई का गला काट रहा है। पिता-पुत्र के बीच गोलियाँ चल रही हैं। भाई-बहन के रिश्तों की राखियाँ टूट रही हैं। मित्रता के नाम पर झूठ और फरेब की बन आई है। कपट और छल के शब्द अब अपूर्ण लगने लगे हैं। राजसत्ता के बहुरुपिए अब एक चेहरे में अनेक चेहरों को रंगने लगे हैं। कुछ चित्रों में लोकतंत्र के नाम पर परिवार-तंत्र हावी होते दिखाई पड़ रहे हैं। सत्ता पाने के लिए सभी कुछ वाजिब माना जा रहा है। हर रोज नई रणनीति बनाई जा रही है।

लेखक की कलम अवरुद्ध होने लगी। वह कभी भाषा की बोली में लिखने लगता, तो कभी देशी-विदेशी शब्दों में अल्ट्रा मॉडर्न शब्दावली का प्रदूषण भरने लगता। आखिर कैसा है यह शाब्दिक व्यायाम, जो उसके पल्ले नहीं पड़ रहा? क्या साहित्य-संगीत-कला उच्छृंखल समाज के चित्रण में स्वयं भी वही तो नहीं हो रहे!

कैनवस पर चित्र अपनी परिभाषा बयान कर रहे थे।

लेखक ने रोमा पुत्री को अब कैथी नाम दे दिया था। वह अपने चित्रों को पूर्णता देने में लगी थी। हॉलोकॉस्ट के कुछ और भयानक चित्र बन गए थे। वह उन्हें देखती और गुस्से में फाड़कर फेंक देती। चित्र बनाकर, उन्हें फाड़कर डस्टबिन में फेंकने के लिए साहस चाहिए। यह साहस उसमें नोबुल फेमिली से आया था। उसकी दादी एलेकजेंड्रा गोल्डस्मिथ परिवार से थी तथा दादा कजाक थे जो साइबेरिया का नोबुल परिवार माना जाता था। जर्मनी की जीत ने उन्हें दास बनाकर कन्सन्ट्रेशन कैंपों में भेज दिया था। उनके परिवार की एक महिला चलती ट्रेन से कूद गई थी। कैथी इसी मिश्रित संस्कृति में जन्मी थी। उसका मानसिक संतुलन कभी-कभी इतना बिगड़ जाता कि वह संबंधों के टूटने के कगार तक पहुँच जाती। यह स्थिति लेखक भाँप गया था। वह कुछ कहने की बजाय उसकी 'हाँ' में 'हाँ' मिलाने लगता। स्थिति

सामान्य होने पर वह पश्चात्ताप भी करने लगती।

हॉलोकॉस्ट उसकी कला का प्रमुख विषय है जिसे हम सर्वनाश की संज्ञा दे सकते हैं। हिटलर को इतिहास कभी माफ़ नहीं करेगा क्योंकि उसने निरपराध लोगों का सामूहिक नरसंहार किया था।

रोमा पुत्री की आँखों से अविरल अश्रु बह रहे थे। कुछ चित्र पूरी तरह भीग गए थे। वह लेखक से मुखातिब थी—"लोग हॉलोकॉस्ट को जानना नहीं चाहते।"

"किसी को क्या पड़ी है इस सर्वनाशी शब्द को समझने की?"

स्वयं बहुत से जिप्सी समुदायों को हॉलोकॉस्ट का कोई अनुभव नहीं, तुर्किश रोमा भी अनभिज्ञ हैं। शायद इसीलिए सभी भारतवंशी रोमा संगठित नहीं हैं। वे परस्पर लड़ते-झगड़ते रहते हैं। रोमा पुत्री की उदासी और गहराने लगती, वह सोचती क्या करे!

एक दिन क्रोधित स्वर में बोली, "कुछ साल पहले जर्मनी के नात्शी उसके घर के शीशे तोड़ गए क्योंकि वहाँ हॉलोकॉस्ट के चित्र लगे थे। पश्चिम के इस सभ्य समाज में आज भी न रोमा-कला सुरक्षित है और न उसके कलाकार। शायद इसीलिए वह बार-बार भारत आती और चित्रों की प्रदर्शनियाँ लगाकर थोड़ी-बहुत आत्मतुष्टि प्राप्त कर लेती। पर भारत में भी उसके चित्रों को समझने की किसे फुरसत थी? यहाँ भी उसे वांछित मान-सम्मान नहीं मिल पाता। वह गोरी चमड़ी होने के कारण स्वयं को असुरक्षित अनुभव करती। फिर भी अपने 'बारोथान' (पूर्वजों का बड़ा स्थान यानी भारत) देखने के लिए अपने खर्चे पर आती और हताश-निराश फिर स्वदेश वापस चली जाती।

लेखक दिग्भ्रमित था।

"यह सब क्या है चित्रकार?"

"मैं कहीं मनोरोगी तो नहीं हो गया हूँ?"

"तुम्हारे पास मेरे प्रश्नों का उत्तर नहीं है।"

"मैं अब उत्तर की तलाश में नहीं, मानव की तलाश में हूँ।"

"क्या किसी संपूर्ण मानव का चित्र बना सकती हो?"

"एक ऐसा मानव, जो समग्रता लिए हो!"

"एक ऐसा मानव, जिसमें सत्य, अहिंसा, करुणा, दया और प्रेम समाहित हो।"

"एक ऐसा मानव, जिसमें भीतर-बाहर की पवित्रता हो।"

"एक ऐसा मानव, जो सत्य को सत्य कहे।"

"एक ऐसा मानव, जिसमें आज के आदमी की तरह हिप्पोक्रेसी न हो?"

"एक ऐसा इनसान जिसमें इनसानियत के तमाम सद्‌गुण मौजूद हों?"

लेखक के प्रश्न अनुत्तरित थे। उसका चिंतन कह रहा था कि उसके ये सभी सवाल शायद बेमानी हो गए हैं। उसे लगा, कहीं उसकी कलम के स्वर भी नक्कारखाने में तूती की आवाज तो बनकर नहीं रह गए हैं। वह कभी किसी कथन के लिए बुदबुदाने लगता, तो कभी शब्दों की बकझक शुरू हो जाती। उसे नहीं पता कि वह क्या कहने जा रहा है? उसे कभी दुनिया के तमाम रंग अच्छे लगते, तो कभी उनसे नफ़रत हो आती।

रोमा पुत्री अनमनी सी मुस्कराती हुई अपने चित्रों की प्रदर्शनी लगाने में व्यस्त थी कि अचानक हिटलर जैसा एक और चित्र आकर खड़ा हो गया।...

3

रोमा–विश्व की पहली यात्रा।

वर्ष 1981 में लेखक जर्मनी के गोटिंजेन शहर किस तरह पहुँचा, यह एक लंबी दास्ताँ है। वहाँ रोमा विश्व कांग्रेस थी। उसे स्वयं भी शोध-पत्र पढ़ना था। उसका रैपो यहीं से शुरू हो जाता है। 'रैपो' अर्थात् नए मित्रों से संपर्क-संबंध। गोटिंजेन को प्रायः गोटिंगन कहा जाता है।

उद्‌घाटन सत्र।
उस्तेन रोमाले!
उस्तेन उस्तेन!
सारे रोमा उस्तेन!

(उठो, रोमा, उठो, उठो; सारे रोमा उठो!)

उस दिन गोटिंजेन गगनभेदी नारों से गूँज उठा था। पश्चिमी-जर्मनी का समूचा आकाश, और ठाठें मार रहा था रोमाओं का रक्त, भारतीय रक्त से मिलने के लिए। एक नया जीवन जीने के लिए।

तीस से अधिक देशों से आए ये यूरोप, अमेरिका और ऑस्ट्रेलिया के यायावर। यायावर, जिन्हें यूरोप के सभ्य समाज ने 'जिप्सी' की संज्ञा दे रखी है। भारतीय नृवंश के ये घुमंतू रोमा 'चरैवेति' का मूल-मंत्र लेकर निकले थे कभी, अपने घरों को छोड़, देश-देश की खाक छानते। कड़ाके की सर्दी और बारिश की तेज बौछारों में अपना पथ ढूँढ़ते, आगे बढ़ते हुए कारवाँ। एक लंबी दर्द भरी कहानी के जीते-जागते पात्र हैं—ये रोमा लोग। इतिहास साक्षी है—हिटलर द्वारा अनेक रोमाओं की जघन्य हत्या का। उनके साथ अनेक देशों में क्रूर व्यवहार किया गया। यहाँ तक कि पोप ने भी इन्हें नहीं बख्शा। लेकिन, ये मर-मर कर भी जिंदा रहे और आज लाखों की संख्या में सारे विश्व में फैले हुए हैं।

लेखक प्रत्यक्षदर्शी नृवैज्ञानिक के रूप में सम्मिलित हुआ है इस अद्‌भुत समारोह में। लगभग 500 प्रतिनिधियों ने भाग लिया था। मानवीय अधिकारों पर गोष्ठियाँ, परिचर्चाएँ आदि आयोजित की गईं तथा कला-प्रदर्शनियाँ लगाई गईं।

वह अपना भाषण देकर अभी बैठा ही था कि एक रोमा सुंदरी उसका कंधा थपथपाती है, और कहती है, 'यू हैव कम फ्रॉम बारोथान इंडिया, तु मेरा रत्त (रक्त)' वह आश्चर्यचकित था। अंग्रेजी-हिंदी का सम्मिश्रण कर्णप्रिय लगा था उसे एक विदेशी महिला के मुख से सुनकर। लेखक ने कुछ स्पष्टीकरण मांगा, तो उसने कहा, "भारत को हम 'बारोथान' अर्थात् बड़ा स्थान मानते हैं और भारतीयों को अपना रक्त-संबंधी।"

यह रोमा सुंदरी कोई और नहीं, बेल्जियम की अग्ने ब्रांके थीं, जो पश्चिमी यूरोप की रोमानी काउंसिल की मुख्य सचिव थीं। समाज-सेवा के क्षेत्र में इन्होंने अच्छा नाम कमाया है। मृदुभाषी तथा मिलनसार। पंजाब या हरियाणा की किसी लंबी-तगड़ी महिला की भाँति। रोमाओं के उत्थान के लिए जी-जान से जुटी हुई हैं। भारत कई बार आ चुकी हैं। रोमा पुत्री से भी मिली हैं।

गोटिंजेन कांग्रेस में लेखक का एक ओर जहाँ रोमानी रोज़ और ग्रंटन पक्सन-जैसे लेखकों-कार्यकर्ताओं से भेंट हुई, वहां डॉ. कोखोनोवॉस्की और डॉ. डोनाल्ड केनरिक-जैसे प्रसिद्ध नृवैज्ञानिक यायावर-शास्त्रियों से चर्चा करने का सुअवसर मिला। सभी ने बताया कि रोमा कभी भारत से आए थे। कालांतर में वे अपनी पुरातन-संस्कृति को भूलते गए और पश्चिमी-सभ्यता में घुल-मिल गए। डॉ. कोखोनोवॉस्की स्वयं रोमा हैं और उन्होंने रोमाओं पर बहुत लिखा है।

कोखोनोवॉस्की भारत कई बार आए थे और डॉ. रघुवीर के यहाँ काफी

समय रहे थे। लेखक के घर भी कई बार रुके थे। लेखक जब पेरिस में उनके घर ठहरा था, उन्होंने कहा था, "हम रोमा, राम की भूली-बिसरी संतान हैं। भगवान राम की तरह हम भी बरसों जंगलों और पहाड़ों में भटकते रहे। दशरथ-पुत्र का वनवास तो चौदह वर्षों में समाप्त हो गया, किंतु हमारा न जाने कब खत्म होगा? हम भले ही यूरोप तथा अमेरिका के समृद्ध नगरों व गाँवों में रह रहे हैं, किंतु अभी तक हमें सभी देशों में स्थायी नागरिकता नहीं मिली। यूगोस्लाविया की तरह सभी देशों को इस दिशा में कदम उठाना चाहिए।" उन दिनों यूगोस्लाविया तथा अन्यत्र रोमा समाज के कई मंत्री व संसद सदस्य थे। कोसोव के रोमा विद्वान् अपने दुःख की कहानी सुनाते हुए भावुक हो उठे और बोले, "डॉक्टर, आप लेखक हैं न, क्या आप हमारी आवाज़ को अपनी कलम से हमारे करोड़ों भारतीय भाइयों तक नहीं पहुँचा सकते? हम उनसे कुछ नहीं माँगते, केवल प्यार माँगते हैं।"

लेखक को इस प्रकार के अनुभव स्वीडन तथा फिनलैंड में भी हुए। वहाँ एक ऐसे ही सामाजिक कार्यकर्ता अलेका स्टोबिन के यहाँ ठहरने का अवसर मिला था। उनके अश्रुपूरित नेत्रों से विदाई भी मिली थी।

फ्रांस के आइनार्ड जिलिस का विश्वास है कि उनके पूर्वज घोड़ों का व्यापार करते थे और उनमें कभी अश्वमेध यज्ञ की परंपरा भी प्रचलित थी। बहुत से रोमा स्वयं को 'जिंदू' कहते थे, जो 'हिंदू' का अपभ्रंश है। अपने समाजशास्त्रीय अध्ययन में लेखक ने पाया कि रोमा-समाज में जाट, बड़गूजर, लोहार, जोशी आदि जातियाँ विद्यमान हैं। जिन्हें जोट्ट, बड़गूजर, लुवार, जिप्सी आदि कहा जाता है। सिंती अर्थात् सिंधियों की संख्या भी कुछ कम नहीं है। हाँ, रोमा अपने गोत्र भूल गए हैं। लगता है उनके साथ कुछ गद्दी, गुज्जर, बंजारा आदि भारतीय यायावर समुदाय भी चले गए होंगे।

गोटिंजेन से लेखक की यूरोप यात्रा शुरू होती है। प्रकृति के निराले दृश्य। ऐल्प्स की विशाल पर्वत-शृंखला। किस प्रकार बेचारे रोमा भारत से इस कठिन पथ से आए होंगे, और तभी याद आए उसे धौलाधार की पहाड़ियों पर अपने रेवड़ चराते गद्दी लोग, जिनमें कुछ आज भी अर्द्ध-यायावर हैं। वे भी यदि यूरोप पहुँच जाते, तो रोमा-संस्कृति के अंग बनकर नई सभ्यता को जन्म देते। जोखिम से भरी यात्रा यूरोप की यात्रा! हर रोज कोई नई घटना घटती और लेखक को राहुल याद आते।...

लेखक अपने प्रिय रोमाओं के घर पहुँच जाता है। जर्मनी के हरमन और

उनकी पार्टनर कैथराइन को रोमाओं से विशेष लगाव है। वे रोमा नहीं हैं। दोनों व्यक्ति एक ही शयन-गृह में रहते हैं, फिर भी अविवाहित हैं। लेखक ने जब एक दिन पूछा, "आप पति-पत्नी की तरह रह रहे हैं, फिर भी कुँवारे हैं, यह कैसे है?" कैथराइन हँसकर बोली, "बच्चों का झमेला हमारे बस का नहीं। इसलिए, आप लोगों की तरह हम विवाह के बंधन में नहीं फँसे।"

लेखक नार्वे की एक रोमा युवती से मिलता है। युवती ने बताया, "मैं बैंक में काम करती हूँ। 'गाजो' (रोमा दूसरे लोगों को इसी शब्द से संबोधित करते हैं) हमें उतना सम्मान नहीं देते, जितना अपने लोगों को देते हैं। हम लोग आज भी संघर्षरत हैं। मैं अपनी भारतीय संस्कृति पर गर्व करती हूँ और इसीलिए अपने ब्रज तथा राजस्थान जैसी घघरिया पहनती हूँ। और देखो, मेरा ब्लाउज भी पूरे शरीर को ढकता है। हम रोमा अपने अंगों का प्रदर्शन नहीं करते।" रोमा युवती के अंतिम वाक्य ने लेखक को झकझोर दिया। तभी उसे याद आया—फैशन की नग्नता की ओर बढ़ता हुआ अपना भारत। ओह, क्या भारतीय संस्कृति को पढ़ने के लिए यूरोप जाना पड़ेगा! विचित्र विरोधाभास। कुछ और तथ्य मिले। रोमा महिला आज भी परिवार को भोजन कराने के बाद स्वयं खाना खाएगी। भारत के गाँवों की यह परंपरा रोमा-परिवारों में देखकर सुखद आश्चर्य हुआ।

हालैंड में प्रवासी भारतीयों से मुलाकात हुई, किंतु उन्हें भी यह पता नहीं कि रोमा भारत-नृवंश के हैं तथा 1000 वर्ष पूर्व अपना देश छोड़कर यहाँ आए थे। हमारे अनेक राजदूत प्रायः यही समझते हैं कि प्रवासी भारतीय केवल 200 वर्षों पूर्व इन देशों में पहुँचे थे।

रोमा जिस भाषा को अपने घर में बोलते हैं, उसमें हिंदी, ब्रज, पंजाबी, राजस्थानी, गुजराती और मराठी शब्द बड़ी संख्या में हैं। कान, याँख (आँख), बाल, नाक, काका आदि शब्द ज्यों के त्यों हैं। हाँ, व्याकरण जरूर भिन्न है। उनकी यह भाषा रोमानी कहलाती है।

डॉ. रीना ग्रोपर ने लेखक को बताया कि रोमा कभी अपने शवों को जलाते थे, किंतु अब ईसाइयों की भाँति दफनाने लगे हैं। कनाडा के प्रो. एटबुड तथा प्रो. फिलिप कार्ल साल्जमन ने भी इस तथ्य की पुष्टि की। अनुसंधान के दौरान पता चला कि विश्वविख्यात अभिनेता चार्ली चैपलिन, गायिका रेशमा व युलबेरीन्नेर कलाकार तथा अन्य अनेक प्रतिष्ठित विभूतियाँ रोमा जिप्सी समुदाय से हैं। शायद कोई उनकी कभी सुधबुध लेगा।

और, यों कभी न समाप्त होने वाली इस यात्रा को बीच में ही छोड़कर लेखक भारत वापस लौट आया। रोमा भाई-बहनों की मीठी यादें लेकर।

4

लेखक कीव हो आया था। तब वह कैथी को नहीं जानता था। रोमा पुत्री भारत माता की संतानों की संतान थी। वह युक्रेन के कीव नगर में जन्मी, वारसा शहर में पली-बढ़ी। जर्मनी के बर्लिन महानगर में युवती बन गई। देश-देशांतर में अपने पूर्वजों की तरह यात्राएँ करने लगी। चित्रों की प्रदर्शनियों में अपने आप को तलाशने लगी।

कैथी के पिता भूगर्भ-वैज्ञानिक थे। वे रोमा सिंती समुदाय से थे किंतु उन्होंने अपनी पुत्री को युवावस्था तक नहीं बताया कि वह रोमा समुदाय की है। कारण, यूरोप तथा अन्यत्र रोमा-जिप्सियों के प्रति भेदभाव, पूर्वग्रह एवं अमानवीय व्यवहार। माँ युक्रेन की थी, जो कभी यूएसएसआर का हिस्सा रहा था। वह प्राध्यापिका थी। उसमें वे सभी लक्षण मौजूद थे जो प्रायः विश्व की सौतेली माताओं में होते हैं। उसे अपने पति के कुल के बारे में कुछ भी पता नहीं था। बेटी के जन्म के बाद पता चला, तो वह उससे नफ़रत करने लगी। वह कैथी को बिना बात प्रताड़ित करती। बालिका सोचती, यदि वह उसकी असली माँ होती, तो उसे प्यार देती, दुलारती और कलेजे से लगाकर रखती। इस प्रकार के कटु अनुभव प्रायः उन सभी बच्चों को होते हैं जिनके माता-पिता में से एक अलग समाज से होता है। परित्यक्त परिवारों के बच्चों की स्थिति और भी दयनीय होती है। वे माता-पिता के प्यार के अभाव में मानसिक संतुलन खो बैठते हैं। पर कुछेक ऐसे भी हैं जिन्हें परिस्थितियों से टक्कर लेने की शक्ति मिल जाती है। कैथी भी उन्हीं बच्चों में से एक थी। समय के साथ-साथ उसमें बोल्डनेस आ गई थी। वह अब किसी भी अनहोनी का मुकाबला कर सकती थी।

उसने रूसी, पोलिश, जर्मन तथा अंग्रेजी भाषाएँ सीखी। बचपन में नृत्य सीखा, स्टेज भी किया। जर्नलिस्ट बनी और बाद में चित्रकार के रूप में

देश-विदेश में प्रसिद्धि प्राप्त की।

''और तुम जानते हो लेखक, कितने भेड़ियों से पाला पड़ा है मेरी एज़ को? मैंने उन्हें कज़न तथा नजदीकी रिश्तों में भी पाया है। नारी चाहे किसी देश की हो उसे इन परिस्थितियों से जूझना ही पड़ेगा। यह उस पर निर्भर करता है कि वह कितनी सशक्त है? और अपनी रक्षा स्वयं कर सकती है।''

कैथी कहे जा रही थी, लेकिन कैथी का यह प्रलाप लेखक को और अधिक नहीं सुनना था। उसने पूछा, ''आपका विवाह कब हुआ और क्या वह प्रेम-विवाह था?''

''यूरोप में विवाह की कोई खास जरूरत नहीं रही। ब्वॉयफ्रेंड, गर्लफ्रेंड, लिव इन रिलेशन तथा पार्टनरशिप ने पति-पत्नी संबंधों के अनेक बंधन तोड़ दिए हैं। जहाँ कभी हिप्पी वर्ग ने एक नया संसार बसाया था, अब लेस्बियन तथा कुछ देशों में होमो सेक्सुअल जोड़ों को मान्यता मिल गई है। वे इस प्रकार के अप्राकृतिक वैवाहिक जीवन को खुशी के साथ जी रहे हैं। उनके समाजशास्त्रीय अध्ययन हो रहे हैं। अपवाद को छोड़कर परिणाम भी बुरे नहीं निकले। आपके देश में नारी घुट-घुटकर दम तोड़ती है। रोज अखबार सामूहिक गैंगरेप, ब्राइड बर्निंग तथा नारी के प्रति अत्याचारों से भरे रहते हैं।''

कैथी भावुक हो गई थी। ''लेकिन मैंने तो केवल आपके विवाह की बात की थी?'' लेखक ने अपना प्रश्न दुहराया।

''मैं प्राइवेट लाइफ की चर्चा क्यों करूं? मैं भी एक नारी हूँ। नारी, यूरोप की नारी। मैंने भी दो विवाह किए हैं। पहला पति शराबी था। बहुत दुःख देता था। मैं शराब नहीं पीती और लगभग शाकाहारी हूँ। मेरी उससे नहीं बनी। एक बच्ची की माँ बन गई थी। उसे लेकर अलग हो गई। बाद में एक जर्मन जर्नलिस्ट से प्रेम-विवाह कर लिया। वह रोमा नहीं है।''

''क्या आप दूसरे पति से प्रसन्न हैं?''

''शुरू में वे मेरा बड़ा खयाल रखते थे। फिर किसी और महिला के साथ रहने लगे हैं। मैं संबंध नहीं तोड़ना चाहती। बस उसे सीधे रास्ते पर लाना चाहती हूँ। वैसे मेरे पति से खर्च के लिए मुझे पैसा बराबर मिलता रहता है।''

लेखक ने और पूछना उचित नहीं समझा। वह भारत के बदलते समाज के बारे में सोचने लगा। कहीं पश्चिम की यह स्वच्छंदता भारतीय संस्कृति को भी निगलने तो नहीं आ रही? लेखक को भय है कि तलाक बच्चों के जीवन पर प्रतिकूल प्रभाव छोड़ेंगे तथा पश्चिम की तरह मनोचिकित्सकों की

आवश्यकता भारत में बढ़ती जाएगी।

संस्कृति की बात आई तो भारतीय समाज धर्म, अर्थ, काम, मोक्ष तथा पुरुषार्थ का राग अलापने लगता है। 'यत्र नार्यस्तु पूज्यन्ते रमन्ते तत्र देवता' तथा मातृशक्ति की महत्ता बघारने लगता है किंतु जब व्यावहारिक पक्ष की बात आती है तो उसका हिंस्र पुरुषत्व प्रबल हो उठता है। यह बात अलग है कि नारी सशक्तीकरण के नाम पर भारतीय नारी का एक वर्ग पुरुषों को भी पीड़ा पहुँचाने में लगा है। शायद यही कारण है कि स्त्री-प्रधान खासी जनजाति अन्य समाजों के संपर्क में आने के बाद उन्हीं खामियों की शिकार हो रही है जिन्हें तथाकथित उन्नत समाजों ने अपनाया हुआ है। उन्होंने पत्नी-पीड़ित संगठन तक बना लिए हैं।

लेखक की इस बात पर कैथी ठहाका लगाकर हंस पड़ी।

''वंडरफुल, यह हुई न बात। और डियर राइटर, यू आर ऑलसो नॉट एन एक्सेपशन। आई फाइंड शॉवनिज्म एंड ईगो जेनेटिक पर्सन इन यू आलसो!'' कैथी ने शिकायत भरे स्वर में मुँह बनाते हुए कहा।

''स्त्री-पुरुष के अस्तित्व की बहस शायद आदि काल से चली आ रही है। कभी समय था जब नारी ही घर की मुखिया होती थी। वह आखेट करती थी। आज भी वीर नारियों ने सभी क्षेत्रों में मिथक तोड़े हैं। वह अपना खोया हुआ श्रेष्ठ विगत पुनः पाने में लगी है।''

लेखक तथा चित्रकार के संवाद जारी थे कि कैथी को उसके पिता की मृत्यु का समाचार एसएमएस से मिला। वह सामान्य महिलाओं की तरह फूट-फूटकर रोने लगी। भारतीय लेखक ने किसी योरोपीय महिला का इस प्रकार का रुदन पहली बार देखा था। पिता-पुत्री के संबंधों की दृढ़ता सार्वदेशिक है। उसे ढाढ़स बंधाया तो शांत हुई, किंतु कई दिन तक उसका मूड ऑफ रहा।

कैथी के कई मित्र हैं जिनकी वह अकसर चर्चा करती रहती है। भारत के लेखकों ने भी उसे मोलेस्ट करने की कोशिश की तो उसने उनसे संबंध तोड़ लिए। बड़ी स्ट्रॉंग लेडी है। मजाल है जो उससे कोई छेड़छाड़ कर ले! वह प्यार की सीमा जानती है। उसे लस्ट तथा लव का अंतर भलीभाँति पता है। इसलिए एक झटके में किसी भी लव को तोड़ने की हिम्मत रखती है। लस्ट से उसे सख्त नफरत है। शायद किसी दुर्घटना की शिकार हुई होगी।

कैथी कहती है, ''शायद वेश्यावृत्ति समाज के अनुशासन के लिए

आवश्यक है अन्यथा कामी पुरुष वर्ग जन-सामान्य की महिलाओं को अपनी हवस का शिकार बनाने लगेगा।''

लेखक ने अपनी पुस्तक 'नाइट लाइफ ऑफ़ इंडियन ट्राइब्स' में अनुशासित व फ्री सेक्स पर अनेक पन्ने रंगे हैं जिन्हें हिंदी में अनूदित करने-कराने की उसे हिम्मत नहीं हुई। यौन शिक्षा आज भी टैबू है भारतीय समाज में। पर कहीं यह भी एक मिथ तो नहीं? लेखक यह प्रश्न विचारकों के लिए छोड़ते हुए आगे बढ़ जाता है। वह सोचता है–

''क्या इन विषयों पर बहस करना जरूरी है?''

''प्राचीन काल में बालक-बालिकाओं के विद्यालय कई मील के फासले पर क्यों होते थे?''

''ब्रह्मचर्य शब्द भारतीय परंपरा को ही क्यों रास आता है?''

''क्या कभी ऋषि-मुनि विवाह नहीं करते थे?''

''गंधर्व विवाह प्रेम-विवाह नहीं था क्या?''

''भारत में आज भी जाति-धर्म के नाम पर कितने ही युवक-युवतियाँ प्रेम-विवाह के कारण मौत के घाट उतार दिए जाते हैं अथवा प्रेमी युगल आत्महत्या कर लेते हैं?''

लेखक के चिंतन में कोई भागीदार क्यों नहीं होना चाहता? वह सोच रहा है–वह स्वयं से बतियाता जा रहा है–क्या लोग वस्तुनिष्ठ चिंतन तक नहीं पहुँच सकते? और लेखक भी तो इसी समाज का अंग है जिसकी कुव्यवस्था को झेलते-झेलते उसकी लेखनी कुंद होने लगी है। वह भी जाति-प्रजाति, धर्म, मजहब, देश-परदेश की दीवारें तोड़ने में असमर्थता अनुभव करने लगता है। कारण कुछ भी हो, लेकिन हम सभी परिधि-विशेष में जकड़े हैं, परिस्थितियों के दास हैं तथा महापुरुषों के पदचिह्नों पर चलने का साहस नहीं कर पाते।

कैथी को कुछ भी समझ नहीं आ रहा था क्योंकि उसका समाज इस सबसे ऊपर उठ चुका है। हाँ, यह बात अलग है कि रोमा समुदाय भारतीय मूल का होने के कारण वैवाहिक मामलों में रूढ़िवादी भी हैं। लुवारा या लोहार रोमा वर्ग सिंती समुदाय में विवाह नहीं करेगा। इसी प्रकार जिगनेर जिटानो, मानुष, सिगान आदि की वैवाहिक स्थिति है। रोमा जिप्सी एक होते हुए भी विभिन्न समूहों के अंग हैं तथा अपनी अलग-अलग अस्मिता बनाए हुए हैं।

लेखक पुश्किन की जिप्सी कविता पढ़ने लगता है जिसका अनुवाद लेखक के मित्र मदनलाल मधु इस प्रकार करते हैं–

एक भीड़ का शोर बढ़ता जाता है
साइबेरिया में यायावर जिप्सी-दल,
फटे तंबुओं में डेरा डालेंगे
जहाँ नदी बह रही है कल-कल।
आजादी का खुशी भरा यह रात्रि-शिविर,
नीले गगन तले,
कालीनों से अर्धढकी गाड़ियाँ खड़ी हैं
अलाव जले हैं
उन्हीं के बीचोबीच।
यहाँ बड़ा परिवार, भोजन बनता है
घोड़े निकट मैदान में चरने लगते हैं
तंबू के ही पास पालतू भालू भी
आजादी से, मस्त धूल में लोट रहा।
स्तेपी में तो जैसे जीवन धड़क रहा
यहाँ सुखी जिप्सी परिवारों की हलचल,
सुबह बढ़े ये आगे, ललनाएँ गाएँ,
बच्चे चंचल शोर मचाते जाएँगे
ठोक-पीट कुछ होगी, घन गुंजाएँगे,
किंतु अभी खानाबदोश इन लोगों पर
हुआ नींद का जादू, सन्नाटा छाया,
गहरी नीरवता में कुत्तों की भौं-भौं
और हिनहिनाना घोड़ों का सुन पड़ता।
नहीं कहीं पर दीप एक भी अब जलता
सब कुछ शांत, गगन में केवल शशि चलता,
नभ की ऊँचाई से वह एकाकी ही
शांत शिविर को आलोकित करता।...

जंफीरा जिप्सी बाला का बूढ़ा बाप बेटी के विवाह के लिए चिंतित है। अलेको नाम का युवक उनके कबीले में रहने लगता है। वह रोमा नहीं है तथा अपना घर-बार छोड़ शांति की तलाश में निकला है। वह जंफीरा से प्रेम करने लगता है और कुछ समय तक उनके कबीले में रहता है। एक दिन जंफीरा किसी जिप्सी युवक के साथ रात्रि बिताने पर विवश हो जाती

है जिसे वह सहन नहीं करता और जंफीरा तथा जिप्सी युवक की हत्या कर देता है। रूस के महाकवि पुश्किन का उक्त छंदोबद्ध आख्यान सर्वविदित है। अनुवाद-पुनरीक्षण में मधु जी की स्मृति ताज़ा हो जाती है।

5

लेखक आज अपने रोमा मित्रों की स्मृति में खोया हुआ है। देश-देश की यात्राओं में उसने क्या खोया, क्या पाया? उसे किसने कितना प्यार दिया, किसने कितना सम्मान दिया और किसके शब्दों के कड़वे घूंट आज भी कंठ में उतर आते हैं। उसने मानव-मात्र की सेवा का पाठ बचपन में पढ़ा था। वह अशोक-आश्रम कालसी में कुछ समय पंडित धर्मदेव शास्त्री के साथ रहा, उसने कभी जौनसार बावर में पर्वतीय पत्रकारिता तथा समाज-सेवा की थी। 'सेवाधर्म' को व्यावहारिक रूप देने का प्रयास किया था। पिता की छत्रच्छाया यौवन से पूर्व ही विलुप्त हो गई थी। संघर्षों से भरे दिन थे वे। कॉलेज भी छूट गया था। एक दिन उसे घुमंतू गद्दियों के काफिले मिले जो गुज्जरों के डेरों के पास से गुजर रहे थे। दोनों ही यायावर समूह थे। उसकी यायावरी पत्रकारिता तथा साहित्य-सृजन हिमालय की पहाड़ियों से शुरू हो गया था।

लेखक ने हार नहीं मानी। उसने परिवार-पालन के लिए सरकारी, गैर-सरकारी नौकरी करते हुए विद्याध्ययन भी जारी रखा और उच्च शिक्षा तथा शीर्षस्थ पद प्राप्त किए। हाँ, यायावरी जीवन का अंग बन गई। लोग कहते हैं कि उसके पाँवों में शनि बैठा है जो आज भी देश-विदेश की यात्राओं में उसे चकराता रहता है।

यह तो हुआ लेखक के बारे में चलता-फिरता वक्तव्य। पर उसके मुख से सुनिए कुछ रोमा मित्रों के बारे में वह क्या कहना चाहता है? सबसे पहले आपको हम एक ऐसी महिला से मिलाते हैं जिसे वह अपनी बड़ी बहन मानता है। नाम है मिसेज आग्नेस जो बेल्जियम में जन्मीं; किंतु स्वयं को जोधपुर की क्षत्राणी कहती है, जहाँ से उसके पूर्वज सैकड़ों वर्ष पूर्व भारत छोड़ गए थे। सुंदर, सुशिक्षित तथा भद्र महिला है। वह जब भी किसी अंतर्राष्ट्रीय सेमिनार

में भाग लेने भारत आती तो लेखक के घर ही ठहरती। उसे भारतीय भोजन अच्छा लगता तथा लेखक के परिवार से घुलने-मिलने में उसे बड़ा आनंद आता। रोहिणी दिल्ली के रोमा रिसर्च सेंटर की स्थापना उसी की प्रेरणा से हुई थी। उसने लेखक के परिवार के साथ कुतुबमीनार, लाल किला, लोटस टेम्पल, बिरला मंदिर तथा राजघाट देखे थे। वह मधुरभाषी थी तथा स्टोन का व्यवसाय भी करती थी।

लेखक जब सूर्य मंदिरों के लिए मैक्सिको गया हुआ था तो उसने 'सन' नामक पुस्तक भेजकर अपने अनुज के अध्ययन में सहयोग दिया था। लेखक उसे आज भी याद करता है। पता नहीं वह अब इस दुनिया में है या नहीं? एक बार जोधपुर के राजमहल से उसका फोन आया था। वह अपने पूर्वजों की खोज में कई बार राजस्थान जा चुकी थी। पाँवों में कष्ट होने के बावजूद बार-बार अपने पूर्वजों के देश में आती-जाती रहती थी।

6

लेखक मैक्सिको, त्योतिवाकन के सूर्य मंदिर के सामने खड़ा है। होसेफ कहीं आगे चले गए हैं। छात्र-छात्राएँ बँट गए हैं। एक सुंदरी मेरे सामने आकर खड़ी हो जाती है। यह है कुमारी क्रिस्तानिया। उम्र होगी 30-32 वर्ष। गौरवर्ण, जैसे कश्मीर के केसर में पली हो। गोल-मटोल चेहरा। काले बाल। मझला कद। सुगठित देह। न स्थूल, न तन्वंगी। कोई भी अच्छा युवक उससे विवाह कर सकता था। रहस्य भरा चरित्र लगता है उसका। वह लेखक की ओर बढ़ती है। मीठे स्वर में अंग्रेजी में प्रश्न करती है।

"डू यू वांट इंटरप्रेटर?" (क्या आपको दुभाषिया चाहिए?)

"यस, बट आई हैव नो स्पेयर मनी।" ("हाँ, किंतु मेरे पास अतिरिक्त पैसा नहीं है।) ...चाय, भोजन तथा मेट्रो बस किराया मेरी ओर से दिया जाएगा।"

दुभाषिया ने लेखक की बात मान ली।

यहाँ लोग पिकनिक मनाने आते हैं।

इतिहास और संस्कृति के अध्येता पत्थरों को भी पढ़ते हैं। 210 फीट ऊँचे

सूर्य मंदिर के भग्नावशेष देखकर मय और अस्देक सभ्यताओं की बुलंदी का आभास मिलता है। किस प्रकार पहले चौड़ा आयताकार स्थल बनाया होगा। फिर पिरामिड की भाँति उसकी चौड़ाई कम कर दी गई होगी। और फिर एक मंदिर–जिसके सामने यज्ञवेदी है। कभी यहाँ यज्ञ होते होंगे। पर सूर्य देव तो बलि माँगते थे तब। बड़ा अजीब देवता है, जीवन देता है तो लेता भी है।

यहाँ की दुकान पिकनिक–स्थलों तथा तीर्थस्थलों की भाँति पत्थर और अन्य धातुओं से बने सूर्य मंदिर बिक रहे हैं। यहीं पर श्रीमती तरेसा से भेंट होती है। वह अधेड़ उम्र की हँसमुख महिला है।

तरेसा के अनुरोध पर लेखक भोजन के लिए अगले दिन उनके घर जाता है। वहाँ उनकी बेटी श्रीमती लावड़ा से भेंट होती है और लावड़ा के बेटे और बेटे की गर्लफ्रेंड से भी।

तरेसा का घर भारत के किसी बड़े उद्योगपति के घर से कम नहीं होगा। पॉश एरिया में इतनी बड़ी कोठियाँ कम ही होती हैं। बाहर आँगन में बैठने के लिए सीमेंट के बेंच हैं। बगीचा है। कमरों के बीच मनीप्लांट लटके हैं। भोजन के लिए ऊँचा बड़ा कक्ष है। पुराने किस्म के महलों की तरह। कमरों में सजावट की वस्तुएँ रखी हैं। दुर्लभ वस्तुओं के शोपीस यत्र–तत्र सुसज्जित हैं। तरेसा प्रतिभा–संपन्न महिला है। अपनी बेटी, दामाद और नातियों से परिचय कराती है। यहाँ के संयुक्त परिवारों को देखकर आश्चर्य नहीं करना चाहिए क्योंकि भारतीयों की भाँति यहाँ भी लोग बड़े–बूढ़ों की देखभाल करते हैं।

नाना प्रकार के व्यंजन सामने आते हैं। लेखक तथा रूसी अतिथि वेलेरी दोनों शुद्ध शाकाहारी हैं। वेलेरी एक सौम्य, कर्मठ, स्नेही, संकोची तथा सुसंस्कृत अभिरुचि के धनी विद्वान् पुरुष हैं। उनसे जो एक बार मिल लेता है, वह सदा के लिए उनका हो जाता है। उनके साथ रूस की दो विदुषियों– डॉ. स्वेतलाना तथा श्रीमती दन्ना शेवालेवा से भी यहाँ भेंट हुई। श्रीमती लावड़ा भोजन स्वयं तैयार कर रही है और भारतीय गृहिणी की तरह परोस रही है। एक के बाद एक व्यंजन। सबसे पहले गुलाबी रंग का खमेका (शरबत) मिलता है। बड़ा स्वादिष्ट है। डबल रोटी और चीज़। मैक्सिकन सलाद अधिक तीखा है। फीदेव (भारतीय सेमियाँ की भाँति किंतु नमकीन) आलू और पाव रोटी। मांसाहारियों के लिए कुछ चिकन वगैरह पर चटनी सबके लिए एक जैसी। किसी महिला ने कहा, "इसे होंठ पर मत लगाइए। जीभ से चखकर सटक

जाइए।'' कुछ मीठी वस्तुएँ परोसी गईं। यहाँ का अमरूद मीठा और रसभरा है।

सायंकाल का समय। लेखक एलिशिया के घर पहुँचता है। श्रीमती तरेसा के घर की भाँति उनका घर भी बड़ा आकर्षक था। हो भी क्यों न, टी. वी. स्टार जो ठहरी। जीवनसाथी भी उसके साथ रहते हैं। उन्होंने केवल चाय पर आमंत्रित किया था। रात घिर आई। भोजन का कोई नाम ही नहीं ले रहा था। एलिशिया एक के बाद एक कभी कोई चित्र दिखाती तथा कभी कुछ पढ़कर सुनाती। वह रूसी डेलीगेशन में अधिक रुचि ले रही थी क्योंकि रोरिक वहीं के निवासी थे; वैसे भी रूस से तीन व्यक्ति आए थे जबकि भारत से लेखक अकेला था और वह भी अंतिम दिन पहुँचा था। अंग्रेजी में मुद्रित एक विज्ञप्ति उसे थमा दी जाती है।

वापसी में बस से आना पड़ा। चार युवक लेखक को उसके निवास पर छोड़ गए थे। होसेफ अस्वस्थ थे, इसलिए नहीं आ सके। एलिशिया के रूखे व्यवहार पर लेखक को क्रोध आया, पता नहीं औरों को भी आया या नहीं। टी. वी. पर फिल्म आ रही थी। भारतीयों की तरह गाते यहाँ के हीरो-हीरोइन में बहुत कुछ समानता। बहादुरी तथा असंभव काम करके भी दिखाते हैं। लेखक थका हुआ था, पता नहीं कब नींद आ गई।

तीस मार्च को तुला जाने का कार्यक्रम बनाया। लावड़ा कितनी दिलवाली महिला है, इसका पता आज चला। माँ की तरह बोल्ड और संकल्प की पक्की। उसने अपनी गाड़ी की बजाय टैक्सी बुलाई क्योंकि पाँच-छह घंटे का आने-जाने का सफर था। कॉन्फ्रेंस में आए क्यूबा के दो महानुभावों को भी साथ चलने को कहा। टैक्सी पहले उनके निवास पर गई। होटल से लेखक को क्रिस्तानिया लेने आ गई थी। आज उनका गला खराब था। वह बिलकुल नहीं बोल पा रही थी। लेखक ने कहा—''आज केवल साथ चलना है। दुभाषिए का काम मेरी आँखें कर लेंगी।'' लावड़ा भी टूटी-फूटी अंग्रेजी बोल लेती है। पर जब बोलती है तो बड़े फर्राटे से। क्रिस्तानिया रोलांडो और हर्दे के बीच बैठी। पता नहीं क्यों आज दोनों के कंधों पर बारी-बारी से अपना सिर रख रही थी। शायद जानबूझकर ऐसा कर रही थी। लेखक मन ही मन बोला—''मुझे समझने की आवश्यकता नहीं है, हम लोग तुला गए और संग्रहालय तथा मय-सभ्यता के खँडहरों का अध्ययन कर वापस मैक्सिको आ गए।''

31 मार्च को लेखक श्रीमती तरेसा की कोठी पर रुका। अगले दिन सुबह की फ्लाइट पकड़नी थी। भारी मन से विदा ली या सामान्य मन से। एक

अंतर आ गया है अब उसमें। पहले बिछुड़ते वक्त आँसू आ जाते थे। अब वे शायद परिपक्व हो गए हैं। कहीं वैराग्य भाव तो नहीं जाग गया है, मिलते हैं तो अच्छा लगता है। पर, ऐसा नहीं कि फूलकर कुप्पा हो जाएँ और बिछुड़ते हैं तो ऐसा नहीं कि विदाई का कष्ट सहन न हो सके। अब मन स्थितप्रज्ञता की ओर अवश्य बढ़ रहा है। हो सकता है यह उम्र का भी तकाज़ा हो या कोई दैवी शक्ति अपनी ओर खींच रही हो।

लेखक सुरक्षा जाँच के बाद अंदर जा रहा था। लावड़ा ने दूर से विदाई के लिए एक हाथ ऊपर उठाया। लेखक ने भी उसी प्रकार उसका प्रत्युत्तर दिया। और लेखक इन सूर्योपासकों से विदा लेकर स्वदेश लौट आया।

7

लेखक के एक रोमा स्कॉलर मित्र थे पेरिस के निवासी। नाम था डॉ. वानिया कोखोनोवॉस्की। इतिहास में पी-एच. डी., छोटा कद, गौर वर्ण, भारत कई बार आ चुके थे। लेखक के घर भी कई बार रुके थे। कोशकार विज्ञानी डॉ. रघुवीर के साथ मिलकर उन्होंने कभी राजस्थानी-रोमानी भाषा-कोश तैयार किया था। उन्होंने फ्रेंच तथा रोमानी भाषा में कई ग्रंथ लिखे। लेखक द्वारा आयोजित रोमा सम्मेलनों में उन्होंने बढ़-चढ़कर भाग लिया था। लेखक की रोमा विषयक डी. लिट् थीसिस के प्रकाशन पर उन्हें बहुत प्रसन्नता हुई थी। लेखक की पुस्तक 'रोमा-द जिप्सी वर्ल्ड' पर उन्होंने यूरोप में कई संगोष्ठियाँ कराईं तथा टिप्पणियाँ भेजीं।

वर्ष 2001 में दिल्ली में आयोजित अंतर्राष्ट्रीय रोमा सम्मेलन हुआ, जिसमें डॉ. कोखोनोवॉस्की भी आए थे। लेकिन अधिकांश पूर्वी यूरोप के रोमा लेखक, विचारक, संस्कृतिकर्मी तथा सामाजिक कार्यकर्ता थे। लेखक के अथक परिश्रम से सम्मेलन संपन्न हुआ और रोमाओं का कारवाँ दिल्ली से चलकर हरिद्वार, ऋषिकेश होते हुए चंडीगढ़ पहुँचा था। रास्ते के अनुभव विचित्र थे। उन्हें प्राय: शाकाहारी भोजन मिल रहा था जिससे कुछेक रोमा अस्वस्थ हो गए थे। चंडीगढ़ में अलबत्ता देव ने सामिष भोजन की व्यवस्था कर दी थी। नब्बे पार होने के बावजूद ऋषि की रोमा विशेषज्ञता

की ऐंठन कम नहीं हुई थी, जिस पर देव का उनसे झगड़ा भी हो गया था।

कुछ रोमा लोगों ने हरिद्वार में गंगा-स्नान किया था तथा वे हिंदुत्व पर चर्चा करते रहे थे। उनमें कुछ ईसाई थे तो कुछ मुस्लिम। लेकिन सभी अपने को रोमा कहलाने पर गर्व अनुभव करते थे। सभी का विश्वास था कि उनके पूर्वज भारत-भूमि से आए थे।

रोमा कारवाँ चंडीगढ़ से कुरुक्षेत्र पहुँचा जहाँ उन्होंने भगवान श्रीकृष्ण तथा गीता-संबंधी कई प्रश्न पूछे। सब दिल्ली लौट आए और फिर अपने-पराए देशों में चले गए। लेखक जब सामाजिक कार्यकर्ता की भूमिका निर्वहन करता, कठिनाइयाँ कई गुना बढ़ जातीं। वह परिस्थितियों के प्रति अधिक संवेदनशील रहता। उसे समझौता करते हुए अतिशय कष्ट होता, किंतु सार्वजनिक हित में यह सब झेलना उसकी नियति बन जाती। उसे एक और कटु अनुभव हुआ। लेखक की 'रोमा कल्चर एंड हेरिटेज' पुस्तक मोदी फाउंडेशन ने प्रकाशित कर सेमिनार में मुफ्त वितरित कराई थी ताकि अधिकाधिक लोगों को भारतवंशी रोमा समुदाय के बारे में जानकारी मिले। पुस्तक में कोखोनोवॉस्की को न केवल व्यापक रूप से उद्धृत किया गया था बल्कि लेखक ने उक्त पुस्तक उन्हें समर्पित भी की थी। पता नहीं किसी ने लेखक के विरुद्ध उन्हें कैसे भड़काया कि वे अनाप-शनाप भाषा बोलने लगे और अपने नाम से छपे उद्धरणों को गैरकानूनी बताने लगे। अंतर्राष्ट्रीय सहयोग परिषद् कार्यालय में भी डॉ. कोखोनोवॉस्की अपना संतुलन खोए हुए थे। लेखक को पता था कि उन्हें हिटलर के कन्सन्ट्रेशन कैंप में बंदी बनाकर रखा गया था जहाँ से वे बड़ी मुश्किल से जान बचाकर भागे थे। अतः लेखक ने उनके अपशब्दों को भी मैत्री-प्रसाद माना और उन्हें प्रेमपूर्वक विदा किया। दो वर्ष बाद पता चला कि डॉ. कोखोनोवॉस्की नहीं रहे। वह एक ऐसा व्यक्तित्व था जिसके कटु शब्दों में भी प्रेम झलकता था। लेखक उसे कभी नहीं भूल पाएगा। वह असंतुलित व्यक्तित्व अपने को दिल्ली के राजपूत वंश से संबंध जोड़ते हुए कहा करता था-"मैं पृथ्वीराज चौहान का वंशज हूँ।...हमारे पूर्वजों ने हिटलर से भी हार नहीं मानी।"

वर्ष 2001 की कॉन्फ्रेंस में इसी प्रकार का एक और विचित्र अनुभव हुआ। लेखक कहता है कि वह पहले सभी रोमा स्त्री-पुरुषों को भाई-बहन शब्द से संबोधित करता था किंतु जब से बुल्गारिया की लिली ने विश्वास-भंग किया, उसे किसी को बहन शब्द में संबोधित करते हुए डर लगने लगा

है। लिली को वह अपनी छोटी बहन कहता था। वह किसी आश्रम में रहती थी। चटाई पर सोती थी। उसके पास पैसा न के बराबर था। लेखक उसे अपने परिवार से मिलाने के लिए ले आता और फिर आश्रम में छोड़ जाता। उसे चपाती खाने में कोई परहेज नहीं था क्योंकि आश्रम का भोजन करने की आदत पड़ गई थी। वह पढ़ी-लिखी महिला थी और सामाजिक कार्यों में बड़ी रुचि लेती थी। लेखक की बेटी का अपार्टमेंट खाली था जो उसे बिना किसी किराया के दे दिया गया। कारण, लेखक उसके माध्यम से भारत में विश्व रोमा सम्मेलन कराना चाहता था। हिंदू हेरिटेज तथा संस्कृति मंत्रालय के सहयोग से फाउंडेशन का सम्मेलन तो सफलतापूर्वक संपन्न हो गया किंतु लेखक की एक छोटी बहन उससे खो गई। उसे भी लेखक के विरुद्ध भड़काया गया तथा गलत रास्ते पर चलने को मजबूर किया गया। हो सकता है उन्हीं दिनों उसने नॉनवेज खाना-पीना भी शुरू कर दिया हो क्योंकि अपार्टमेंट छोड़ने पर वहाँ सिगरेट के टुकड़े तथा शराब की खाली बोतलें भी पाई गईं। शायद उसने कुछ नए दोस्त भी बना लिए थे। लेखक ने उसे सावधानी बरतने के लिए कहा, तो वह गुर्राने लगी थी। एक दिन बोली-"यू आर नॉट माई फॉदर।" लेखक ने उसकी आर्थिक सहायता भी की, किंतु उसका असंतुलित व्यक्तित्व लेखक को पीड़ा पहुँचाता रहा।

अब न उसका कोई अता-पता है और न कोई पत्राचार।

गहन अनुभूतियों ने पुनः लेखक के दिलोदिमाग पर फिर एक दस्तक दी और वह ट्रांस की स्थिति में पहुँच गया। कुछ संदेश उतर आए। उसे लगा-

- दुनिया की यही रीति है।
- डू गुड एंड फॉरगेट।
- नेकी कर दरिया में डाल।
- खाली-पीली समाज-सेवा क्यों करते हो?
- इतने आदर्श मत पालो कि लोग तुम्हें कहीं का न रहने दें।
- तुमने अनेक लोगों को नौकरियाँ दिलवाईं। तुम्हें क्या मिला? तुमने बहुतों की तन-मन-धन से सहायता की, तुम्हें किसने क्या दिया? तुम्हारा अपना बना-बनाया घर भी बँट गया। तुम्हें क्या मिला?
- तुमने कितनों को गले लगाया और बहुतों ने तुम्हारा गला काटने में कोई कसर नहीं छोड़ी। दुनिया तुम्हें लूटती रही और तुम मुस्कराते रहे।

– वल्लाह, क्या दयानतदारी है?

– तुम भले ही सबको मित्र मानते रहो पर तुम्हें कितनों ने मित्र माना– नि:स्वार्थ भाव से! उँगलियों पर गिन सकते हो।

– पर उसके अनेक शुभेच्छु, प्रशंसक, फैन तथा सच्चे मित्र आज भी हैं। कहीं न कहीं याद कर लेते हैं। वह किसी टिप्पणी का मोहताज अब नहीं है।

लेखक ट्रांस से उबर आया था। उसकी वाणी में मिठास अब भी भरी थी। उसने शंकर की तरह विष के प्याले तो पिए थे, किंतु बदले में वह समाज को अमृत देता रहा। अपनी लेखनी से। अपनी वाणी से। अपने मन–वचन–कर्म से। लोग उसे कितना समझे, नहीं समझे, यह जानकर उसे मानव स्वभाव की तरह कष्ट तो होता ही है। वह कितनी बार रोया भी है। एकांत में आज भी उसके आँसू कागज गीला कर देते हैं। आखिर इन आँसुओं में क्या छिपा है? एक दर्द, एक पीड़ा, एक अवर्णनीय व्यथा-कथा जिसे वह अपने साथ ही परलोक ले जाना चाहता है। कभी–कभी लगता है उसके जीने का अब कोई अर्थ नहीं रह गया है। उसके कुछ साथी चले गए, कुछ रास्ते में ही साथ छोड़ गए। कुछ जाने को तैयार बैठे हैं। वह सोचता है वह भी एक दिन जाएगा। पर उसे अभी बहुत से काम करने हैं। वह इन पंक्तियों को लिखते समय भी बिलखने लगा और स्वयं को सांत्वना देते हुए अपने ही एक गीत की पंक्तियाँ गुनगुनाने लगा–

हम तो सदा चले रहे
मिलते रहे खिलते रहे
पर तुम वहीं पर ही खड़े
जलते रहे भुनते रहे।
अपना न कोई घर बना
अपना न कोई दर बना
जो कुछ बना सबका बना
सबके लिए अपना बना
हम तो सदा चलते रहे
मिलते रहे खिलते रहे।
जो भी मिला संग ले लिया
जो कुछ मिला खा–पी लिया

हमको न अपनी सुध रही
जो कुछ मिला सब दे दिया
तुम फब्तियाँ कसते रहे
हम दर्द पी हँसते रहे।
हम तो सदा चलते रहे
मिलते रहे खिलते रहे।
खेमे यदि सच लिख सके
तो हम मिलेंगे हर जगह
इतिहास के अक्षर हमें
सत्कार देंगे, सब जगह
हम प्यार लेते बाँटते
अलमस्त से चलते रहे।
हम तो सदा चलते रहे
मिलते रहे खिलते रहे।

लेखक का एक अप्रकाशित भजननुमा गीत, जो कभी उसके अश्रु-अर्घ्य ने लिखा था, वह गुनगुनाने लगता है–

दिग्भ्रमित मन कह रहा है,
प्रभु कहाँ हो पथ दिखाओ!
जिंदगी के इस प्रहर तक
हम भटकते ही रहे हैं
जंगलों के पर्वतों के
पथ स्वयं बनते रहे हैं।
थक गए हम ओ दयामय
चक्र-सा अब मत घुमाओ
दिग्भ्रमित मन कह रहा है
प्रभु कहाँ हो पथ दिखाओ।
हम अकेले पंथ पर थे
और राही मिल गए थे
कुछ कदम का साथ देकर
छोड़कर फिर चल दिए थे।

प्यास कहती थी सभी को
प्यार थोड़ा-सा पिलाओ
दिग्भ्रमित मन कह रहा है
प्रभु कहाँ हो पथ दिखाओ।
हर तरफ से हर किसम के
साँप ही डसते रहे हैं
जहर पीकर जिंदगी भर
किंतु हम हँसते रहे हैं
रो पड़ेंगे हम महाशिव
ज़हर मत इतना पिलाओ
दिग्भ्रमित मन कह रहा है
प्रभु कहाँ हो पथ दिखाओ।
क्या हुआ कुछ हम सफर संग
रास्ता कटता गया है
कंटकों के बीच से यह
कारवाँ बढ़ता गया है
और कहते हम सभी को
आओ मेरे साथ आओ
दिग्भ्रमित मन कह रहा है
प्रभु कहाँ हो पथ दिखाओ।
बाँध रखा था युगों से
आज धीरज टूटता है
श्याम-सागर आँसुओं का
आज मन से फूटता है
तर्क थोथा ज्ञान बहका
और मत हमको रुलाओ
दिग्भ्रमित मन कह रहा है
प्रभु कहाँ हो पथ दिखाओ।

गीत की अंतिम पंक्ति के साथ लेखक की लेखनी में मसि के स्थान पर अश्रुधारा फूट पड़ी। एक सात्त्विक प्यार के लिए भटकती लेखनी, भ्रष्ट समाज में मानवता तलाशती लेखनी, सर्वहारा वंचित समाजों के लिए जूझती

लेखनी, ...लेखक की अंतरात्मा लेखनी को ढाढ़स बँधने लगी थी। तभी एक स्वर में कोई ध्वनि सुनाई दी–

बुद्धं शरणं गच्छामि ।
संघं शरणं गच्छामि ।
धम्मं शरणं गच्छामि।

लेखक के सामने कोई नहीं था। केवल रोमा पुत्री खड़ी थी।

"ओह, यू आर मोलेस्टिंग माई पोयट्री!" लेखक ने अपनी कविता उसकी ओर बढ़ा दी। गनीमत है कि वह आस्तिक थी और यदा-कदा मंदिर चली जाती थी।

8

वर्ष 1982

लेखक की यह दूसरी विश्व-यात्रा थी।

इस बार लंदन पहुँचते ही ब्रीफकेस चोरी हो गया, जिसमें उसकी प्रथम विश्व-यात्रा की दुर्लभ डायरी भी थी। उसके जीवन की यह सबसे बड़ी क्षति थी। एक दर्द भरी दुर्घटना। डायरी में रोमा समाज तथा संस्कृति के कितने ही यायावरी उपन्यासों के लिए सामग्री भरी थी। एकदम अछूती। कुछ ट्रैवल डॉलर भी थे जिनकी कोई चिंता नहीं थी क्योंकि लेखक को पेड फेलोशिप मिलनी थी।

वह भारी मन से अपने एक भारतीय मित्र सरदार कमलजीत सिंह के घर पहुँचा और उसके बाद बी. बी. सी. लंदन के मित्रों के साथ अपने मानसिक संताप को भूलता गया। मैनचेस्टर विश्वविद्यालय में उच्च प्रशासनिक अध्ययन के साथ-साथ भारतीय रोमाओं पर अनुसंधान भी जारी रहा। एक अंग्रेज अनुसंधाता डेनिस बिन्स के निजी पुस्तकालय में रोमा समाज पर लगभग पाँच सौ मानक ग्रंथ तथा ढेर सारा साहित्य अचानक पाकर उसके हर्ष का पारावार न रहा। इस विषय पर इतना अपार साहित्य विश्व के किसी भी पुस्तकालय में नहीं मिला था। रोमा यायावरों के इतिहास, समाज वैज्ञानिक ग्रंथों के अतिरिक्त

उसे 'जिप्सी क्वीन' और 'जिप्सी किंग' जैसे उपन्यास भी पढ़ने को मिले थे।

अपनी पहली अनुसंधान यात्रा में वह पश्चिमी यूरोप, अमेरिका तथा कनाडा के पूँजीवादी देशों के अनेक रोमाओं से मिला था। इस बार समाजवादी देशों के जिप्सियों को देखने की इच्छा प्रबल होती गई। लेकिन जर्मनी या स्वीडन आदि देशों के रोमाओं की तरह उनसे मिलना सरल नहीं था। कई प्रकार की डिप्लोमेटिक बाधाएँ सामने थीं।

इंग्लैंड में तीन महीने कैसे बीत गए, कुछ पता नहीं चला। उसे यूगोस्लाविया, बुल्गारिया, ग्रीस और रोमानिया आदि देशों के रोमा मित्रों के अनुरोध-निमंत्रण मिले थे और एक दिन वह इन देशों की यात्रा पर निकल पड़ा। लंदन से बेलग्रेड तक का सफर विमान द्वारा तय करना था। विमान में अधिकांश यात्री इंग्लैंड या यूरोप के अन्य देशों से आए थे। वह अकेला भारतीय था; इसलिए उस पर एक साथ बहुत सी निगाहें पड़ रही थीं। अंग्रेजी जानने वाले भी अंग्रेजी में बात करने को राजी नहीं होते थे।

इस बार उसने सादे कागजों पर दैनंदिनी लिखना उचित समझा। इन पृष्ठों पर वह कैमरे की तरह दृश्यों को उतारता, वार्तालापों और अनुभवों को भी। यहाँ उसने उन्हें प्रकृत रूप में ही देना उचित समझा। इन्हें यात्रा-संस्मरण कहिए, डायरी में स्वतः अवतरित शब्द और वाक्य कहिए या किसी यायावरी उपन्यास की न्यूनाधिक फैंटेसी। मिली-जुली भाषा में। पाठक इससे यायावर की मनःस्थिति का जायजा भी ले सकते हैं।

हीथ्रो लंदन का हवाई अड्डा।

20 नवंबर, 1982, दिन का एक बजा है। इस बार थ्रिल नहीं है। प्रथम विश्व-यात्रा में लिखी सैकड़ों पृष्ठों की डायरी अब पुनः लिखना कठिन है। एक कसक अब भी शेष है। यह नई यात्रा है। पूर्वी यूरोप के देशों-यूगोस्लाविया को देखने की तमन्ना, बुल्गारिया, रोमानिया तथा ग्रीस में भ्रमण की योजना।

अविभाजित यूगोस्लाविया के साथ भारत के संबंध बहुत अच्छे रहे हैं। मार्शल टीटो, कर्नल नासिर और नेहरू की दोस्ती। सब याद आने लगते हैं। यूगोस्लाविया तब अखंड था, 1947 के पहले के भारत की तरह।

और इस याद में उसके भारतीय मित्रों की याद भी जुड़ गई जो उसके साथ मैनचेस्टर में रह रहे थे। नारायण, जोशी, राणा तथा कुछ अन्य आई. ए. एस. रैंक के साथी। प्रातः नगर-भ्रमण। पब्स, कैबरे, सिनेमा छुट्टी

के बाद वे अन्यत्र चले जाते। लेखक को डेविड बिन्स का रोमा पुस्तकालय अध्ययन के लिए मिल जाता। जहाँ चाह वहाँ राह होती है। हाँ, एक-दो बार उसने शिष्टाचारवश अपने साथियों को कंपनी जरूर दी थी अपने सात्त्विक स्वभाव की रक्षा करते हुए।

आत्मदेव, लेखक की तरह शुद्ध शाकाहारी, शराब, सिगरेट और अंडा तक नहीं छूते। उनसे आध्यात्मिक स्तर पर भी निकटता आ गई है। दोनों एक-दो बार आध्यात्मिक तथा सांस्कृतिक स्थलों पर साथ-साथ गए थे। इस यात्रा की सूचना उन्हें पूरी तरह थी। फेलोशिप में बी. बी. सी. का प्रबंधन प्रोजेक्ट लेकर मैंने लंदन में कुछ समय बिताया था। विश्वविद्यालय में मैनपावर प्लानिंग तथा मैनेजमेंट के उच्च अध्ययन के लिए भारत एवं अन्य कई देशों के आई. ए. एस. स्तर के प्रशासनिक अधिकारी ब्रिटिश फेलोशिप योजना के अंतर्गत भेजे गए थे। उनमें वह अकेला लेखक था और इसलिए सदैव की भाँति दुहरा व्यक्तित्व जी रहा था।

उसके संगी-साथी कभी पब में गप्पें लड़ाते, कभी ब्ल्यू फिल्मों का सुख लेते और कभी घूमने-फिरने में समय बिताते। कुछ पढ़ते, तो केवल मैनेजमेंट पर इक्की-दुक्की पुस्तकें अथवा रोचक पत्र-पत्रिकाएँ—पेंट हाउस, प्ले-ब्वॉय...आदि सेक्स संबंधी साहित्य। वह अपने साथ अपनी लिखी कुछ नृ-वैज्ञानिक विषयों की पुस्तकें ले आया था। उनमें एक थी—'नाइट लाइफ ऑफ इंडियन ट्राइब्स'। एक दिन राणा जी आए और उस पुस्तक पर लपक पड़े। उसे पूरी पढ़कर ही छोड़ा। वैसे यह पुस्तक अंतर्राष्ट्रीय ग्रुप के प्रायः सभी साथी पढ़ चुके थे, इजिप्ट की एक महिला अधिकारी तथा श्रीलंका की श्रीमती सीता को छोड़कर।

सभी भारतीय अकसर हिंदी में ही गपशप करते। खूब हँसी-मजाक चलता। एक दिन एक प्रोफेसर नाराज हो गए। उन्हें हिंदी आती है, इस बात का किसी को भी पता नहीं था। एक साथी ने कहा, "ये अंग्रेज हराम की औलाद हैं। हमारे देश पर राज करने का मतलब यह नहीं कि उनकी संस्कृति हमसे ऊँची है।" अंग्रेज प्रोफेसर कॉरीडोर से गुजर रहे थे। उन्होंने सब कुछ सुन लिया।

अगले दिन अपने व्याख्यान में सबसे पहले इसी प्रसंग का उल्लेख करते हुए बोले, "माई डियर इंडियन फ्रेंड्स, आई कन्फेस, आई बिलोंग टू बास्टर्ड कल्चर।" सभी भारतीय अधिकारी हक्के-बक्के उनकी तरफ देखने लगे थे।

लेखक ने स्पष्टीकरण किया, ''प्रोफेसर, ऑल इज़् गुड इन लव एंड वार। यह तो मजाक था, आप बुरा क्यों मान गए।'' तब से सभी ने प्रण कर लिया कि हिंदी में किसी अंग्रेज को गाली नहीं देंगे। उनके ग्रुप के साथ दो पाकिस्तानी उच्चाधिकारी भी थे, उन्होंने भी 'हाँ' में 'हाँ' मिलाई क्योंकि सायंकाल को वे भी उसी टोली में आ बैठते और जो जी में आता हिंदी-उर्दू में कहने लगते।

राणा जी उच्च आई. ए. एस. अधिकारी हैं। मधुरभाषी, संजीदा भी। पर हँसी-मजाक में सबसे आगे। नारायण जी के हाथों कई बार चाय का आनंद लिया। जोशी जी की बार-बार याद आती। अन्य मित्रों की प्रतिच्छवियाँ भी उसके मानस-पटल पर अनायास उभरने लगीं।

बी. बी. सी. के मित्र कैलाश बुधवार, डॉ. गौतम, रमा पांडे, अचला जी और अंग्रेज मित्रों की प्रतिमाएँ भी मानस-पटल पर उभरने लगीं।

इसी संदर्भ में मैनचेस्टर शहर के डेविड बिन्स की याद ने लेखक को उनके लक्ष्य की ओर मोड़ दिया। वास्तव में शक्करखोरों को शक्कर मिल ही जाती है। इंग्लैंड पहुँचते ही जहाँ उसने अपना प्रशासनिक दायित्व निभाया और उस क्षेत्र में विश्वविद्यालय से उपाधि ली, वहाँ दूसरी ओर बिन्स जैसे दोस्त भी मिलते गए। वे स्थानीय जिप्सी स्कूल में अध्यापक थे।

हुआ यह, कि एक दिन लेखक नगर में अकेला घूम रहा था कि उनका स्कूल दिखाई पड़ा। वह सीधे उनके प्रिंसिपल के कार्यालय में पहुँच गया। जानकारी प्राप्त करने पर पता चला कि उनका स्कूल केवल यायावर समाज के बच्चों के लिए है। वे रोमा जिप्सियों के बच्चों के अतिरिक्त स्कॉटिश तथा अन्य घुमंतू समाजों के बच्चों को पढ़ाने की व्यवस्था भी करते हैं। लेखक का परिचय रोमा बच्चों से कराया गया। डेविड बिन्स रोमा बच्चों के ग्रुप-इंचार्ज भी थे। उनसे भेंट क्या हुई, बस एक खजाना मिल गया। उनके निजी पुस्तकालय में जिप्सी साहित्य का विपुल भंडार था। उन्होंने रोमा-जिप्सियों पर प्रकाशित साहित्य की एक संदर्भ-पुस्तक भी तैयार की थी। वे उसे प्रति शुक्रवार अथवा शनिवार को अपने घर ले जाते और आठ-दस पुस्तकें लेखक के हाथ में थमा देते। वह रात-रात भर उन्हें पढ़ता रहता। अवकाश का दिन भी रोमा-संस्कृति के अध्ययन में बीत जाता। उसके साथी कभी-कभी चिढ़ने लगते क्योंकि वह उनका साथ नहीं दे पाता था। विषय के अध्ययन के लिए उसने पुस्तकालयों की खाक छानी और जो कुछ एकत्र किया उसे अपने स्मृति-कक्ष में बिठा लिया। कुछ साहित्य अपने घर दिल्ली भेज दिया। नोट्स

की कुछ फोटोस्टेट प्रतिलिपियाँ डाक में खो गई थीं। लेखक को सबसे बड़ा कष्ट तब होता है जब उसकी एक मामूली-सी चिट भी गुम हो जाती है।...

लेखक कुछ और लिखता कि कानों में आवाज आई–'बेलग्रेड के लिए यात्री प्रस्थान करें।' वह जैसे किसी मधुर निद्रा से जागा और अन्य यात्रियों के पीछे-पीछे चल पड़ा। यह विमान अपेक्षाकृत छोटा था। उसमें लगभग सौ यात्री रहे होंगे। अधिकांश यूगोस्लाविया के थे। कुछ अंग्रेज भी सरकारी काम से जा रहे थे। हीथ्रो हवाई अड्डे पर बादल सदा की तरह आज भी छाए थे। विमान उन्हें चीरता हुआ आकाश में उड़ता गया। वही पुराने दृश्य। उसकी दृष्टि धरती पर पड़ी। वह देखता है छोटे-छोटे खिलौनों-सी कारें। पहाड़ी पगडंडी-सी सड़कें। लेक तालाब की शक्ल में। नगर-गाँव सब घरौंदों-से। आकाश से ब्रिटेन की उच्च संस्कृति बौनी दिखाई पड़ती थी। वह अनजाने देशों की ओर बढ़ रहा था। चलते समय तेरह पौंड की 116 दीनारें ली थीं। अब विमान 31,000 फीट की ऊँचाई पर था। कहीं धूप, कहीं छाया। कभी-कभी लगता जैसे यूरोप का सौंदर्य आकाश में भी फैला है और प्राकृतिक खूबसूरती ने अपनी हँसी बिखेर दी है। रंग-बिरंगे बादल। कहीं कोई श्वेत दुपट्टा लहराता हुआ, तो कहीं दूर वेणियों की कतार। कोई बदली घूँघट काढ़े खड़ी है, तो कोई केश सुखा रही है शर्मीली नववधू की तरह। पर यह सब अंग्रेज बालाओं के अंबर में कैसे? शायद मेरी भारतीय दृष्टि का भ्रम है। लीजिए वह बादल एक काली-कलूटी चट्टान-सा पहुँच गया उस क्षितिज पर। पर उसके रंग पल-पल में बदल जाते हैं–काला, पीला, लाल और आकार कभी झीना सूक्ष्म, कभी गहरा स्थूल। एक अद्भुत दुनिया है जिसमें जीने को मन करता है। घंटों के लिए नहीं बल्कि महीनों या वर्षों तक। वह आकाशचारी होता तो कभी धरती पर उतरने का नाम ही नहीं लेता।

डायरी के पृष्ठों में एक और संस्मरण का टुकड़ा जुड़ गया, जो कभी 'साप्ताहिक हिंदुस्तान' में भी छपा था तथा विगत-यात्रा की पुनरावृत्ति-स्मृति करा रहा था। लिखा था–विमान बादलों को चीरता हुआ आगे बढ़ रहा था। बादलों के रंग-बिरंगे दृश्य...श्वेत, काले, लाल, सुनहरे रंग-बिरंगे बादल। कुछ बर्फ-सा श्वेत झीना वस्त्र पहने और एक चट्टान-सा बना खड़ा है। कुछ रुई के गोले-से दिखाई पड़ते हैं तो कुछ अंधकार के असीम पुंज। उसने आकाश के उन अँधेरों में कई बार पहले भी समानता के दर्शन किए थे। प्रकृति ने चिपका दिया इन मेघखंडों को यत्र-तत्र टुकड़ियों या नीले आकाश में। एक

होस्टेस आती है मुस्कान बिखेरती हुई। पर वह तो अल्हड़-बदलियों की श्यामल मुस्कान में खो गया है। यायावर वारिधरों के साथ-साथ उड़ रहा है।

यूगोस्लाविया की होस्टेस उसके सामने अल्पाहार लिए खड़ी है—लगता है जैसे किसी परीलोक से आई है। क्या जरूरत थी भली मानुष को मेकअप करने की भला, अंग्रेज महिलाओं की भाँति! उसके मन का प्रश्न, प्रश्न ही बनकर रह जाता है। एक व्योम-पुरुष भी उसके साथ है। एक सहयात्री धुआँ छोड़ रहा है, कश लगाता हुआ विलायती सिगरेट का। दृष्टि पुनः नीचे जाती है। विमान समुद्र लाँघकर फिर यूरोप के ऊपर उड़ने लगा है। नगरों-गाँवों के इन्हीं दृश्यों का सिलसिला। वह बादलों को पुनः निहारता है। कोलॉज की तरह चिपका दिया है प्रकृति ने उन्हें निभृत-गगन में। मानवीय सभ्यता के बौने रूप पर खिलखिलाकर हँस रही हैं छोटी-छोटी बदलियाँ। उसे याद आया गत वर्ष का आकाश। रात के अँधेरे में पैन एम से उड़ा था वह दिल्ली से न्यूयॉर्क तक। अँधेरों का सुख वह भूला नहीं है। वहाँ समानता का साम्राज्य दिखाई पड़ा था। रोमा समुदाय में सर्वहारा समाज अधिक हैं जिनके साथ संभ्रांत समाज आज भी विषमता का क्रूर व्यवहार करता है। एक युवक से भेंट होती है। वह इंग्लैंड की किसी फर्म में काम करता है। लेखक ने कई सामाजिक प्रश्न किए और यूरोप की युवा पीढ़ी के विचार अपनी प्रश्नावली के उत्तरों में भरता गया।

उसके सामने दोपहर का भोजन आ गया था। लाल मिर्च-सी कोई वस्तु उबले चावलों के साथ। बटर, एप्पल, जूस, चाय आदि। शाकाहारी के लिए इतना काफी है। कुछ खाया कुछ छोड़ा। एक सीट छोड़कर कोई यूगोस्लाव महिला बैठी है। स्कर्ट पहने। सौंदर्य-भार से दबी हुई। पूछने पर पता चला वह इंग्लैंड में काम करती है अपने पिता के साथ। पेशे से वकील है। उनके देश में समाजवाद रूस की तरह नहीं है। बात करने पर कई गुत्थियाँ सुलझती हैं। विचारों को नया दृष्टिकोण मिलता है। वह शायद बीफ खा रही है। मुझे यह देखकर अरुचि होती है किंतु स्कॉलर को विशाल हृदय और व्यापक मस्तिष्क वाला होना चाहिए। वह स्वयं से अमूर्त प्रश्न पूछने लगता है। उसकी मुस्कराहट में स्लॉव देशों की पावन झलक दिखाई पड़ती है। पता चला कि उसके पूर्वजों ने भी काफी कष्ट उठाए हैं। संघर्ष किए हैं। उसने भोजन के बाद लबों पर लिपस्टिक लगाई और फिर एक हलकी मुस्कान बिखेरती हुई लेखक की ओर मुखातिब हुई। प्रश्नोत्तर शालीनता लिए आगे बढ़ते गए।...

लीजिए, पर्वताकार वारिधर फिर से दिखाई पड़ने लगे। लगता है जैसे कुछ बादल कहीं बर्फीली घाटियों से लिपटकर सोए हैं, शांत। नीचे दूर-दूर तक कोई नगर दिखाई नहीं पड़ता। बियाबान जंगलों-सा दृश्य। कहीं पहाड़ी गाँव-पगडंडी से राजमार्ग तक और फिर बर्फ। पट-परिवर्तन। विचार आता है, कितनी जगह चाहिए आदमी को अपने लिए। विमान की गति कम होती जाती है। कानों में वायु का दबाव बढ़ने लगता है। शायद गंतव्य निकट आ गया है। पेटी बाँधने की घोषणा होती है और सभी धरती पर उतर आते हैं।

लेकिन यह क्या? लेखक अपना हैंड बैग सँभालने को है। सहयात्री महिला संकेत करती है–"जहाँ मैं उतरूँगी, वहीं उतरिए। अभी बेवोग्रेड नहीं आया। यह तो जागरेब है, क्रोएसिया की राजधानी। वह उसे 'विसोनिक' समाचार-पत्र दिखाती है। यह पत्र इसी नगर से प्रकाशित होता है। उसमें विज्ञापन कम दिखाई पड़े। समाजवादी पत्र है। होरेस्कॉप का स्तंभ देखकर आश्चर्य हुआ। अपराध-समाचार न के बराबर। यहाँ अधिकांश रोमा लोग ईसाई हैं। डैन्यूब नदी यूगोस्लाविया के अतिरिक्त जर्मनी, फ्रांस, चेकोस्लाविया आदि देशों से गुजरती है। बहुत सी सभ्यताओं को जन्मा है उसने। और भी कुछ प्रसंग थे पत्र में।...

विमान कुछ देर जागरेब रुकता है। घड़ी एक घंटे पीछे करनी पड़ती है। फिर वही उड़ान। इस बार विमान कहीं लड़खड़ाता भी है। शायद किसी भीमकाय बादल ने रास्ता रोका होगा। आकाश की लालिमा पश्चिम में छूट गई है। गत वर्ष लेखक ने लंबी आकाश-यात्राओं में चांद और सूरज कई बार उदय और अस्त होते देखे थे। प्रकृति का विचित्र खेल जर्मनी के आकाश से लेकर फिनलैंड के सूरज तक, जो रात को दो बजे भी जगमगा रहा था।

यूगोस्लाविया (अब सर्बिया) की राजधानी बेलग्रेड पास है। बेल्ट बाँधने का संदेश मिलता है। नेहरू-टीटो के मैत्री-संदर्भ पुनः मानस-पटल पर उतरने लगते हैं। यूगोस्लाविया से भारत का पुराना रिश्ता है। लेखक के लिए यह रिश्ता और अधिक महत्त्वपूर्ण था क्योंकि विश्व के सबसे अधिक रोमा इसी देश में रहते थे। उन दिनों स्कोपिए में भारतीय नृवंश के लगभग 40,000 रोमा रहते थे और बेलग्रेड तथा मिस्र में भी हजारों की संख्या में थे।

बेलग्रेड को यहाँ की भाषा में बेवोग्रेड के नाम से पुकारा जाता है। यहाँ के सुप्रसिद्ध रोमा कवि हैं–राजको ज्यूरिच। उनके कई कविता संग्रह प्रकाशित हुए हैं। राजको चर्चित नाम है। वे सामाजिक कार्यकर्ता भी हैं। लेखक एयरपोर्ट से

बस लेकर नगर के बस स्टैंड पहुँच जाता है। फोन से पूछता है–"क्या आपके घर आ सकता हूँ?" उत्तर मिलता है–"क्यों नहीं, आपका घर है।" राजको प्रसन्नता व्यक्त करते हैं और लेखक पैदल ही चल पड़ता है। लेकिन भाषा की समस्या के कारण उनके घर तक पहुँचने में कठिनाई आती है। राजको टूटी-फूटी अंग्रेजी बोल पाते हैं। हिंदी बोलने का तो प्रश्न ही नहीं उठता। हाँ, हिंदी के कुछ शब्द जब वे अपनी रोमानी भाषा में बोलते हैं तो अवश्य कुछ पल्ले पड़ जाता है। राजको ज्यूरिच विवाहित हैं। दो बच्चे हैं। सुखी परिवार है। वे पत्रकार भी हैं तथा एक स्थानीय प्रकाशन संस्थान में काम करते हैं। उन्होंने अपने कुछ कविता संग्रह भेंट किए। बाद में लेखक 2007 में जब बेलग्रेड रोमा कॉन्फ्रेंस में गया तो राजको राजनेता होने के कारण अपयश झेल रहे थे। उनके अपने रोमा समाज के लोग ही उन पर भ्रष्टाचार के आरोप लगा रहे थे।

रात्रि का विश्राम कहाँ? चर्चा-परिचर्चा में आधी रात बीत गई। लेखक ने अगले दिन बेलग्रेड के कुछ स्थान देखने की बजाय वहाँ के रोमाओं से बातचीत करना अधिक उपयुक्त समझा।

उसने समाजशास्त्र की अनुसंधान पद्धति का प्रश्रय लिया। उसके लिए सर्वेक्षण का अगला स्थान था–स्कोपिए। सभी अंग्रेजीदां इस नगर को 'स्कोपजे' कहते हैं। राजको से विदा लेकर बस पकड़ी। अश्रुपूर्ण आँखें 'तू मेरा रत्त' (तुम मेरे रक्त-संबंधी हो) का बोध कराती थीं।

बस द्रुत गति से चल रही थी।

कई मजेदार अनुभव हुए। लगा जैसे लेखक भारत की ही किसी बस में सफर कर रहा है। बस अड्डों पर वही धक्का-मुक्की थी, जो दिल्ली में दिखाई पड़ती है। न कोई इंग्लैंड की तरह 'सॉरी' कहता और न ही 'एक्सक्यूज मी' के औपचारिक शब्द सुनाई पड़ते। लेखक को सचमुच बड़ा मज़ा आया क्योंकि यहाँ उसे अपना भारत जो मिल गया था।

रात पड़ गई थी। बस से इतना लंबा सफर उसने पहली बार तय किया था। स्कोपिए पहुँचते ही लेखक एक संभ्रांत सज्जन से अंग्रेजी में प्रो. सईप का पता पूछता है तो कोई उत्तर नहीं मिलता। बड़ी कठिनाई से एक अंग्रेजी जानने वाला युवक मिला। उसने फोन मिलाया। सईप को हिंदी के कुछ वाक्य बोलने आते थे अतः लेखक के प्रश्न के उत्तर में वे बोले–"नमस्ते, क्या आपको हिंदी आती है?" लेखक की खुशी का ठिकाना न था। "हाँ, क्यों नहीं? हिंदी मेरी मातृभाषा है।" लेखक ने कहा। "तो फिर मैं आपकी प्रतीक्षा करूँगा।

खेद है, एक दुर्घटना में मेरी टाँग कट गई थी। नहीं तो स्वयं लेने आता। टैक्सी करके आ जाइए।'' यह कहते-कहते सईप का गला रुँध-सा गया था।

टैक्सी उसके घर के पास रुकी। कुत्तों के भौंकने की आवाजें उभर आईं। सईप अपनी बैसाखियों के सहारे बाहर निकले और लेखक को देखकर बोले-''मेरे भरतिया भाई! मेरे रक्त! स्वागत।'' प्रेमाश्रु छलक आए उनकी आँखों में। इस प्रकार का आतिथ्य सत्कार अपने देश में भी शायद नहीं मिलेगा।

तीन कमरे का साफ-सुथरा मकान। घर में आधुनिक सुख-सुविधाएँ। हाँ, इंग्लैंड वालों की तरह नहीं, पर सामान्य भारतीयों से श्रेष्ठ। एक छोटा सा आँगन। इस घर में ऋषि जी, रणजीत, कौशिक तथा कई अन्य भारतीय मेहमान आ चुके हैं। उनकी पत्नी कैली के आतिथ्य सत्कार का कोई जवाब नहीं। उसे वो कभी-कभी रामकली नाम से भी पुकारते थे। भारत की पुरातन परंपराओं को आज तक निभा रहे हैं-यहाँ के रोमा स्त्री-पुरुष। बात-बात में भारत की चर्चा करते। अपने पूर्वजों की धरती की याद में तड़पते। कहते, ''आप राम हैं, हम भरत हैं। बड़े भाई हमें क्यों भूल गए? राम तो भरत को कभी नहीं भूले थे।''

सईप का मूल नाम यूसुफ सईप है। नाम से मुस्लिम लगते हैं पर कर्म से एकदम हिंदू। घर में लक्ष्मी तथा अन्य देवी-देवताओं की मूर्तियाँ हैं। दीवार पर राम-कृष्ण के अतिरिक्त इंदिरा गांधी, पं. जवाहरलाल नेहरू और गांधी जी के चित्र टँगे हैं। उनके कई रिश्तेदारों के नाम हिंदू हैं। एक रोमा दंपती के नाम हैं देवेश्वरन तथा मीनाक्षी। उन्होंने लेखक के लिए कुछ-कुछ भारतीय ढंग का भोजन बनाया था। बड़े मिलनसार हैं। किसी स्थानीय निकाय में काम करते हैं, पर पत्नी सर्विस नहीं करती। यहाँ अधिकांश रोमा महिलाएँ भारतीय महिलाओं की तरह घर-गृहस्थी सँभालती हैं।

लेखक की आवश्यकता भोजन नहीं, भाषा थी। मेजबान ने स्थानीय 'इंस्टीट्यूट ऑफ फोकलोर' के दुभाषिए को घर पर बुलाया। बोने रोमा नहीं हैं, लेकिन रोमा संस्कृति के अनुसंधाता हैं। उनके साथ एक अन्य रोमा विद्वान् त्रैको पेत्रोवस्की आए। त्रैको अपने रोमा समाज पर ही शोध कर रहे हैं। दोनों युवा स्कॉलर अच्छी अंग्रेजी जानते थे। लेखक को अपनी शोध-यात्रा की सफलता का आभास होने लगा।

इससे पूर्व कि लेखक अपनी बात कहे, सईप की ओर से प्रश्नों की झड़ी

लग गई–"आप क्या करते हैं? आपको क्या भारत सरकार ने भेजा है या निजी यात्रा पर आए हैं? आपका ध्येय क्या है? आदि-आदि। लेखक आश्चर्यचकित था। मेजबान खातिर भी कर रहे हैं और शंकित भी हैं। उसके उत्तर से संतुष्ट होने के बाद ही उन्होंने लेखक की प्रश्नावली के उत्तर देने शुरू किए।

बातचीत के दौरान पता चला कि रोमा स्कोपिए की तीन बस्तियों में रहते हैं। खुलो औरी जारी में लगभग 35,000, तोपाना में 5,000 तथा माजारी में 1,500 की संख्या है। लोगों की वेशभूषा, विशेष रूप से स्त्रियों के वस्त्र भारतीय रंग के थे। पुरुष तो पाश्चात्य रंग-ढंग में ढल गए हैं पर बहुत सी स्त्रियाँ आज भी पंजाबी बालाओं की तरह सलवार-कमीज पहनती हैं। काले बाल, काली आँखें, गेहुआँ वर्ण तथा सुंदर नाक-नक्श। सब कुछ भारतीय लगा–उनके शारीरिक गठन में तथा सामाजिक ढाँचे में।

इसी संदर्भ में डायरी का एक और पृष्ठ–

9

स्कोपिए

23.11.1982

आज प्रात: देवेश्वरन की प्रतीक्षा की। उन्होंने प्रात: सात बजे का समय उसे दिया था। किंतु पता नहीं क्या हो गया! लेखक परेशान था क्योंकि उसका एक-एक क्षण अध्ययन को समर्पित था। सब कुछ मिनटों-सेकेंडों में समेटने की चाह थी। एक क्षण भी गँवाना नहीं चाहता था। उसके सामने श्रीमती सईप नाश्ता ले आई थीं। बड़ी-बड़ी मिर्चें, खट्टा पनीर व डबल रोटी। दूध की चाय। अंगूरी शराब जो उसके लिए निरर्थक थी। बेचारे मेहमाननवाज लेखक के अल्प सादे भोजन से खुश नहीं थे। उसे जुकाम हो गया था। कुछ खाँसी की शिकायत भी होने लगी। बाहर कड़ाके की ठंड पड़ रही थी। बर्फ भी पड़ी थी। उसने और अधिक प्रतीक्षा करना उचित नहीं समझा और नगर-परिक्रमा के लिए अकेला ही निकल पड़ा। आदत चाहे शराब की हो, इश्क हकीक़ी की हो या इश्क मजाज़ी की, या फिर घुमक्कड़ी की, यायावरी की, आदत

तो आदत ही है।

लेखक ने अपने मेजबान से कहा, "आप फिक्र न करें, मुझे अकेले घूमने की आदत है। मैं इसी बहाने अपनी आँखों से यहाँ का जनजीवन देख लूँगा और फोकलोर इंस्टीट्यूट भी पहुँच जाऊँगा। देवेश्वरन और बोने आएँ तो उन्हें कह दीजिए कि वे अपने इंस्टीट्यूट वापस पहुँच जाएँ। मैं वहाँ उनकी प्रतीक्षा करूँगा।" लेखक के पास इंस्टीट्यूट का पूरा पता था। रास्ते में किसी भी व्यक्ति को कागज दिखाता और रास्ता पूछ लेता। उसे बताया गया था कि 57 नं. बस पकड़ लेना और जागत स्टॉप पर उतर जाना। पर जल्दी में इस स्टॉप का नाम नोट करना वह भूल गया था। यहाँ पूरी बस में कोई यात्री अंग्रेजी नहीं जानता था। क्या करे! उसके पास टूटे पैसे भी नहीं थे। टिकट कैसे ले! ड्राइवर ने भाँप लिया–बेचारा कोई परदेसी है। उसने अंदर आने का संकेत किया। लेखक ने इंस्टीट्यूट का पता उसे दिखाया। उसने इशारे से कहा, 'मैं उतरने के लिए सूचित कर दूँगा।' यहाँ की बसों में भीड़-भाड़ देखकर दिल्ली की डीटीसी याद आ गई। क्यू में खड़े होने की आदत यहाँ है पर लंदन की तरह नहीं। कोई-कोई तो धक्का-मुक्की में भी विश्वास रखता है। स्टॉप आ गया तो ड्राइवर ने उतरने का इशारा किया।

स्टॉप पर एक युवती खड़ी थी। लेखक ने उसे कागज दिखाया और पता पूछा। उसे कुछ टूटी-फूटी अंग्रेजी आती थी। 'वेट ए मिनट' या 'वेट प्लीज' के लिए इन देशों में 'मोमेंट' कहने का रिवाज है। उसने एक क्षण रुककर कहा, "अच्छा चलिए, मैं आपको वहाँ तक छोड़ आती हूँ अन्यथा आप फिर रास्ता भटक जाएँगे।" और वह उसे वहाँ छोड़ आई। लेखक धन्यवाद के अतिरिक्त उसे क्या दे सकता था।

वह इंस्टीट्यूट पहुँच गया। बोने का कक्ष पूछा तो एक व्यक्ति उसे उसके पास ले गया। वहाँ देवेश्वरन भी मौजूद थे। कहीं फँस गए थे। क्षमा माँगने लगे। लेखक ने कहा, "कोई बात नहीं, आपका ड्यूटी का समय था। अतः मैंने स्वयं ही आपके यहाँ आने का निर्णय किया।" उनके सभी सहयोगी बड़े प्यार से मिले। बोने ने चाय का आदेश दिया ही था कि एक वरिष्ठ अनुसंधान सहायिका आई और बोली, "नहीं, ये पहले मेरी चाय पिएँगे। आप लोग तो कल इनके साथ चाय पी चुके हैं। इनकी प्रशंसा मैं सुन चुकी हूँ। नृवैज्ञानिक यदि कवि भी हो तो उससे बतियाने का अपना सुख मिलता है। आप लोग चाहें तो इनके साथ मेरे कक्ष में आ सकते हैं।" बोने ने सुंदरी की

जिद स्वीकार कर ली और कहा, "आप इन्हें ले जाइए और जब चाय मँगाएँ तो हमें भी बुला लीजिए।"

लेखक उसके कक्ष में गया तो उसे यह जानकर बड़ी प्रसन्नता हुई कि वह विदुषी रोमा समाज पर गहन शोध कर चुकी है। कई नए रहस्य खुले। चाय का आदेश दिया। पर वह तो बातचीत में बहुत कुछ पा चुका था। उसने अपने यहाँ आने की दावत दी थी, पर लेखक विवश था क्योंकि उसे रात की गाड़ी से एथेंस के लिए रवाना होना था। उसने पुनः अनुरोध किया था, "कान्ट यू स्टे फॉर ए नाइट इन माई हाउस?" (क्या आप एक रात्रि के लिए मेरे घर नहीं ठहर सकते?) उसका उत्तर था, "नोमेड्स हैव नो हाउस।" (यायावर का कोई घर नहीं होता।) और यों रात्रिभोज का निमंत्रण ठुकराकर चल पड़ा था अपने गंतव्य की ओर। यह नहीं कि उसे निमंत्रण अच्छे नहीं लगते किंतु उसके सामने 'गंतव्य' तथा 'इष्ट' शब्द वरीयता के प्रतीक रहे हैं।

तभी बोने और देवेश्वरन भी चाय पर आ गए थे। उसने जल्दी-जल्दी चाय पी और क्षमा के साथ विदा माँगने लगा। त्रैको भी वहाँ पहुँच गए थे।

वह निष्ठुर मेहमान की भाँति उनके कक्ष से बाहर निकल आया। लेकिन यह आमंत्रण उसके स्मृति-पटल पर सदा के लिए एक गहरी छाप छोड़ गया। 'परदेसी से प्रीत न जोरे' की पंक्तियाँ उसके कानों में गूँज रही थीं।

त्रैको तथा देवेश्वरन उसे यायावर बस्ती में ले गए तो ऐसा प्रतीत हुआ कि वह भारत के किसी पुराने कस्बे में पहुँच गया है। टीन या खपरैल की छतों वाले कच्चे-पक्के दोनों ही तरह के मकान। त्रैको के घर पहुँचते ही उनकी पत्नी ने स्वागत किया और तुरंत चाय के लिए धुएँ रहित चूल्हे पर पानी रख दिया। उनकी खुशी का जैसे कोई ठिकाना नहीं था। अचानक उसी समय बिजली गुल हो गई। लंदन में तो ऐसा कभी नहीं हुआ था। लेकिन यह तो यूगोस्लाविया है और फिर भारतीय नृवंश के रोमाओं की बस्ती। यहाँ की बस्ती में कुछ बच्चे गिल्ली-डंडा खेलते हुए भी मिले। ठीक भारत के गाँवों के बच्चों की तरह। भारत का यह खेल उनके पूर्वज अपने साथ जो ले गए थे। लेखक ज्यों ही कैमरा लिए उधर गया तो बीस-पच्चीस बच्चे फोटो खिंचवाने के लिए धक्का-मुक्की करने लगे। बड़ी मुश्किल से पिंड छूटा।

लेखक यहाँ के सामुदायिक केंद्रों में जाता है। युवा बालक-बालिकाएँ

उसे देखते ही 'झूठ बोले कौवा काटे' और 'मेरे मितवा रे' आदि भारतीय फिल्मों के गाने गाना शुरू कर देते हैं। 'बॉबी' फिल्म ने तो यहाँ बड़े-बूढ़े रोमाओं पर भी जादू कर दिया था। राजकपूर तथा नरगिस यहाँ के महान् अभिनेता रहे हैं और अमिताभ बच्चन तथा हेमामालिनी आदि को उन दिनों की पीढ़ी बहुत पसंद करती थी। यहाँ भारतीय फिल्में बड़ी लोकप्रिय हैं। इन फिल्मों के पोस्टर यत्र-तत्र देखे जा सकते हैं। फिल्मों को डब करके दिखाया जाता है। आज की पीढ़ी निश्चय ही माधुरी दीक्षित, ऐश्वर्या, अभिषेक, राखी सावंत, अक्षय कुमार, आमिर खान आदि को पसंद करती होगी।

लेखक को 'रामकली' तथा 'अनिता' नाम यहाँ कई परिवारों में सुनने को मिले। लेकिन यह जानकर आश्चर्य हुआ कि एक भाई का नाम सुधाकान्त है तो दूसरे का मुस्तफा और तीसरे का जॉर्ज। हिंदू, मुस्लिम तथा ईसाई सभी धर्मों के नाम एक ही परिवार में देखे जा सकते हैं।

शादी-विवाह की चर्चा हुई तो पता चला कि विवाह-संबंध माता-पिता द्वारा तय किए जाते हैं। पश्चिम की चकाचौंध में भी यहाँ वधू बड़ी शर्मीली दिखाई पड़ती है। अपने सगे-संबंधियों में ही रिश्ते होते हैं। वैसे उत्तरी अमेरिका के रोमा समाज में भी अनेक विवाह चचेरे-ममेरे संबंधियों में होते हैं। आजकल लव मैरेज आम होती जा रही है और वह भी पश्चिमी समाजों के साथ।

रोमाओं में विवाह बड़ी धूमधाम से होते हैं। रंग-बिरंगे वस्त्रों में सजे स्त्री-पुरुष बारात की शोभा बढ़ाते हैं। भारत के कई रीति-रिवाजों से अभी तक जुड़े हुए हैं। बाल-विवाह अथवा अल्प आयु के विवाह भी देखे जा सकते हैं। विवाह के अवसर पर भारतीय ग्रामीण वधुओं की तरह यहाँ भी वधू की आँखें अश्रुपूरित दिखाई पड़ती हैं। कभी वधू को घर जाने से रोकना, पैसे और नेग माँगना आदि प्रथाएँ भी विद्यमान थीं। हाँ, जो रोमा ईसाई बन गए हैं, वे चर्च जाकर विवाह की रस्म पूरी करते हैं।

विवाह-पूर्व यौन-संबंध बुरा माना जाता है। प्रेम-विवाह या दूसरे समाजों में विवाह हेय दृष्टि से देखे जाते हैं। पंचायत-पद्धति बड़ी कठोर है। नियम भंग करने वालों को जाति से बहिष्कृत भी कर दिया जाता है। तलाकों की संख्या बहुत कम है। यूरोप तथा अमेरिका में एक ओर जहाँ लोग तलाक की विभीषिका से त्रस्त हैं, वहाँ रोमा गृहस्थ जीवन के दु:ख-दर्द को हँसी-खुशी से जीते हैं। पता नहीं अब कितना परिवर्तन हो गया होगा?

एक पति-पत्नी का प्रेम एक जिप्सी कवि की इन पंक्तियों में साकार

हो उठा है–

मेरी आत्मा में दो चुंबन हमेशा रहते आए हैं
साथ-साथ
अंतिम चुंबन मेरी माँ ने दिया था
और यह पहला है
जो समर्पित है तुम्हें।

स्कोपिए की यात्रा समाप्त होती है। मेजबान की आँखों में आँसू छलक आते हैं। लेखक की आँखें भी नम हैं। वह उन्हें भारत आने का निमंत्रण देता है। रेलवे स्टेशन पर उसे छोड़ने के लिए देवेश्वरन और त्रैको चलते हैं। त्रैको का बच्चा साथ चलने की जिद करता है। वह उसे प्यार से गोदी में लेकर चूमता है और फिर एक टॉफी थमाते हुए विदा लेता है। लेखक रेलवे स्टेशन पर पहुँचकर फिर अपने को अकेला पाता है। गाड़ी चल पड़ी है, अगले गंतव्य की ओर।

10

लेखक ने स्कोपिए के रोमा मित्रों, भाई-बहनों तथा यायावर-शास्त्रियों से भारी मन से विदा ली थी। वह ऊहापोह में था। काश! कुछ क्षण और यहाँ ठहर पाता। कितने अच्छे लोग हैं ये! क्या भारत में पहुँचने पर इन्हें भी इतना प्यार मिल सकेगा! कई प्रश्न उसे बार-बार कचोट रहे थे।

कुछ स्मृतियाँ क्षणिक होती हैं किंतु कुछ स्थायी संबंधों में बदल जाती हैं जिन्हें हम धरोहर की तरह सँजोकर रखते हैं। उसके प्रवास में इस प्रकार की कई धरोहर सुरक्षित हैं। वह जब स्मृतियों में गहरे उतरता है तो कई चेहरे सामने आकर ठहर जाते हैं। कोई प्रश्न पूछता है। कोई कविता देता है। कोई ज्ञान में वृद्धि करता है तो कोई उसके साहस और संबल में योगदान करता है।

लीजिए, स्कोपिए बहुत पीछे छूट गया। गाड़ी एथेंस पहुँचती है। वह ग्रीस में है, यह अनुभूति उसे अतीत के इतिहास में डुबो देती है। वह यहाँ विश्व की प्राचीन सभ्यता और संस्कृति तलाशने लगता है। विशेष रूप से

रोमा जिप्सियों का 'लिटिल इजिप्ट' जो इस देश में भी शोभायमान है। रोमा जब इजिप्ट (मिस्र) से यूरोप के अन्य देशों की ओर गए तो उन्हें इजिप्शन के नाम से पुकारा जाने लगा था। इस मान्यता को चुनौती भी दी गई क्योंकि फिरदौसी के अनुसार तो रोमा ईरान होते हुए मिस्र की ओर गए थे। वहाँ उन्होंने काफी समय बिताया।

लेखक ने ट्रेन से एथेंस में उतरकर अपनी आँखों से वहाँ के जनजीवन के दृश्यों को देखना आरंभ किया। वहाँ की नई-पुरानी पार्लियामेंट देखी। भारत के दो प्रवासी युवक मिले। उन्होंने आने-जाने का रास्ता बताया। एक रेस्तराँ में बैठकर दूध पिया। ओमानिया स्क्वायर में खड़े होकर नगर की चहल-पहल का जायज़ा लिया। सितांग स्क्वायर के पास कई बड़े-बड़े होटल और दुकानें देखीं। चीजें महँगी थीं। वह एक जगह कैमरे की रील डलवाने के लिए रुका। दुकानदार को रील बदलना नहीं आता था। सत्यानाश कर दिया उसने एक रील का। बड़ा कष्ट हुआ। एक्सपोज हो गई थी एक फिल्म। गनीमत थी, स्कोपिए की पहली फिल्म सुरक्षित थी। यहाँ का म्यूजियम बड़ा अद्‌भुत है। पर अभी थोड़े ही खुला होगा! सभी इच्छाएँ पूर्ण कहाँ होती हैं!

एथेंस में भी लेखक को भाषा की समस्या आड़े आई। अंग्रेजी जानने वाले बहुत कम मिले। कुछ रोमा दिखाई पड़े। वह उनकी ओर चल पड़ा। कई परिवार अपने खेमों में थे और कुछ कारों में। एथेंसवासियों से उसने रोमाओं के बारे में उनके विचार जानने चाहे तो ऐसा लगा कि जैसे वे उन्हें हेय समझते हों।

दो सज्जन टाकोश एलेफ्तेरियोज तथा स्टामिदोकिस ट्रेन में मिले थे। उन्होंने भी लेखक के प्रश्न को गंभीरता से नहीं लिया और हँसकर कहने लगे थे, ''जिनका कोई घर न दर, उनके बारे में क्या पूछिएगा?''

अंतर्राष्ट्रीय ट्रेन में चेकिंग बहुत होती है। 'यू' रेल का हाल भी यही है। एक देश से दूसरे देश में प्रवेश से पूर्व तलाशी ली जाती है। पासपोर्ट और सामान दोनों पुलिस द्वारा चेक किए जाते हैं। अरस्तू की धरती पर उसे कुछ और अच्छे अनुभव हुए। यहाँ के लोग बड़े सहिष्णु, संजीदा और विवेकशील मिले। कारण, शायद यह कि यह देश फिलॉसफी का गढ़ रहा है। विश्व की महान् सभ्यता को दर्शन और अध्यात्म की शिक्षा देने वाला देश। भारत की प्राचीन विचारधारा के बहुत नजदीक। विचारों की सृष्टि यहाँ अनायास होने लगती है।

रास्ते में एक ग्रीक चरवाहा दिखाई पड़ा था। उसके पास लगभग पाँच सौ सफेद रंग की भेड़ें थीं। प्राचीन आर्यों की याद ताजा हो आई जो इन क्षेत्रों में पशुपालन के साथ-साथ ज्ञान भी बाँटा करते थे। उसने श्यामा वसुधा के हँसते हुए कपास के पौधों की उन्मुक्त हँसी देखी। खिलखिलाती धरती थी। यहाँ कपास काफी होती है। स्कोपिए में आते हुए रास्ते में टेलीफोन के तार लकड़ी के खंभों में बँधे देखकर आश्चर्य हुआ था। हो सकता है लोहे के खंभे इन देशों के लिए अधिक महँगे हों।

एथेंस में कुछ दिन ठहरने का मन था लेखक का, किंतु परिस्थितियों ने आज्ञा नहीं दी और उसने यहाँ से सोफिया के लिए दूसरी अंतर्राष्ट्रीय ट्रेन पकड़ी। उसे ग्रीस के कुछ रोमा पहले भी मिले थे पश्चिमी जर्मनी के गोटिंजेन शहर में। उनके समाज के बारे में बहुत कुछ जानता था। दूसरी ओर सोफिया के गुलाब आमंत्रण दे रहे थे। उसने एथेंस छोड़ते समय मन को कड़ा किया था।

ट्रेन में कोई खास भीड़-भाड़ नहीं है। पूरा एक रात का सफर और अगले दिन सायंकाल तक की लंबी यात्रा। दिन तो बाहर के दृश्य निहारते कट जाता किंतु रात में केवल पढ़ने-लिखने के अतिरिक्त कुछ नहीं होता। जिस कंपार्टमेंट में वह सफर कर रहा था उसमें केवल चार व्यक्ति थे। एक पुरुष यूगोस्लाविया का था, एक एथेंस का, एक महिला सोफिया की और अकेला वह भारतीय।

लेखक एक्स्ट्रोवर्ट इतना अधिक है कि कभी-कभी उसके कुछ मित्र चिढ़कर अनाप-शनाप उपदेश देने लगते हैं। क्या करे आदत से मजबूर है बेचारा। चुप नहीं बैठ पाता। हाँ, भारत की ट्रेन या बसों में सफर करते समय प्रायः चुप रहता है, तब कविताएँ लिखता है या कोई सृजनात्मक लेख-संस्मरण आदि। उसने अपने स्वभाव के अनुसार प्रश्न किया—"डज एनी बडी स्पीक इंग्लिश?" (क्या किसी को अंग्रेजी आती है?) कोई नहीं बोला, उसने फिर अपने प्रश्न को दोहराया तो सामने बैठी एक महिला बोली, "लिटिल लिटिल।" (थोड़ी-बहुत जानती हूँ।) और उसने सोचा अब काम चल जाएगा।

उसने उस महिला से उसके समाज के रीति-रिवाज, धर्म तथा रोमा-जीवन संबंधी प्रश्न भी पूछे। वार्तालाप कुछ यों हुआ—

"कहाँ जा रही हैं आप?"

"सोफिया।"

"किसी से मिलने या छुट्टी मनाने?"

"अपने ब्वॉयफ्रेंड से मिलकर वापस जा रही हूँ।"

"वह कहाँ रहते हैं?"

"एथेंस में।"

"आप क्या करती हैं?"

"एक स्कूल में अध्यापिका हूँ।"

"आप ईश्वर विश्वासी हैं?"

"नहीं।"

"कोई धर्म है?"

"आई एम ए कम्युनिस्ट।" (मैं कम्युनिस्ट हूँ।)

"लेकिन कम्युनिज्म तो कोई धर्म नहीं होता। यह तो जीवन की शैली है।"

तभी उस महिला को जम्हाई आ गई और उसके मुख से एक शब्द अनायास निकल पड़ा, "ओह गॉड!"

लेखक ने उसे तुरंत पकड़ लिया और कहा, "आप तो कह रही थीं कि ईश्वर को नहीं मानतीं लेकिन अभी आपने 'गॉड' शब्द का प्रयोग किया।"

वह हँस पड़ी–"आप ठीक कहते हैं, पर यह शब्द तो आदत या प्रकृति है।"

"दैन गॉड इज हैबिट ऑर नेचर। (तो ईश्वर भी आदत या प्रकृति है।) यही समझ लीजिए।"

डिब्बे के अन्य सहयात्री भी इस बात पर हँस पड़े और काफी देर तक यों ही संकेतों से बातें आगे बढ़ती रहीं।

एक सहयोगी ने उसे फल दिए और वह उन्हें खाकर सो गया। सभी यात्री बड़ी चैन की नींद में थे। प्रातः उठते ही चाय तथा नाश्ते के लिए महिला से लेखक ने कहा–"मेरे पास यहाँ की मुद्रा नहीं है।"

"कोई चिंता नहीं। आप हमारे मेहमान हैं।"

उन्होंने ऑर्डर दिया–पहले बेड टी और फिर कुछ देर के बाद नाश्ता। बेड टी ब्लैक थी। बिना दूध की चाय यूरोप वालों का प्रिय पेय है। भारतीयों को चाय में अच्छी मात्रा में दूध नहीं मिले तो तृप्ति ही नहीं होती। पर यहाँ तो ब्लैक टी ही सिप करनी थी। चाय सुड़कना यहाँ सामान्य शिष्टाचार के विपरीत माना जाता है।

नाश्ते में आमलेट बना था। लेखक ने देखते ही कहा, "आई एम वेजिटेरियन।" (मैं शाकाहारी हूँ।)

डिब्बे में कोई भी यात्री वेजिटेरियन शब्द का अर्थ नहीं जानता था। सब उसकी ओर देख रहे थे और वेजिटेरियन शब्द का अर्थ पूछ रहे थे।

उसने कहा, "इसमें 'एग' है।"

'एग' भी कोई नहीं समझा।

उसने सोचा क्यों न हिंदी शब्द अंडे का प्रयोग करके देख ले। लेकिन उसकी भाषा किसी के पल्ले नहीं पड़ रही थी। अंततः उसने कागज पर मुर्गी का एक चित्र बनाया और उसके नीचे अंडे का चित्र बनाकर उसे काट दिया। उसे देखकर सब खिलखिलाकर हँस पड़े। उन्होंने अपनी-अपनी भाषा में कुछ शब्द कहा होगा।

हाँ, उसे अंडारहित कुछ और नाश्ता मिल गया था।

ट्रेन चलती रही। विदेश यात्राओं में इस प्रकार की यह उसकी पहली लंबी ट्रेन यात्रा थी।

अनेक संस्मरणों ने छुआ। प्यार से सारी दुनिया अपनी बन जाती है। अपनत्व उसे इन सहयात्रियों से भरपूर मिला। एक-दूसरे की भाषा न जानते हुए भी हृदय की भाषा से सब बड़े करीब आ गए।

बुल्गारिया की सीमा में प्रवेश करने से पूर्व पुनः चेकिंग होती है। सोफिया के बारे में अनेक धारणाएँ थीं। वह दिल्ली में बुल्गारियन कल्चरल सेंटर का सदस्य भी था और कुछ बुल्गारियन कवियों की कविताओं का अनुवाद कर चुका था।

वह अपने मित्र चड्ढा परिवार के घर ठहरता है। विनोद उसे स्टेशन पर लेने आए थे। यहाँ के भारतीय दूतावास में कार्यरत थे। अगले दिन डॉ. रामकृष्ण कौशिक के घर पहुँचा। बहन और बच्चों का कुछ समाचार मिला। लगा, सोफिया में अपने परिवार पहले से ही रह रहे हैं। डॉ. कौशिक रोमा सम्मेलन में भाग लेने के लिए गोटिंजेन भी पहुँचे थे। भानावत जी भी उनके यहाँ कभी ठहरे थे। लेखक ने ढेर सारी सामग्री थोड़े समय में ही एकत्र करनी चाही। एक बुल्गारियन कवि उसके लिए हलवा लाए और इत्र की एक शीशी भी भेंट की। मैंने वहीं एक कविता लिखी, जो इस प्रकार है–

एक गुलाब मुस्कान है–किसी उद्यान की
एक उलझ गया किसी वेणी में
और एक चढ़ गया किसी देवता पर

या समाधि पर किसी शहीद की
एक गुलाब टँगा है किसी कालर पर,
और एक ने आत्मा निचोड़
भर दी तुम्हारे पात्र में इत्र बन
अणु-त्रस्त वसुंधरा पर
भारत का एक महापुरुष गुलाबों को दुलारता था
बेहद प्यार था गुलाबों को भी उससे
सोफिया, तेरा इत्र अपने साथ ले जा रहा हूँ
टपका दूँगा बूँद-बूँद
उसकी समाधि पर
और तब और पवित्र हो जाएगा
तेरा इत्र, मेरे मित्र।

(स्मृति नेहरू जी के कोट में लगा गुलाब का फूल और कुछ अन्य दृश्य!)

वह यहाँ अपने खर्चे पर आया था। बुल्गारिया या भारतीय सरकार की सहायता का वह मोहताज नहीं था। वास्तव में लंदन से सोफिया तक की यात्रा उसने अपने जेब-खर्च की राशि बचाकर की थी। इंग्लैंड में उसके एक साथी दो पौंड तो प्रतिदिन सिगरेट में फूँक देते थे। उन्हें शराब तथा सैर-सपाटे के लिए भी पैसा चाहिए था। लेकिन लेखक की संचित राशि तो अनुसंधान के लिए थी। रोमा समाज के लिए सोफिया के गुलाबों की सुगंध अपने साथ भारत लाकर नेहरू जी की समाधि को समर्पित करनी थी। एक अनन्य प्रेम उसके मन में लहरा रहा था।

अगले दिन प्रातः स्टेशन पर छोड़ने के लिए सभी मित्र आए थे। कौशिक जी की एक शिष्या भी आई थी। वह हिंदी जानती है। उसने एक रचना भी दी। शायद कोई बाल-कथा थी।

बड़े बेमन से विदा लेकर वापस चल पड़ता है वह। एक दूसरे रास्ते से बेलग्रेड के लिए।

मन भारी करने से होता भी क्या है। यात्रा तो आखिर यात्रा ही है।

11

इंग्लैंड में डेविड बिन्स ने एक लोककथा लेखक को दी थी जिसे इस यात्रा में अनूदित करने लगा। उसका पुनरीक्षण करते हुए निम्न रूप बन गया–

"एक हजार साल पुरानी बात है। सिंधु नदी के इस पार बंजारों के कुछ काफिले रहते थे। उनका काम ही घूमना था। उन दिनों न रेल थी, न मोटर गाड़ियाँ। बंजारे घोड़ों पर अपनी सारी गृहस्थी लादकर चलते थे। जहाँ रात होती, वहीं डेरा डाल देते। आँधी-तूफान में रहने की उन्हें आदत पड़ गई थी।

पंजाब के जाटों का ऐसा ही एक काफिला ऐल्प्स को पार करके जर्मनी पहुँचा। सिंधी लुहारों का दूसरा काफिला रूस में जाकर बस गया। उनमें कुछ लोग थे ज्योतिषी और कुछ रीछ-भालू नचाने वाले। यूरोप के लोग उन्हें जिप्सी कहकर पुकारते थे। उनसे घृणा भी करते थे। (अब वे रोमा कहलाते हैं।)

एक बार क्या हुआ, किसी काफिले का बालक अपने माँ-बाप से बिछुड़ गया। दूसरे काफिले की किसी जिप्सी महिला ने उसे पाल-पोसकर बड़ा किया। उसका नाम जानीसेक रखा गया।

जानीसेक काफिले के दूसरे बच्चों में खेलता। घर के काम-काज में हाथ बँटाता था। जिप्सी महिला को वह माँ कहकर पुकारने लगा। यूरोप के कई देशों में घूमने के कारण वह कई भाषाएँ सीख गया था, लेकिन अपने घर में वह हमेशा अपने देश की भाषा ही बोला करता था।

जानीसेक जिस जिप्सी महिला के साथ रहता था, वह न जाने कैसे किसी यहूदी जादूगर के चकमे में आ गई। जादूगर ने उससे कहा–"तुम इस लड़के को मेरे साथ भेज दो। मैं तुम्हें मालामाल कर दूँगा।"

जिप्सी महिला तो थी ही बेबस। जानीसेक के आनाकानी करने पर भी उसने उसे यहूदी जादूगर को सौंप दिया। जादूगर उसे अपने साथ जंगल की ओर ले गया। वहाँ एक विचित्र गुफा थी।

जानीसेक भयभीत था। जादूगर ने कहा–"डरो नहीं जानी, मैं तुम्हें सोने की गुफा में भेजूँगा। वहाँ एक जादुई ताला मिलेगा। उसे लेकर मेरे पास चले आना। तुम्हें बहुत से खिलौने मिलेंगे। खाने के लिए बढ़िया केक मिलेगा। फिर मैं तुम्हें आजाद भी कर दूँगा।" जादूगर ने छड़ी दिखाते हुए उसे गुफा का रास्ता बताया।

जानीसेक परेशान था। जादूगर मीठी बातों से उसे फुसला रहा था। वह फिर बोला–''बेटा, मैं तुम्हारे बाप के समान हूँ। तुम्हें गलत जगह नहीं भेजूँगा। जाओ, मेरे बेटे, जल्दी करो।''

जानीसेक गुफा के निकट गया। उस पर पत्थर ढका था। उसने ज्यों ही पत्थर पर पाँव रखा, धड़ाम से गुफा के भीतर गिर पड़ा। ऊपर से न जाने कैसे कोई शिला आ पड़ी। बस, एक बात अच्छी हुई कि ताला उसके हाथ आ गया था।

यहूदी जादूगर ने जब देखा कि जानीसेक दब गया है। उसका लौटना मुश्किल है, तो वह परेशान हो उठा। उसे अब ताला नहीं मिल सकता था। कुछ देर ठहरकर वह अपने घर लौट आया। उसने जिप्सी महिला को सारा किस्सा भी सुना दिया।

बालक पूरे एक साल तक उस गुफा में रहा। उसे न भूख लगी, न प्यास। यह सब जादुई ताले का कमाल था। साल पूरा होते ही होश में आया। उस दिन यहूदी जादूगर फिर उसके पास पहुँचा। जोर से चिल्लाकर बोला–''मेरे प्यारे बेटे, ताले की चाबी घुमाओ। तुम्हें एक देव मिलेगा। उससे कहना, वह तुम्हें बाहर निकाल दे।''

जादूगर की बात सुन, जानीसेक ने चाबी घुमाई। तुरंत एक देव आया। जानीसेक के कहे अनुसार उसे बाहर निकाल लाया।

जादूगर जानीसेक के लिए खाने की बहुत सी वस्तुएँ लाया था। गुफा से निकलता देख, वह चिल्लाया–''प्यारे बेटे, देखो तो, मैं तुम्हारे लिए क्या लाया हूँ? जल्दी से इन्हें खा लो और मुझे ताला दे दो।''

''प्यारे पिता जी, खाना तुम ही खा लो, ताला तो अब मेरा है। तुम तो मुझे दबाकर चले गए थे,'' जानीसेक ने उत्तर दिया। फिर जल्दी से ताले में चाबी घुमा दी। इस बार एक साथ पंद्रह देव आकर उसके सामने खड़े हो गए। उनमें से दो सोने से लदे थे और दो चाँदी से। एक देव प्रोफेसर था। दूसरा इंजीनियर। दो डॉक्टर भी थे। ऐसे देव कभी देखने-सुनने में नहीं आए थे।

सब एक साथ बोले–''हुज़ूर, हम आपकी सेवा में हाज़िर हैं। क्या हुक्म है?''

जानीसेक ने कहा–''मुझे जल्दी से मेरे घर पहुँचा दो।''

देखते-देखते जानीसेक अपने घर पहुँच गया। जिप्सी महिला ने दरवाजा

खोला। देखा, जानीसेक सामने खड़ा है।

"तुम आ गए बेटे! ताला ले आए न?" उसने पूछा।

"लेकिन यह ताला तुम्हें भी नहीं मिलेगा। तुमने मुझे उस जादूगर के साथ क्यों भेजा? तुम मेरी माँ नहीं हो।" यह कहकर जानीसेक ने घर से एक दूसरा ताला निकाला। उसे दरवाजे पर लगाकर बाहर आ गया। जिप्सी महिला दरवाजे के अंदर बंद हो गई। वह अपनी गलती पर पछता रही थी।

जानीसेक ने जादुई ताला लिया। एक होटल की ओर चल पड़ा। वहाँ उसने नौकरी के लिए प्रार्थना की। लेकिन जिप्सी होने के कारण किसी ने भी उसे नौकरी पर नहीं रखा। वह थका-माँदा एक पेड़ के नीचे सो गया। उसके पास कपड़े नहीं थे। ठंड के मारे वह काँप रहा था, पर किसी को उस पर तरस नहीं आया। आखिर में उसने ताले में फिर चाबी घुमाई। इस बार भी वे दो देव उपस्थित हो गए। एक साथ बोले–"हम हाज़िर हैं हुजूर! हमारे लिए क्या सेवा है?"

"कोई सेवा नहीं। बस, कहीं काम दिला दो। मुझे नौकरी चाहिए। मैं पढ़ा-लिखा नहीं हूँ, इसलिए होटल में वेटर का काम कर सकूँगा।"

सोने के देव ने कहा–"हुजूर, मुझसे सोना माँगा होता! यह नौकरी क्यों माँगी?"

प्रोफेसर देव बोला–"महाराज, मैं आपको बहुत बड़ी विद्या दे सकता हूँ।"

इंजीनियर देव बोला–"मैं आपके लिए महल बनाकर दे सकता हूँ।"

डॉक्टर देव बोला–"मैं आपके नाम से बड़े-बड़े अस्पताल खुलवा सकता हूँ।"

"नहीं, मुझे कुछ नहीं चाहिए। मुझे बस काम चाहिए, काम," जानीसेक ने चीखकर कहा।

जानीसेक को काम मिल गया। अपनी मेहनत के बल पर उसने एक आलीशान मकान बनवाया। वह वेटर था, लेकिन लोग उसकी बड़ी इज्जत करते थे। एक सुंदर जिप्सी लड़की ने उससे शादी कर ली। उसके लिए जानीसेक ने सोने के ढेर सारे आभूषण बनवाए। उसे अपनी कमाई पर गर्व था।

लोग कहते थे कि जानीसेक को अक्ल होती, तो वह देवों से सोना-चाँदी माँगता। आलीशान महल बनवाता और लोगों पर शासन करता। पर वह किसी की परवाह नहीं करता था।

एक दिन जानीसेक के घर से जादुई ताले की चाबी गुम हो गई। दुखी होने की बजाय, जानीसेक दंपती को इससे बड़ी खुशी हुई। लालच का झंझट ही खत्म हो गया था। उसने बहुत पैसा कमाया, आलीशान होटल खोले। अपने समय में शहर का सबसे धनी व्यक्ति था जानीसेक।

12

लेखक के शोध-ग्रंथ इतिहास के पृष्ठों को बाँचने लगे–

जिप्सी अब स्वयं को रोमा कहलाना उचित समझते हैं। जर्मन लोग उन्हें 'जिगूनेर' कहते हैं। यह शब्द संभवतः फ्रिजीयन लिकोनियन संप्रदाय 'ऐथिगनोड' से निकला है जिसका नौवीं शताब्दी के प्रारंभ में थीयोफेंस बीजेंटीन जैसे लेखकों ने उल्लेख किया है। दूसरी ओर, एम. जे. डी. गोजे ने 1875 में कहा कि यह शब्द सेजेंगी से निकला है, जिसका अर्थ होता है संगीतज्ञ, नृत्यकार आदि। ड्रिट्टन के अनुसार यह उपर्युक्त वर्णित नाम 'कंगार' से संबंधित है। जो भी हो, अब यह निश्चित है कि जर्मन लोगों को यह शब्द चेक लोगों (सिगार, सिंगान, सिकान) से मिला, जिन्होंने इसे मज्यार लोगों (सिगाथा) से पाया था, मज्यार लोगों को यह शब्द रूमानी लोगों (सिगान) से मिला था जिन्होंने इसे बुल्गारियाई लोगों से प्राप्त किया। जो सिगान या सिगागिन शब्द का प्रयोग करते थे।

यूरोप में दिखाई देने वाले प्रथम जिप्सी, धातुकर्म और पीतल पर रंग चढ़ाने का काम करते थे। 'जिगूनेर' नाम पूर्वी यूरोप और इटली में ही प्रचलित हुआ। मध्य यूरोप में आने पर जिप्सी लोगों ने बताया कि वे मिस्र देश के वासी हैं, जहाँ उनका नाम 'फराओं नेपे' (फराओ के लोग) अभी तक मज्यार लोगों में प्रचलित है। उन देशों में जहाँ जर्मन बहुत कम बोली जाती है, जिप्सी लोगों को पहले सूईजीनर, जीगूनेर या हंगेरियन कहा जाता था, और बाद में उन्हें तातेन या तातार कहा जाता था। फ्रांस में उन्हें बोहेमियन कहा जाता था क्योंकि वे हंगरी और बोहेमिया के राजा से संरक्षण के दस्तावेज़ लेकर बोहेमिया से आए थे। लेखक अपने संस्मरणों में जिप्सी जीवन की एक झलक

ही प्रस्तुत कर सका है। उनके साथ यहूदियों की भाँति जुल्मों की एक लंबी कहानी है। रोमा लोगों ने अब 'जिप्सी' शब्द से दूरी बना ली है।

रोमाओं का प्रवसन एक बार में ही नहीं हो गया। वे एक के बाद एक कई समूहों में गए। ये समूह छोटे-छोटे थे। अकसर इनमें एक परिवार या एक वंश के लोग होते। यह नहीं कहा जा सकता कि यह प्रक्रिया अब बंद हो गई है जबकि यूरोप में प्रत्येक राष्ट्रीयता के लोग बहुत पहले ही कहीं न कहीं बस चुके हैं। चेक रिपब्लिक और स्लोवाकिया में रोमा प्राय: हंगेरियन भाषा भी बोलते हुए पाते हैं। वे वहाँ द्वितीय विश्वयुद्ध के बाद पड़ोसी देश हंगरी से आए थे क्योंकि युद्ध में चेकोस्लोवाकिया के जिप्सियों का जर्मनों ने सर्वनाश (हॉलोकॉस्ट) कर दिया था। यह कोई नहीं जानता कि आज वे किस प्रकार एक देश से दूसरे देश में घूमते फिरते हैं जबकि आजकल देशों की सीमाएँ स्पष्ट रूप से अंकित हैं और उन पर कड़ा पहरा रहता है।

एक रूसी शोधकर्ता एम. जे. कोनाविन के अनुसार—रूस में जिप्सियों ने ब्रह्मा, इंद्र, विष्णु, लक्ष्मी और पृथ्वी की कथाओं को अक्षुण्ण बनाए रखा है। पृथ्वी देवी को वे 'माता' कहते हैं। चिकित्सक कोनाविन एक उत्साही भाषावैज्ञानिक थे। उनका जन्म सन् 1820 में हुआ था। उन्होंने अपने जीवन के 35 वर्ष जिप्सी लोगों की उत्पत्ति और जीवन के अध्ययन में लगाए और वे दो बार भारत आए। उन्होंने 123 जिप्सी कथाएँ, 80 पौराणिक परंपराएँ और 62 जिप्सी लोकगीत संकलित किए थे। उनकी कृतियों के अनुवादक डॉ. ऐलीसेफ ने रूसी न जानने वाले पाठकों का उनके शोधकार्य की जानकारी देकर महान् सेवा की है। डॉ. ऐलीसेफ के शब्दों में—डॉ. कोनाविन जिप्सी लोगों के बुद्धिजीवी प्रतिनिधियों से बातचीत करके इस विचार पर पहुँचे थे कि इन लोगों ने अपने विषय के बहुत से ऐतिहासिक तथा प्रजातीय तथ्यों को अपनी स्मृति में सुरक्षित रखा है। यह दीगर बात है कि इनकी कई अजीब उपमाओं और रस्मों की सार्थकता अब समाप्त हो चुकी है।

स्वीडन की भाँति अमेरिका ही ऐसा देश है जहाँ जिप्सी धनी हैं। नई दुनिया (अमेरिका) अग्रदूतों और साहसी लोगों का देश है। यहाँ आपको पंजाबी लकड़हारे मिलेंगे जो अपनी मेहनत से करोड़पति बन बैठे हैं। यहाँ आप जिप्सियों के ऐसे दल देख सकते हैं, जो नई तरह की ऐसी कारों में चलते हैं, जिनमें सभी सुविधाएँ उपलब्ध हैं। स्वीडन को छोड़कर रोमा और कहीं भी इतने समृद्ध नहीं हैं। उन्हें व्यापार करने का पूरा अवसर मिलता है।

असीमित संभावनाएँ उनके पास हैं। अमेरिका के विस्तृत मैदानों में उनको डेरे डालकर ठहरने की स्वतंत्रता है।

रोमा अब अंतर्जातीय विवाह भी करने लगे हैं। मुझे इंग्लैंड में एक अकादमिक परिवार मिला जिसमें पति गाजो था तो पत्नी रोमा। पिछले दिनों उनमें तलाक की संख्या भी बढ़ी है। रोमाओं के लिए विद्यालय खोले गए हैं। पर उनकी प्रगति में पुलिस का आतंक भी आड़े आता है। वैसे इस संदर्भ में विकास की गति पिछले दिनों से कुछ तेज़ हुई है। अंतर्राष्ट्रीय स्तर पर रोमाओं की कांग्रेस बन जाने से इस समाज को बड़ा लाभ हुआ।

रोमाओं के संयुक्त परिवार टूटने लगे हैं। लेकिन कारवाँ का जीवन अभी कम बदला है। स्वच्छता तथा पवित्रता भी बरती जाती है।

मृतक को कभी जलाया जाता था; आज दफनाया जाता है। इनके कई विचित्र रीति-रिवाज हैं। लोकगीतों और लोकनृत्यों को पिछले दिनों और अधिक बल मिला है, उनका जीवन-दर्शन संगीत दुःख-दर्द भुला देता है।

आइए, एक लोकगीत की कुछ पंक्तियाँ देखें–

बरो पानी (समुद्र)

सुन दी हुन्नालो ओ दी पानी,
ओ हुन्नालो बरो पानी
हुन्नालीन सारसा
कोस इट कांट ताल आंडूरो
ऐन गुरमीन आजा।
(पानी का गर्जन सुना,
गरजते हुए महासमुद्र का,
यह सदैव से गरजता रहता है।)

रोमाओं के पास पीड़ा सहने के अतिरिक्त और कोई चारा नहीं था। इसलिए उनके यहाँ इस प्रकार की एक कहावत ही बन गई–पीड़ा सम्मान का प्रतीक है।

इविंग ब्राउन ने लिखा है, "उन्हें मारो, उन सबको मारो।" एक चिल्लाया। "उनको मर जाने दो।" दूसरा चिल्लाया। तब मैंने एक तीसरे को कहते सुना, "क्यों? बेचारे निर्धन जिप्सियों ने किया क्या है?"

मैं भगवान को पुकारकर पूछता हूँ–

"हाय! हम कितने कम हैं, हम निर्धन काले लोग।"

कुछ देशों में रोमाओं को अपराधी जातियों में शामिल किया गया। भारत में भी अंग्रेजों द्वारा कई ऐसी जातियों को अपराधी करार दिया गया था। वास्तव में जिन समाजों ने अंग्रेजों के विरुद्ध लड़ाई लड़ी और भारत की स्वतंत्रता के लिए संघर्ष किया, उन्हें अपराधी जातियाँ घोषित कर दिया गया। यह एक ऐतिहासिक तथ्य है। यही स्थिति कमोबेश अन्य देशों में भी रोमाओं की रही।

रोमा परंपरागत परिवारों में शिशु का जन्म दैवी घटना मानी जाती है, जच्चा को किसी खुले स्थान में या गाजो (गैर-जिप्सी) के घर प्रसव करना होता है। जन्म देने के बाद बच्चे को वह अपने तंबू में लेकर आ जाती है। चार सप्ताह उसे अशुद्ध माना जाता है। कई देशों में खानाबदोश रोमा नवजात शिशु को तुरंत ठंडे पानी में नहलाते हैं ताकि वह सर्दी का प्रकोप सहने में समर्थ हो सके। दुष्ट आत्माओं से बचाने के लिए भी अनेक विधि-विधान हैं।

रोमाओं में शिक्षा का कोई महत्त्व नहीं है। वह तो उनको बड़े-बूढ़ों से ही मिल जाती है। वैसे आजकल कई देशों में सचल जिप्सी विद्यालय खोले गए हैं। इंग्लैंड में इन पंक्तियों के लेखक ने जब ऐसे ही एक विद्यालय में बच्चों से बात की तो उनकी पारिवारिक समस्याओं का पता चला। वास्तव में खानाबदोशी नियमित शिक्षा में बाधक होती है, यद्यपि उनकी बुद्धि किसी से कम नहीं होती।

कन्याओं के कौमार्य की रक्षा करना रोमा समाज की प्रमुख विशेषता है। हालाँकि अब यूरोप की संस्कृति उन पर हावी होती जा रही है। रोमाओं में वेश्यावृत्ति के लिए कठोर दंड का प्रावधान है। जिप्सियों का फैसला उनकी अपनी पंचायत करती है जिसे क्रिस कहा जाता है। कारवाँ का मुखिया न्यायाधीश होता है। उसकी आज्ञा शिरोधार्य होती है।

विवाह माता-पिता की सम्मति से होते हैं। वधू-मूल्य अनिवार्य रूप से चुकाना होता है। मुस्लिम रोमाओं को ईसाई रोमाओं की तुलना में अधिक राशि देनी पड़ती है। दक्षिण-पूर्वी बाल्कन और जर्मनी में रोमा वर-वधू घर से भागकर कुछ समय के लिए बाहर चले जाते हैं। लौट आने पर इसे विवाह की संज्ञा दे दी जाती है। आज भी भारत की जनजातियों में यह प्रथा देखी जा सकती है। ईसाई जिप्सी अब चर्च में विवाह करने लगे हैं। पति-पत्नी के

लिए अन्यत्र सेक्स संबंध निषिद्ध हैं।

इटली में रोमाओं के बारे में कहा जाता है कि वे चोरी भी करते हैं। वास्तव में इटली में तो वैसे ही चोरियाँ बहुत होती हैं। फिर बेचारे रोमाओं को ही क्यों दोष दिया जाता है। ऐसा लगता है, रोमा अन्य समाजों की तुलना में पिछड़ा समाज है, इसलिए उस पर यह तोहमत लगाई जाती है।

रोमा ज्योतिष में विश्वास रखते हैं। इनकी स्त्रियाँ हस्तरेखा विशेषज्ञ मानी जाती हैं। आश्चर्य है यूरोप का संभ्रांत समाज उन्हें अपनी भाग्य-रेखा दिखाकर अपने भविष्य का फैसला करता है। कैसा विरोधाभास है। इस समाज में कुछ कश्मीरी ब्राह्मण भी रहे होंगे जो संभवतः जुत्शी से जिप्सी बन गए।

विश्व के कोने-कोने से लाखों रोमा आज भी प्रतिवर्ष दक्षिण फ्रांस में एकत्र होते हैं और सतसारा देवी की पूजा करते हैं। उसे वे काली भी कहते हैं, जो दुर्गा का स्वरूप मानी जाती है। उसे बंगाल-परंपरा की तरह जलस्पर्श कराया जाता है पर विसर्जित नहीं किया जाता। धर्म उनके जीवन का अंग है। कभी उनके यहाँ यज्ञ भी होते थे। गोत्र परंपरा थी और हिंदू कर्मकांड भी प्रचलित थे, किंतु खानाबदोशी उनका सब कुछ छीनती चली गई। आज उनका जीवन-दर्शन ही बदल गया है। जो कुछ शेष है, वह भारत की पुरातन परंपराओं की धरोहर है। काश, उस धरोहर की पहचान की जा सके!

13

लेखक ने किशोरावस्था में वेदादि आर्ष वाङ्मय के अतिरिक्त राहुल, गांधी, टैगोर आदि का साहित्य पढ़ा था। फलतः उसे सामासिक तथा समेकीकृत पथ मिल गया था। बुद्ध, महावीर, दयानंद और विवेकानंद बनने का मन था कि वह घर-बार छोड़कर संन्यास धारण कर ले और अपने मन-वचन-कर्म से विश्व को प्रेम, शांति, करुणा, अहिंसा तथा धर्म के दस लक्षणों का संदेश दे। वह बचपन में प्रातः चार बजे उठता, गंगा के शीतल जल में स्नान करता, नित्यकर्म से निवृत्त होकर आसन-प्राणायाम करता। प्रतिदिन संध्या-हवन

करता, गायत्री मंत्र जपता, ब्रह्मचारियों की तरह खड़ाऊँ पहनता, नियमित स्वाध्याय करता, स्त्रियों की ओर दृष्टिपात करने को भी पाप समझता और न जाने क्या-क्या वैज्ञानिक-अवैज्ञानिक सोच उसे वैराग्य की ओर ले जा रही थी। वह सोचता था कि एक दिन वह विश्व का श्रेष्ठ संत, विचारक तथा लेखक बनेगा।

इस किशोर का एक सहपाठी कुछ-कुछ उसकी तरह ही सोचता था। किशोर तब अपने मामा के यहाँ रहता था। छोटे से कस्बे में। मामा रामायणी थे। अतः उसने तुलसी का 'रामचरितमानस' तथा 'राधेश्याम रामायण' पुस्तकें बचपन में पढ़ डाली थीं। गुरुकुल काँगड़ी के वार्षिकोत्सव में उन दिनों दूर-दूर के प्रकाशक धार्मिक साहित्य विक्रय करने के लिए आते थे। किशोर घंटों पुस्तकों की स्टॉलों पर बिताता और अपने जेब-खर्च के पैसे से आर्ष साहित्य खरीद लाता। यजुर्वेद, सत्यार्थ प्रकाश, आर्योद्देश्यरत्नमाला, व्यवहारभानु, दशोपनिषद्, षड्दर्शन आदि भी खरीदे थे। त्रिपिटक, आसा दी वार, कुरान, बाइबिल आदि ग्रंथ भी खरीदकर पढ़े थे। सातवीं कक्षा तक वह कोर्स की पुस्तकें केवल पिता के संतोष के लिए पढ़ता था क्योंकि यह शिक्षा उसके लिए तब बेमानी थी।

एक दिन दोनों किशोरों ने घर छोड़ने का निर्णय कर लिया। दोनों को गुरुकुल महाविद्यालय ज्वालापुर तथा गुरुकुल घरौंडा प्रथमा में निःशुल्क प्रवेश मिल गया। सहपाठी ने पहले घर छोड़ा तथा किशोर मित्र पर जिम्मेदारी डाली कि वह परिस्थिति सँभाल ले।

इधर अचानक किशोर लेखक के घर में कुछ दुर्घटनाएँ घटीं। उसने सोचा उसका मित्र तो अपने माता-पिता का सबसे छोटा पुत्र है, इसलिए उस पर कोई जिम्मेदारी नहीं थी, किंतु किशोर लेखक अपने परिवार में ज्येष्ठ पुत्र था। इसलिए उसका घर छोड़ना अपने उत्तरदायित्व से मुँह मोड़ना था। वह कई दिन किंकर्तव्यविमूढ़ स्थिति में रहा। उसने बुजुर्गों के मुख से सुना था-सुनो सबकी, करो अपने मन की। अंततः मन की जीत हुई। एक मध्यम मार्ग अपनाया। गीता का कर्मयोग जीवन से जुड़ गया। लेखक ने किशोरावस्था में लिखना शुरू कर दिया था। स्थानीय पत्र-पत्रिकाओं के अतिरिक्त हिमाचल सरकारी पत्र 'हिमप्रस्थ' ने किशोर लेखक की रचनाएँ प्रकाशित कीं। 'लाल-सवेरा' हाई स्कूल पास करते ही छप गया। पता नहीं किसी प्रकाशक ने उसे कैसे छाप दिया! बी. ए. तक चार लघु कविता संग्रह प्रकाशित हो गए।

किशोर लेखक ने आठवीं से कोर्स की पुस्तकों में मन लगाना शुरू किया। परिणामस्वरूप एम. ए. तक कक्षा में प्रथम आता रहा और नौकरियाँ भी करता रहा। पी-एच. डी., डी. लिट्, सरकारी तंत्र में निदेशक, महानिदेशक और न जाने क्या-क्या, यह एक लंबी रामकहानी है। एक पितृहीन कृषक परिवार के अभावग्रस्त बालक की संघर्ष-गाथा है। और अंततः हिंदी तथा भारतीय भाषाओं के संरक्षण के लिए भारत सरकार की नौकरी छोड़कर स्वतंत्र लेखन, देश-विदेश के विश्वविद्यालयों में अंशकालीन शिक्षण-प्रशिक्षण।

वह माता-पिता का सुयोग्य सुपुत्र, शिक्षकों का श्रेष्ठ शिष्य, परिवार का उत्तरदायी सदस्य, श्रेष्ठ पति, पिता, भाई, मित्र आदि के रूप में रोल मॉडल था। इस रोल मॉडल से जुड़े हैं वे सभी पात्र जिन्होंने कभी उसे राहुल सांकृत्यायन का 'घुमक्कड़ शास्त्र' हाथ में थमा दिया था। उसने राहुल की राह तो पहले ही पकड़ रखी थी। सरकारी उच्च पदों से स्वैच्छिक सेवा अवकाश के उपरांत अब उसे मजबूती मिल गई थी। वह बहुआयामी जिंदगी जीने लगा। उसका सबकांशस माइंड कभी हिमालय के खानाबदोश गद्दियों में पहुँच जाता तो कभी कश्मीरी गुज्जरों के घुमंतू डेरों में। कभी पशु-पालक समाजों के बीच शोध-सृजन की राह पकड़ लेता तो कभी सात समंदर पार मैक्सिको के सूर्य मंदिरों की खोज में भटकने लगता। वह रोमा जिप्सियों के साथ यूरोप के देशों में चकराने लगता तो कभी जापान की शिंतो सराय में सूर्य संस्कृति को ढूँढ़ने लगता। फिर भी, 'स्काई इज़ द लिमिट' पाने में बहुत विलंब हो गया। सूर्य संस्कृति की खोज में वानप्रस्थ आश्रम की आयु आ धमकी। यौवन हिमालय की कंदराओं, जानलेवा पहाड़ियों, नागालैंड के नरभक्षी समुदायों और अंडमान निकोबार के ग्रेट अंडमानीज जारवा जनजातियों में नए आदमी की तलाश करते-करते बीत गया।...

विदेशी गोरे छुट्टियाँ मनाने केरल, गोवा, पांडिचेरी तथा अन्यत्र समुद्र तटों पर अर्द्धनग्नावस्था में लेटे रहते हैं। वे केवल नेचर को जीने के लिए यहाँ आते हैं। पलोलम, कोवलम के 'बीच' सूर्य की उष्णता लेते हैं ताकि उनकी श्वेत त्वचा ब्राउन हो जाए। लेखक एक अंतर्राष्ट्रीय कॉन्फ्रेंस में भाग लेने गोवा गया था। वहाँ रोमा पुत्री की प्रदर्शनी भी लगी थी। दो विदेशी ग्रुप के साथ समुद्र तट पर चहलकदमी कर रहे थे। लेखक को आदिवासियों के नग्न, अर्द्धनग्न कंकाल शरीर स्मरण हो आते हैं। कितना अंतर है दो समाजों के बीच। एक त्वचा ब्राउन करने के लिए अर्द्धनग्न है तो दूसरा अभावों के कारण

नग्न है। एक बंजारिन अपना सामान बेचने के लिए खड़ी है। काली-कलूटी होते हुए भी उसके नाक-नक्श सौंदर्य से आपूरित हैं। रोमा पुत्री श्वेतांगना की नजर उसकी मालाओं पर पड़ती है। लेखक भारत की यायावर बंजारिन व विदेशी रोमा बंजारिन का परस्पर परिचय कराता है। वह लेखक से पूछकर मोतियों की माला का मोल-भाव करती है और कुछ मालाएँ खरीद लेती है। वह अपने प्रिय यायावर समुदायों का पहले भी परस्पर परिचय कराता रहा है। वह बड़े-बड़े जलसे, सेमिनार, कॉन्फ्रेंस तथा विचार-गोष्ठियाँ कराता है। राष्ट्रीय-अंतर्राष्ट्रीय स्तर पर कला-संस्कृति सम्मेलनों का आयोजन कराता है। देश-विदेश के यायावरों को जोड़ने का प्रयास करता है।

लेखक कालांतर में मॉरिशस, फीजी, सूरीनाम, गुआना व ट्रिनीडाड के मध्यकालीन भारतवंशियों का समाजशास्त्रीय अध्ययन करते हुए यूरोप, अमेरिका के वर्तमान भारतीय प्रवासियों तक पहुँच जाता है। उसके विश्वव्यापी शोध से अनेक लोग प्रसन्न होते हैं। पाठक उसका साहित्य बड़े प्यार से पढ़ते हैं। उसे अब देश-विदेश के अनेक शिक्षाविद्, साहित्यिक तथा सामाजिक समारोहों में मुख्य अतिथि, स्टेट गेस्ट अथवा कार्यक्रमों की अध्यक्षता के लिए आमंत्रित किया जाता है। वह कभी केवल शोधार्थी था, अब सोशल एक्टिविस्ट बन जाता है। कुछ यायावर, अर्द्ध-यायावर समाज उसे अपना नेता मानने लगते हैं। उसे ऐसी कुछ राष्ट्रीय तथा अंतर्राष्ट्रीय संस्थाओं का अध्यक्षीय कार्य-भार सौंप दिया जाता है। वह सभी प्रकार के दायित्वों का सम्यक् रूप से निर्वहन करता है। उसे अनेक राष्ट्रीय तथा अंतर्राष्ट्रीय पुरस्कार-सम्मान नवाजे जाते हैं। देश-विदेश के राष्ट्रपति उसे सम्मानित करते हैं।

एक दिन वह आशा-निराशा के झूले में बैठा अपने विगत पर दृष्टिपात कर रहा था। ये क्षण उसके जीवन में पहले भी कई बार आए थे। उसके इतने रूप देखकर परिवार के लोग प्रसन्न तो होते, किंतु मिलने वालों की भीड़ से दुखी भी होते। उनमें हिंदी-उर्दू के लेखक होते, अंग्रेजी व अन्य भाषाओं के साहित्यकार होते, एलिट कल्चर के स्कॉलर होते, देशी-विदेशी संभ्रांत समाज होता, अगड़े-पिछड़े सभी वर्गों के लोग होते, राजनेता होते, आबाल-वृद्ध होते, सभी धर्मों के साधु-संत होते। मुँह पर पट्टी बाँधे जैन मुनि होते तो काषाय वस्त्र धारण किए आजन्म ब्रह्मचर्य-व्रती आर्य संन्यासी भी होते। इक्के-दुक्के सूफी संत-मौलवी होते। कभी कोई पत्रकार इंटरव्यू लेने घर पहुँच जाता तो कभी दूर-दराज के बच्चे आशीर्वाद के लिए आ जाते। मिलने वालों का कैसा

संसार बनाया था इस लेखक ने। उसे एक दिन निराशा घेर लेती, तो अगले दिन उसके प्रशंसकों के दल घेर लेते।

यह लेखक दूसरे लेखकों से भिन्न है। वह किसी से माँगता नहीं, देता ही रहता है। आज तो वह संपन्न है जिसके लिए वह ईश्वरीय अनुकंपा को श्रेय देता है। वह अभावग्रस्त सरस्वती पुत्रों तथा दीन-दुखियों के लिए कुछ न कुछ देता ही रहा है भले ही उसे अपने जरूरी खर्चों में कटौती करनी पड़ी हो। कुछ समाजसेवी, साहित्यिक व मानवधर्मी संस्थाओं को गुप्तदान देने में उसे आत्मसंतोष मिलता। वह संतों की वाणी को सदैव याद रखता–

साईं इतना दीजिए, जा में कुटुम समाय।
मैं भी भूखा ना रहूँ, साधु न भूखा जाय।।

इसी दान-भावना में उसे देव, दानव तथा मानव की कहानी याद आ जाती जिसे उसने कभी किसी उपनिषद् में पढ़ा था। कहानी थी–

एक बार देव, दानव तथा मानव परस्पर लड़ते-लड़ते थक गए थे। वे घोर अशांति में जी रहे थे। उन दिनों बात-बात पर युद्ध हो जाया करते थे। शत्रु पक्ष से बदला लेने के लिए लड़ाइयों का अंत नहीं होता था। कितने ही परिवार तबाह हो गए थे। कितनों के घर-बार छूट गए थे। कितने भिखारी बन गए थे। यत्र-तत्र त्राहि-त्राहि मची थी।

प्रत्येक समस्या का अंत तो होता ही है भले ही वह किसी रूप में हो। अर्द्धनाश हो या सर्वनाश, समस्याएँ मिल-बैठकर ही सुलझती हैं। देव, दानव और मानव के प्रतिनिधि आपस में मंत्रणा करने लगे।

''हममें क्या कमी है जो युद्धों का अंत होता ही नहीं?''

''जरूर कहीं हमारी समझ का दोष है।''

''हाँ-हाँ, हमने एक-दूसरे के प्रति अविश्वास, संदेह और गलतफहमियाँ पाल रखी हैं।''

''एक-दूसरे के विरुद्ध छिद्रान्वेषण करना हमारा स्वभाव बन गया है।''

कुछ इसी प्रकार के विचार उठ रहे थे। उन्होंने सृष्टि-नियंता ब्रह्मा की शरण में जाने का फैसला लिया और एक दिन वे उनके निवास पर पहुँच गए। उनके चेहरों पर थकान थी पर अंतर्मन में एक-दूसरे के विरुद्ध लड़ने की भावना कम नहीं हुई थी।

ब्रह्मा के सामने तीनों मुँह लटकाए खड़े थे। उन्होंने समवेत स्वर में

करबद्ध प्रार्थना की–

"त्राहि माम्-त्राहि माम्।"

"हे देवाधिदेव, आपने क्या सृष्टि इसीलिए बनाई थी कि हम आपस में लड़ते-झगड़ते रहें?"

"जीवन भर मनमुटाव बने रहें।"

"पीढ़ियाँ एक-दूसरे से बदला लेने में समय नष्ट करें।"

"युद्ध के बाद समाज अपंग-लँगड़ाता हुआ चले।..."

इन अभिव्यक्तियों के साथ आँसू बहाते तीनों जन-प्रतिनिधि ब्रह्मा के पाँवों पर लेट गए।

ब्रह्मा ने उन्हें एक-एक करके अपने गले लगाया तथा तीनों को आशीर्वाद-स्वरूप एक अक्षर में संदेश दिया–

"द-द-द।"

प्रतिनिधि बोले–"हे विश्वजनक, पहेली मत बुझाइए। हम युद्धों का अंत चाहते हैं। उनका हल बताइए। शांति की राह दिखाइए।"

ब्रह्मा ने कहा, "वत्स, मैंने इन तीन अक्षरों में तुम्हें सब कुछ दिया है। अपने-अपने लोकों में जाओ और इस अक्षर पर विचार करो।"

तीनों प्रतिनिधि ब्रह्मलोक से लौट आए और पुनः मंत्रणा में लग गए। निराशा आशा में बदलने लगी।

देवों का प्रतिनिधि बोला–"देवता न मन को वश में रखते हैं और न अपनी इंद्रियों को, जिसके कारण उनका दंभ बढ़ता जाता है और युद्धों का अंत होने का नाम ही नहीं लेता। आज से हम प्रतिज्ञा करते हैं–'द' से इंद्रिय-दमन का पाठ देव-समाज में क्रियान्वित करेंगे।"

"हमारे दानव समाज में भी दंभ बढ़ता जा रहा है तथा तरह-तरह की युद्ध-विधाओं के अतिरिक्त हम कुछ और सीखना नहीं चाहते। दया-धर्म का अंत हो गया है। अतः हम आज प्रण करते हैं कि 'द' से मानव मात्र पर दया करने का पाठ पढ़ेंगे और उसे अपने जीवन में उतारेंगे।"

मानव की बारी आई। उसके अंतर्मन ने कहा–"आज मानव समाज स्वार्थ-लिप्सा से ग्रस्त है। वह अपनी उन्नति तथा अपने परिवार के उत्थान तक ही सीमित है। पड़ोस में कोई व्यक्ति अन्न के अभाव में भूखा-प्यासा पड़ा है जिसकी उसे बिलकुल परवाह नहीं। उसे गरीबी पर सोचने-लिखने हेतु शराब चाहिए। निरीह पशु-पक्षियों का कत्ल कर उनका स्वादिष्ट मांस

चाहिए। शाकाहारियों को भी छत्तीस व्यंजन चाहिए। विलासिता के लिए धन चाहिए। 'दान' शब्द से उन्हें चिढ़ है। अतः 'द' से दानवृत्ति का पाठ सीखकर मानव-मात्र को 'सर्वे भवन्तु सुखिनः' का संदेश देंगे। इसी संकल्प को लेकर समाज युद्धों से मुक्ति पा सकेगा।

तीनों प्रतिनिधियों ने अलग-अलग ढंग से 'द' को जीवन में उतारा और इस प्रकार समाज में सुख-शांति लौट आई।

लेखक की कलम लिखे जा रही है।

यह केवल उपनिषद्-कथा नहीं, विश्वशांति का संदेश है। इसमें जन-कल्याण भरा है। लेकिन इसका अर्थ यह नहीं कि मानव दान पर ही जीवन-यापन करता रहे। यह तो केवल परस्पर-सहायता का प्रतीक है। आदान-प्रदान की शिक्षा है जिसे लेखक ने बचपन में पढ़ लिया था। अब उसके दान-भाव तथा समाज-सेवा के संस्कारों को कोई और ढंग से व्याख्यायित करता रहे, इसमें बेचारे लेखक का क्या दोष! उसे कष्ट है कि कोई उसे आखिर सही ढंग से समझना क्यों नहीं चाहता? उसे शिकायत है अपनों से, परायों से और उन सभी के बारे में जो अपनी हेकड़ी जताने के लिए उसके विरुद्ध बेसिर-पैर की बातें करते हैं। वह निरर्थक बहस की बजाय सार्थक तथा पॉजिटिव चिंतन को बाँटना चाहता है। वह परिचर्चा, गोष्ठियों में अब यदा-कदा ही जाता है। वहाँ की टाँग-खिंचाई तथा वाणी-विलास से वह पूर्णतया परिचित है। वह बस अपने बारे में लिखता जा रहा है।

14

मास्को : 11 जून, 1988, शनिवार।

सायंकाल साढ़े सात बजे। सूरज अभी बड़े मजे में अपनी किरणें बिखेर रहा है। लेखक और उसकी दुभाषिया जिप्सी ग्रीन थिएटर पहुँचते हैं। हरीतिमा से घिरा ओपन जिप्सी थिएटर मास्को के मध्य स्थित है। लोग बड़ी संख्या में बेंचों पर बैठ गए हैं। वह अपनी दुभाषिया के साथ अंदर प्रवेश करता है। वह

देखता है, सामने की दो पंक्तियों में कोई स्थान खाली नहीं है। तीसरी पंक्ति में दो-तीन व्यक्तियों के बैठने की जगह है। दुभाषिया लेखक का मन जानती है और उसे आगे बैठाने के लिए रास्ता बनाती है। वैसे सैकड़ों की संख्या में दर्शकों ने पीछे तक स्थान ले लिए थे।

मंच पर गिटार बज रहा है। सात-आठ वाद्यवादक अपने हाथों में पियानो लिए खड़े हैं। दो के हाथ में बिगुल भी हैं। भीतर से तीन सुंदरियाँ स्टेज पर आती हैं। लाल, हरे और नीले वस्त्रों में। कंधे से लेकर पाँवों तक की नर्तकी पोशाक। बाल काले, नाक-नक्श पंजाबियों तथा कश्मीरियों-सा। हाँ, रंग कुछ अधिक गोरा-किसी का बिलकुल चिट्टा। दो के बाल भारतीय महिलाओं की तरह लंबे। पुरुषों में दो काले भी। लीजिए एक्टिंग करने वाले तीन युवक स्टेज पर आ गए। छह कलाकारों ने धीमी पदचाप से नृत्य आरंभ किया। यह पदचाप लेखक ने गोटिंजेन, पश्चिमी जर्मनी में भी देखी थी। वहाँ अन्य देशों के रोमा जिप्सी आए थे। तब सोवियत संघ के रोमा वहाँ नहीं पहुँच सके थे। ता-था-थैया-थप-थप और कभी भाँगड़ा, गिद्दा नृत्य की अनुक्रिया। उछल-कूद। कभी-कभी क्रूड-सा नृत्य। नाजुक, पर बहुत नाजुक नहीं। संगीत लावणी की तरह। कभी ब्रज के रसिया का आनंद। आरोह दीर्घ ध्वनि के साथ रोमानी भाषा में गीत गाए जा रहे हैं। प्रेमगीत से लेकर दुःख-दर्दों से भरी लोककथाओं तक। शोध के विषय हैं इनके लोकगीत, लोकनृत्य और वाद्य-संगीत।

स्त्रियाँ मटकती हैं और जिस प्रकार हाथ-पाँवों की विभिन्न मुद्राएँ करती हैं तथा अभिनय करती हैं वह उनको रूसी नृत्य तथा संगीत से अलग पहचान देता है। उन्हें अपनी संस्कृति और कला की रक्षा में कितना त्याग करना पड़ा होगा! आधुनिक कला को नकारा होगा, सूक्ष्मता एवं कृत्रिमता के स्थान पर प्रकृत रूप को मौलिक बनाए रखने के लिए कितना संघर्ष किया होगा! उनके नृत्य में आज भी पंजाब के गिद्दा से लेकर उत्तर प्रदेश की नौटंकी तक की मुद्राएँ देखी जा सकती हैं। हाथों को कूल्हे तक लाना। उचकना। द्रुतगति से घूमना। कभी-कभी वस्त्र जंघा तक ऊपर उठ जाता है तो लगता है पश्चिम का नृत्य भी कहीं हावी हो गया है या उन्हें इस प्रतिस्पर्धा में आगे जाना है।

लगभग डेढ़-दो घंटे के कार्यक्रम में स्टेज पर पश्चिमी भारत के लोक-नृत्यों और लोकगीतों की भी प्रतिच्छाया दिखाई पड़ती है। लाला ला। लाए हा। नाना ना। लंबी आवाजों में। नर्तक स्वयं तालियाँ बजाते हैं। एक बार नहीं

कई-कई बार। एक स्त्री कलाकार दर्शकों से कभी-कभी तालियाँ बजाने के लिए इंगित करती है। यहाँ आधुनिक प्रकार के ध्वनि-विस्तारक यंत्र हैं और सुसज्जित स्टेज भी। अंत में समूह नेत्री गलीना विशनियस्का स्टेज पर आती है। वह टीवी तथा अन्य मीडिया के माध्यम से बहुचर्चित है। काली पोशाक में, उम्र 40-50 के बीच। पर कलाकार अपनी उम्र से कम ही दिखाई पड़ते हैं। आवाज कभी ऊँची, कभी मध्यम और कभी बहुत मंद। जादुई है वह आवाज। झूम रहे हैं लोग। लेखक भी आनंद-विभोर था। वास्तव में ऐसी आवाज तो राया की थी। राया को जिसे जर्मनी में सुना था। क्या गजब का हिप्टोनिज्म था उसकी आवाज में! पता नहीं वह जिप्सी आवाज आज कहाँ होगी!

गलीना से पूर्व एक थुलथुले बदन के रोमा ने भी गीत सुनाया था। लेखक सोच रहा था, भारत के गाँव यहाँ यूरोप में कैसे आ गए? उसका बचपन तथा तरुणावस्था गाँव में बीता है। नौटंकी, स्वाँग-तमाशे भी देखे थे, पर यदा-कदा। इसलिए रोमा लोकगीतों और लोकनृत्यों के साथ तुलना करने में कोई विशेष कठिनाई नहीं हुई। कार्ल मार्क्स की कर्मभूमि में भारतीय लोक-संगीत जीवित रह सका, रूसी कद्रदानों को दाद देनी पड़ेगी।

दाद की बात आई तो पता चला, अधिकांश दर्शक रूसी ही हैं। बीच-बीच में तालियाँ बजती रहती हैं। दर्शक कई बार स्वर में स्वर भी मिलाते हैं।

गलीना ने इसी भाषा में भी कुछ पंक्तियाँ सुनाईं। 'दानु दानु...' का बार-बार आलाप करने पर दर्शक भी स्वर में स्वर मिलाते और कलाकार का उत्साह दुगुना-चौगुना बढ़ जाता। लेखक की दुभाषिया भी दानु-दानु गा रही थी।

रात के नौ बजने वाले हैं। स्टेज पर सूर्य अपनी किरणों से कलाकारों के चेहरों को जगमगा रहा है। भारत में तो इस समय रात होगी। यहाँ तो दस बजे तक दिन ही नहीं ढलता।

शो समाप्त होते ही लेखक ग्रीन रूप में प्रवेश करता है। उनके निर्देशक से बातें करता है। दुभाषिया श्वेता अनुवाद करती है। लोगिनोव सहायता करते हैं। उसने जब कहा कि मैं भारत से आया हूँ और आप लोगों पर कुछ लिख रहा हूँ, तो वे बड़े प्रसन्न हुए। लेखक भी मन ही मन प्रसन्न था। शक्करखोरे को आखिर शक्कर मिल ही जाती है। श्रीमती गलीना तथा उनके पति वेलेंतेनिया विश्नेवस्की जाने-माने कलाकार हैं। वह उनकी कला के बारे में प्रश्न करता है। उनके परिवार के बारे में पूछता है। उनकी एक लड़की नृत्य-मंडली में

थी। वह भी सामने खड़ी है और उसका नन्हा बालक उससे चिपट रहा है। शायद यह भी कल का कलाकार होगा।

लेखक ने रोमाओं के अध्ययन के लिए पश्चिमी तथा पूर्वी यूरोप खूब छाना है। यहाँ के रोमाओं के बारे में पहले भी अध्ययन किया है। अब क्रॉस चेक करना चाहता है। कुछ प्रश्न करता है तथा उँगली अपने अंगों पर रखकर पूछता है–

"आप जरा इन अंगों के नाम बताइए?"

गलीना बोली–"आँख, कान, बाल, नाक आदि।" वह समझ गया, ये असली रोमा हैं।

"अच्छा बताइए, शादी में दहेज कौन देता है?"

"कालेदरास के लड़के का पिता।"

"आपके यहाँ नहीं?"

"हम लोआर हैं। हमारे यहाँ कालेदरास और लोआर बड़ी संख्या में हैं। लोआर लुरी एक ही हैं।"

"क्रिस का नाम सुना है?"

"नहीं।"

"अच्छा, आपसी झगड़ों को सुलझाने के बारे में कुछ बताएँ।" उन्होंने 'वाइदस' का नाम लिया। शायद क्रिस की पंचायत पद्धति वहाँ आते-आते वाइदस हो गई! इस प्रथा के अनुसार समूह का बड़ा-बूढ़ा या मुखिया फैसला करता है। लेकिन अब यहाँ के जिप्सी मुख्यधारा में मिल गए हैं। साम्यवादी व्यवस्था में उनके लिए शिक्षा, स्वास्थ्य तथा अन्य सभी सुविधाएँ मिली हैं। (तब ग्लास्तनोस्त नहीं आया था।) पता चला कि उनका एक प्रतिनिधि पोलित ब्यूरो का सदस्य भी है। वे रूसियों की तरह कंधे से कंधा मिलाकर विभिन्न क्षेत्रों में आगे बढ़ रहे हैं।

आश्चर्य की बात है कि रोमा कवि लेक्शा मानुष के बारे में उन्होंने नहीं बताया। कहते हैं, वह कम चर्चित रहा होगा। हो सकता है, उन्हें कवि और कविता से कुछ लेना-देना ही न हो। पता चला कि ये लोग फ्लैटों में रहते हैं। एक दिन लेखक को सड़क पर लिपस्टिक बेचती रोमा महिलाएँ मिली थीं। एक रोमा किशोर हाथ में कुछ वस्तुएँ लिए खड़ा था मास्को के प्रदर्शनी मैदान में। उसकी माँ भी साथ थी। दुभाषिया के पूछने पर उन्होंने बताया कि वे रोमा हैं।

रोमा समुदाय के बारे में संभ्रांत सोवियतों की मनोवृत्ति अभी तक नहीं बदली। कुछ लोग जिप्सियों को हेय दृष्टि से देखते हैं–भारत के वंचित समाजों की तरह। उन पर व्यंग्य भी कसते हैं। हालाँकि उच्च शिक्षित लोगों में अब यह धारणा कम होती जा रही है। पर पूर्वग्रहों की जड़ें बड़ी मुश्किल से उखड़ती हैं। जिप्सी बेचारे अपने साथ भारत की पुरानी परंपरा ही तो लाए थे और एक बार घर छोड़ा तो कभी नहीं लौट सके। कैसी विडंबना है! पर अब तो रूस ही इनका घर है। ये अब किसी भी सूरत में भारत लौटने की नहीं सोचेंगे। उतनी सुख-सुविधाएँ उन्हें भारत में कहाँ मिलेंगी!

हाँ, यूरोप के अन्य देशों में उनकी हालत बहुत अच्छी नहीं। स्वीडन, फिनलैंड, यूगोस्लाविया, बुल्गारिया और रोमानिया आदि कुछ देशों को छोड़कर अन्य देशों में रोमा आज भी दयनीय स्थिति में हैं। अलबत्ता, रोमा अब इंजीनियर, डॉक्टर, प्रोफेसर, उद्यमी व राजनेता भी बनने लगे हैं।

सोवियत संघ के कवियों ने जिप्सियों पर अपनी लेखनी चलाई। महाकवि अलेक्सान्द्र पुश्किन ने तो 'जिप्सी' शीर्षक से एक लंबी कविता ही लिख डाली जो कथोपकथन शैली में है।

15

लेखक अनेक दुर्घटनाओं का शिकार होता रहा है। एक बार उसके विमान का अपहरण हो जाता है। उसका आँखोंदेखा हाल सुनिए–उसी के शब्दों में। यह घटना कभी 'हिंदुस्तान टाइम्स' में लेखक के आलेख 'अ ब्रश विद डेथ' तथा 'नवभारत टाइम्स' में 'सैकड़ों जानें अपहर्ता और एक कलम' शीर्षक के अंतर्गत प्रकाशित हुई थी।

लेखक के जीवन की यह अलौकिक घटना कुछ इस प्रकार से है–

यों तो जीवन में कई अलौकिक घटनाएँ हुई हैं किंतु एक घटना कभी भुलाए नहीं भूलती और वह है वर्ष 1993 में उसके विमान का अपहरण। इस संबंध में उसका इंटरव्यू दूरदर्शन पर प्रसारित हुआ जो बहुचर्चित रहा।...

लेखक उन दिनों भारत सरकार में निदेशक के पद पर कार्यरत था। टी. प्रकाशन संस्थान के वार्षिक समारोह में समापन भाषण देने के लिए

हैदराबाद जाना था। दो दिन पूर्व रात्रि के प्रथम प्रहर में उक्त भाषण अंग्रेजी में लिखने के लिए जब कलम उठाई तो बिजली चली गई। इनवर्टर के प्रकाश में एक पैरा ही लिखा था कि बैटरी खराब हो गई। इसके बाद बिजली आँख-मिचौनी खेलती रही और बड़ी मुश्किल से भाषण तैयार हो पाया, पर उसका छपना यथासमय संभव न हो सका। अंततः उसकी कुछ फोटोप्रतियाँ समारोह में बाँटने के लिए साथ लेकर चलना पड़ा। हवाई अड्डे तक पहुँचने के लिए दो बार कार में भी कुछ गड़बड़ हुई। मन आशंकित तो हुआ किंतु इसे संयोग मानकर हवाई अड्डे तक पहुँच ही गया और फिर विमान में सवार हो गया।

विमान उड़ान भरने को तैयार था कि तभी घोषणा हुई कि उसमें कुछ खराबी है इसलिए विलंब के लिए खेद है। शुक्र है कि लगभग आधे घंटे के बाद विमान उड़ने लगा।

लेखक की आदत है कि जब विमान अथवा रेलगाड़ी द्वारा यात्रा करता है तो उसका एकांत लेखनी पकड़ लेता है। ऐसे अवसर पर कविताएँ भी खूब लिखी जाती हैं। लेकिन आज तो कुछ और ही होना था।...

विमान भोपाल के ऊपर से गुजर रहा था तो एक अपहर्ता कॉकपिट में जा बैठा और पायलट से बोला, ''हवाई जहाज पाकिस्तान की ओर मोड़ो। तुम मेरे बंधक हो, तुम्हें अब हैदराबाद नहीं लाहौर के हवाई अड्डे पर लैंड करना है।'' पायलट ने वस्तुस्थिति भाँप ली और विमान का रुख लाहौर की ओर कर दिया लेकिन पाकिस्तान ने लाहौर हवाई अड्डे पर उतरने की इजाजत नहीं दी और जहाज को उड़ा डालने की धमकी भी दी। इस पर अपहर्ता ने विमान को ढाका ले जाने की पेशकश की। पायलट ने कहा कि अमृतसर हवाई अड्डे से ईंधन लेकर आगे उड़ान भरी जा सकती है। अपहर्ता मान गया, किंतु उसने कहा कि अमृतसर के सांसी एयरपोर्ट पर उतरना है जहाँ पुलिस का एक सिपाही भी दिखाई नहीं देना चाहिए। अन्यथा, मेरे पास मानव-बम है जिसने कभी राजीव गांधी की हत्या की थी।

विमान अमृतसर हवाई अड्डे पर उतर गया है। तभी एक घोषणा होती है, ''लेडीज एंड जेंटिलमैन, वी हैव बीन हाईजैक्ड। अवर प्लेन हैज लैंडेड एट अमृतसर एंड नॉट हैदराबाद। द सिचुएशन इज़ अंडर कंट्रोल। डोंट बी पैनिक।'' (देवियो और सज्जनो, हम बंधक बना लिए गए हैं। हमारा जहाज अमृतसर हवाई अड्डे पर उतरा है, हैदराबाद नहीं। स्थिति काबू में है, घबराइए नहीं।)

लेखक अभी तक अपने विचारों में खोया लिखे जा रहा था। जब दूसरी

बार उक्त घोषणा हुई तो उसने बगल में बैठे एक विदेशी यात्री से पूछा कि क्या यह बात सही है? उसने 'हाँ' में उत्तर दिया। उसके माथे पर पसीने की बूँदें साफ झलक रही थीं। वह घबराया हुआ था और विमान के अन्य यात्री भी हतप्रभ थे। भोपाल तक का घटनाक्रम उसे उसी सज्जन ने बताया था।

दस-पंद्रह मिनट के बाद विमान में हलचल शुरू हुई। कुछ यात्रियों के हलक सूखे जा रहे थे और वे बार-बार पानी माँग रहे थे। लेखक अपनी सीट से उठकर एयर होस्टेस के पास गया और बोला, "कृपया लोगों को पानी का आधा गिलास ही दें ताकि बच्चों के लिए पानी पर्याप्त मात्रा में बचाकर रखा जा सके। हो सकता है विमान को अपहर्ता कहीं और भी ले जाना चाहें।" उसने लेखक की बात मान ली।

कुछ समय के बाद लोगों ने चाय की फरमाइश शुरू कर दी। लेखक फिर होस्टेस के पास गया और बोला, "कृपया, बच्चों के लिए दूध बचाकर रखिए और दूसरों को ब्लैक टी सर्व कीजिए।"

इसी बीच उसने देखा कि कुछ यात्री 'हनुमान चालीसा' का पाठ कर रहे हैं, तो कुछ खुदा को याद कर रहे हैं। कुछ अपने गले के क्रास को छूकर ईश्वर से जीवन-दान माँग रहे हैं। कुछ 'वाहे गुरु-वाहे गुरु' का उच्चारण कर रहे हैं तो कुछ अपने-अपने इष्टदेव की ओर ध्यान लगाए बैठे हैं। उसे लगा कि जीवन और मृत्यु के बीच थोड़ा सा ही फासला रह गया है। अपहर्ता इस बात पर तुला था कि उसके सामने भारत के तत्कालीन प्रधानमंत्री नरसिम्हा राव को लाकर खड़ा किया जाए, साथ ही पूर्व प्रधानमंत्रियों को भी हाज़िर किया जाए।

पायलट ने जब पूछा कि आप इन नेताओं को यहाँ बुलाकर क्या करेंगे? तो वह बोला, "मैं दुनिया को यह बताना चाहूँगा कि हमारे देश में कितना भ्रष्टाचार फैला हुआ है!"

इसी बीच पंजाब के पुलिस महानिदेशक के. पी. एस. गिल चंडीगढ़ से वहाँ आ गए थे। उन्होंने अपहर्ता से हाइडोफोन द्वारा बात करनी शुरू की और उसे मनोवैज्ञानिक ढंग से समझाया। पर वह टस से मस नहीं हो रहा था। उसने यात्रियों के लिए बाहर से भोजन लाने के लिए भी मना कर दिया था। समय तेजी से आगे बढ़ रहा था। दोपहर के दो बज चुके थे। अब सब्र का बाँध टूटने लगा था। महिलाओं की आँखों में आँसू थे। बच्चे बिलख रहे थे। एक बुजुर्ग बेहोश भी हो गए। लेखक यह सब देख रहा था, किंतु पता नहीं

क्यों मानव-बम पर उसे विश्वास नहीं हो रहा था। उसने एक यात्री को ढाढ़स बँधाते हुए कहा था, ''मैंने विश्व के अनेक देशों की लंबी-लंबी यात्राएँ की हैं, किंतु मेरे साथ आज तक कुछ भी नहीं हुआ, तो भला इस उम्र में हमारा अपहरण क्यों होने लगा!''

उसने जूडो-कराटे जानने वाले दो युवकों से कहा था कि वे अपहर्ता को बलपूर्वक कॉकपिट से ले आएँ तभी एक बंगाली मोशाय आए और बोले, ''अगर अपहर्ता ने बटन दबा दिया तो...?''

वातावरण में भय और व्यग्रता व्याप्त थी। सभी एक-दूसरे की ओर असहाय नजरों से देख रहे थे, किसी को कुछ सूझ नहीं रहा था कि क्या किया जाए? आईजी पुलिस गिल साहब भी नीचे खड़े खुद को हतोत्साहित अनुभव कर रहे थे। तभी लेखक के मन में एक विचार आया कि क्यों न अपहर्ता को एक अपील हिंदी में लिखकर भेजी जाए। इस बीच यह पता चल गया था कि अपहर्ता हरियाणावासी है जिसका नाम हरि सिंह है और वह हिंदी में बोल रहा है। अपील में कुछ यों लिखा था, ''श्रीमान जी, हमारा नैतिक समर्थन आपके साथ है। आप जहाँ भी चाहेंगे, हम आपके साथ चलेंगे, किंतु बच्चों और महिलाओं को छोड़ दें।'' इस अपील पर 25-30 यात्रियों से हस्ताक्षर कराए गए थे। होस्टेस के हाथों उक्त कागज अपहर्ता तक पहुँचा दिया गया।

आश्चर्य! अपील भेजे दो मिनट भी नहीं हुए होंगे, अपहर्ता कॉकपिट से तुरंत बाहर निकल आया और उसने नेताओं की तरह भाषण देना शुरू कर दिया। उसने कहा, ''मुझे आपका नैतिक समर्थन मिल गया है, अब बस कुछ नहीं चाहिए। मेरे पास कोई बम-वम नहीं है। मेरे पास यह हेयर ड्रायर है जिसे मैं अपनी पत्नी से चुराकर लाया था। घबराइए नहीं।'' उसने विमान के अपहरण का कारण बताते हुए कहा कि पुलिस ने उसके एक ट्रक को गायब करा दिया था जिसे पाने के लिए वह प्रधानमंत्री तक गया किंतु उसे कहीं न्याय नहीं मिला, इसलिए उसने देश का ध्यान आकर्षित करने के लिए यह सब नाटक रचा था।

अपहर्ता ने उक्त स्पष्टीकरण के बाद खुद को पुलिस के हवाले कर दिया और यों लगभग आठ घंटे तक बंधक रहने के बाद सब यात्री दिल्ली वापस आ गए। घरवालों का क्या हाल था, यह सब बताने की आवश्यकता नहीं। दिल्ली हवाई अड्डे पर ज्यों ही उतरे तो मीडिया के लोगों ने लेखक को

घेर लिया और कई इंटरव्यू ले डाले। उनका थोड़ा-बहुत जिक्र समाचार-पत्रों में भी हुआ।

पता चला कि हरि सिंह हवालात से जेल-यात्रा के लिए चल पड़ा है।

उक्त घटनाक्रम को लेखक यदा-कदा स्मरण करता है तो किसी अलौकिक शक्ति पर आस्था और अधिक बढ़ जाती है।

अचानक रोमा पुत्री लेखक के सामने आकर खड़ी हो जाती है। लेखक भौचक उसे निहारता रहता है–

''अरे-रे, तुम कब आईं?''

''मैं फ्री बर्ड हूँ। जब चाहूँ, जहाँ चाहूँ, उड़कर चली जाती हूँ। विमान से उड़ने के लिए मुझे क्रेडिट कार्ड से जितना चाहो उधार मिल जाता है। तुम इंडियन, जोड़ते-जोड़ते बूढ़े हो जाते हो और हम कर्ज चुकाए बिना लाइफ एंजॉय करते हैं।''

''उतने पाँव पसारिए जितनी चादर होय,'' लेखक का यह कथन उसे समझ नहीं आता। वस्तुतः गांधी-संस्कृति से समाज को जो कुछ मिल गया उसे मुकद्दर समझकर स्वीकार कर लिया।

लेखक की इस आपबीती में डेल कार्निक, स्वेट मार्डेन तथा समाज सुधारक स्वामी दयानंद और स्वामी विवेकानंद आदि के संदेश भी समाए थे।

16

लेखक ने 'कादंबिनी' में प्रकाशित एक कटु सत्य पर आधारित आलेख रोमा कलाकार के हाथ में थमाते हुए कहा–''गनीमत है आप हिंदुस्तानी चित्रकला से अनभिज्ञ हैं।...विश्व-वाङ्मय में एक बहस आज भी जारी है–कला कला के लिए है या समाज के लिए अथवा दोनों के लिए? कुछ उसे राजदरबारों, सत्ता के गलियारों तथा नवधनाढ्यों की कलावीथियों में सजाकर रख देते हैं तो कुछ सामाजिक सरोकार की अति-प्रतिबद्धता में बँध जाते हैं। कॉफी हाउस से लेकर झोला-लटकाऊ संस्कृति के तहत यह दढ़ियल बहस सड़क तक जा पहुँची है।''

आज कला के नाम पर सस्ती लोकप्रियता पाने के लिए कला की आत्मा का गला घोटना सामान्य बात हो गई है। यह स्थिति चित्रकला अथवा पेंटिंग की उच्छृंखल कूचियों तक ही महदूद नहीं, बल्कि साहित्य की अन्य विधाओं में भी अपना अल्ट्रा मॉडर्न रूप प्रदर्शित करती है। कविता जब अकविता बन जाए और कला अ-कला तो उसकी सार्थकता का कोई अर्थ ही नहीं रहता।

ऐसे ही कुछ प्रश्न हैं जो हिंदू देवी-देवताओं को दूषित करने की तथाकथित कला से उभरे हैं। वस्तुतः यह कला कला न होकर भारतीय संस्कृति के विरुद्ध एक भयंकर षड्यंत्र है। एक बड़ी साजिश है। आइए, इस दिशा में कुछ वैचारिक मंथन करें कि ऐसा क्यों हो रहा है?

पश्चिम के एक विचारक फ्रॉयड ने शिशु मन में मैथुनभाव को अपने अध्ययन का विषय बनाया और मनोचिकित्सकों के लिए चौंकाने वाली पद्धतियों का निर्माण कर डाला। 'लिबिडो' जैसे शब्दों ने सेक्स का भोंड़ा रूप प्रस्तुत किया। इस अनर्गल वाद-विवाद को नग्न कला तक ले जाने का दुस्साहस किया पिकासो तथा कुछ अन्य स्वनामधन्य कलाकारों ने। भारत में यह आकर्षण कुंठित तूलिकाओं तक पहुँचना स्वाभाविक था। अमृता शेरगिल तथा कुछ अन्य भारतीय कलाकारों ने कला को नग्न तो किया पर इतना नहीं जितना मकबूल फिदा हुसैन की नामी-गिरामी कु-रंग-क्रिया ने। उसमें फ्रायड की 'लिबिडो' होती या पिकासो बनने की ललक, तो कोई बात नहीं थी, किंतु उसने जब हिंदू देवी-देवताओं को निर्वस्त्र करने की शरारत की तो भारतीय जन-मन तो आहत हुआ ही, कला-समीक्षकों के समक्ष भी कुछ प्रति-प्रश्न खड़े हो गए।

जो लोग खजुराहो तथा कोणार्क के मंदिरों में नग्न प्रतिमाओं की उपस्थिति की दलील देकर यह सिद्ध करना चाहते हैं कि मकबूल फिदा हुसैन बिलकुल ठीक हैं, पता नहीं उन्हें इन मंदिरों में किसी भी हिंदू देवी-देवता और सामान्य स्त्री-पुरुष की प्रतिमाओं में कोई फर्क क्यों दिखाई नहीं पड़ा। आखिर सावन के अंधे को हरा ही हरा क्यों सूझता है? फिदा खूबसूरती पर फिदा होते तो कोई बात नहीं थी, लेकिन वे तो अपनी कला के जुनून पर फिदा हैं। वे इस जुनून को किसी कट्टरपंथी इस्लामी देश में हलाल करते तो खुद हलाल हो जाते। यह तो बुद्ध, महावीर और गांधी का देश है जहाँ अहिंसा की अतिरेकी परंपरा हिंदू समाज आज भी ढो रहा है। इसलिए लोग सब कुछ सहन करते रहे हैं किंतु सहनशीलता की भी एक सीमा होती है। अब परिस्थितियाँ

बदल गई हैं। भारतीय संस्कृति 'सत्यं शिवं सुन्दरम्' को साहित्य और कला का अभिन्न अंग मानती है। अत: जो सत्य या सुंदरता कल्याणकारी नहीं है अथवा जिसका समाज से कोई सरोकार नहीं है, वह कला कला नहीं, दिमागी अय्याशी है। वाणी-विलास है। कला के साथ दुराचार है।

पश्चिम के वैज्ञानिक कहते हैं कि इनसान आदिम अवस्था में नंगा रहता था फिर उसने अपने गुप्तांगों को पत्तों या मृगछाला से आवृत्त करना आरंभ किया और शनै:-शनै: उसका शरीर वस्त्र धारण करने लगा। फिदा साहब क्या आज भी जंगल के 'जारवा' बने रहना चाहते हैं? यदि हाँ तो महानगरों में रहने का अधिकार उन्हें किस कला ने दिया है!

किसी बदनाम कलाकार को बार-बार पत्र-पत्रिकाओं में उछालना कला की विकृति का प्रचार करना है। अत: यहाँ संक्षेप में इस दुष्कर्म का जिक्र करना चाहेंगे।

सीता की अवमानना : हिंदू देवी सीता को जगज्जननी माँ के रूप में मानते हैं तथा भगवान राम के साथ उनकी उपासना करते हैं। हुसैन ने उन्हें तथा हनुमान को अपने चित्रों में नग्न रूप में इस तरह से दिखाया है जो किसी भी स्वाभिमानी हिंदू को सहन नहीं होगा। हनुमान की पूँछ को शिश्न के प्रतीक में सीता के शरीर के साथ जोड़ना एक भयंकर अपराध है जो न केवल भारतीय कला के नाम पर कलंक है बल्कि संपूर्ण कला-जगत् के लिए एक शर्मनाक हादसा है। यदि किसी इस्लामी देश में ऐसा होता तो लोग या तो ऐसे कलाकार पर पत्थर फेंकते अथवा उसे सलमान रुश्दी की तरह देशनिकाला दे देते। पर यहाँ केवल शांतिपूर्ण प्रदर्शनों से कर्तव्य की इतिश्री मान ली जाती है। क्या हुसैन के हिमायती और तुष्टीकरण के बिचौलिए इस दिशा में अपनी सोच को लगाम देंगे। यदि नहीं, तो बताएँ कि क्या रामायण में हनुमान द्वारा इस प्रकार से सीता की रक्षा का वर्णन है?

माँ दुर्गा का अपमान : हुसैन ने शालीनता की सारी मर्यादाएँ तोड़कर माँ दुर्गा को सिंह के साथ मैथुनी मुद्रा में दिखाकर न केवल करोड़ों हिंदुओं की भावनाओं के साथ खिलवाड़ किया है, बल्कि अपनी कला के साथ भी एक जघन्य अपराध किया है। हुसैन की रुग्ण मानसिकता ने अपनी कला में स्त्रियों को पशु-मैथुन का शिकार तो पहले भी बनाया है, किंतु दुर्गा माँ को इस रूप में चित्रित करने का अधिकार उन्हें किसने दिया?

सरस्वती और लक्ष्मी नग्नावस्था में : भारतीय संस्कृति में सरस्वती

सदैव श्वेत वस्त्र पहने दिखाई जाती है (या शुभ्र वस्त्रावृता:) किंतु हुसैन अपने चित्रों में उन्हें भी नंगा कर देते हैं जो भारतीय संस्कृति की हज़ारों वर्ष पुरानी मान्यताओं का सरासर उल्लंघन है। इसी प्रकार लक्ष्मी को भी न केवल नग्नावस्था में दिखाया गया है बल्कि गणेश के साथ अभद्र चित्र द्वारा विशाल जनसमूह के धार्मिक विश्वासों का क्रूर मजाक उड़ाया गया है।

हनुमान के विकृत रूप : विश्व के करोड़ों हनुमान भक्तों को हुसैन ने अपनी घृणित कला से बुरी तरह आहत किया है। हनुमान को अलग-अलग चित्रों में नग्नावस्था में दिखाना तथा कहीं माँ सीता को बचाने के प्रयास में नग्न रावण को नग्न सीता की जंघा पर बिठाने के चित्र अश्लीलता की हद पार कर गए हैं।

विष्णु तथा अन्य चित्र : भगवान विष्णु के अंग-प्रत्यंगों को कटे-फटे रूप में दिखाकर तथा भगवान कृष्ण को जार्ज वाशिंगटन से जोड़कर मकबूल फिदा हुसैन क्या कहना चाहते हैं? उनके बदरंग ही जानें!

और अधिक कुछ नहीं कहना है। उनके अश्लील चित्रों को देखकर आप स्वयं सोचिए कि क्या कला के नाम पर इस प्रकार के अभिशाप स्वीकार्य हैं।

लगता है, हुसैन यदि सच्चे मुसलमान होते तो झूठे अनर्गल चित्र न बनाते। अत: यह देश और समाज के हित में होगा कि उनकी कला का सामाजिक बहिष्कार किया जाए। उनकी पेंटिंग खरीदकर इस प्रकार से किसी दूसरे कला-अपराध को बढ़ावा न दिया जाए तथा शांतिपूर्ण ढंग से इस प्रकार की कुत्सित कलाओं के विरुद्ध अभियान छेड़े जाएँ।

शिक्षाशास्त्रीय दृष्टि से पता चलता है कि कला के यथार्थ चित्रण ने अनेक सामाजिक बुराइयों को भी जन्म दिया है। अपराध संबंधी विषयों से जुड़ी फिल्में इसका जीता-जागता उदाहरण हैं। बाल-मन पर इनका बुरा असर पड़ता है। अनेक बाल-अपराधियों ने स्वीकारा कि उन्होंने अमुक फिल्म देखकर अमुक अपराध किया। अनेक चोर-डाकुओं ने न केवल मारधाड़ वाली फिल्मों से प्रेरणा ली बल्कि ऐसी घटनाओं को पत्र-पत्रिकाओं में पढ़कर गलत रास्ते भी अपनाए। हम यहाँ यथार्थ चित्रण का ढोल पीटने वाले कलाकारों से पूछना चाहेंगे कि क्या वे अपनी माँ-बहू-बेटी को नग्न रूप में चित्रकला अथवा अन्य विधाओं के माध्यम से प्रस्तुत करने का घिनौना साहस कर सकते हैं? कला समाज की अभिरुचि की परिष्कृति का माध्यम है न कि उसे भ्रष्ट करने का ऊल-जलूल तरीका जिसे निम्नस्तरीय सोच के कतिपय पेंटरों ने

अपनाया है। भ्रष्ट कला तथा साहित्य को आज बहुत सी सरकारी, गैर-सरकारी अकादमियाँ भी पुरस्कारों की रेवड़ियाँ बाँटकर देश और समाज का अहित कर रही हैं। ये अकादमियाँ आज कला और साहित्य की कब्रिस्तान बन गई हैं। अतः आज मूल्यांकन पद्धतियों में आमूलचूल परिवर्तन की आवश्यकता है। कला-संस्कृति के ये पावन-स्थल यदि सुरुचिपूर्ण, आदर्श तथा सुसंस्कृत विचारधारा के हाथों में सुरक्षित रहेंगे, तभी कला और साहित्य में 'सत्यं शिवं सुंदरम्' के कीर्तिमान स्थापित हो सकेंगे।

लेखक ने देखा कि रोमा कलाकार की भौंहें तनी हुई हैं। वह विदेश में रहकर भी राधाकृष्ण की पेंटिंग में अश्लीलता का आभास तक नहीं होने देती। उसने हिंदू देवी-देवताओं के अनेक चित्र बनाए हैं।

17

लेखक ने हिमालय के यायावरों को नजदीक से देखा है। उनके जीवन के अध्ययन के बाद उसे लगा कि उनके बीच बार-बार जाना चाहिए। यही जिजीविषा उसे हिमालय ले जाती रही। उसने हिमालय की यायावर संस्कृति पर ढेर सारा लिखा फिर भी मन नहीं भरा। वह विश्व भर के रोमाओं पर लिखता रहा। एक लंबे अरसे के बाद उनका मोह छोड़ कलम शक-हूणों की ओर मुड़ती है। वह हिमालय के यायावरों के बीच प्रौढ़ावस्था में भी जाता है। प्रस्तुत हैं उसकी डायरी के कुछ पृष्ठ जिन्हें उसने कभी यायावरी निबंध का रूप दिया था-

रोमा समाज में कभी बड़गूजर समुदाय भी होता था। गद्दी कभी लाहौर में रहते थे। उजड्या लाहौर, ते बस्या भरमौर, कहावत से सिद्ध होता है कि उनके कुछ समूह कभी रोमा समाज में अवश्य रहे होंगे।

भ्रमण मनुष्य की नैसर्गिक अपेक्षा रही है। बालक जब घुटनों के बल चलना सीखता है तो घर से बाहर झाँकता है। धीरे-धीरे उसके पाँव लगने लगते हैं। पड़ोस की ओर दौड़ता है और एक दिन वह सूरदास के काव्य का पात्र बन जाता है।

सिखवत चलत जसोदा मैया
अरबराई कर पानि गहावत
डगमगाइ धरनि धरे पैंया

तरुणावस्था नाजुक मानी गई है तो कुमारावस्था और भी खतरनाक। इस अवस्था में व्यक्ति किसी के कहने से नहीं रुकता। दुनिया की हर वस्तु के प्रति उसका आकर्षण जागता है और फिर एक दिन वह बाग-बगीचों की सैर करने में आनंद अनुभव करने लगता है।

लीजिए, पहाड़ के इन गुज्जरों से मिलिए। आप गद्दियों से मिले हैं न, उन्होंने ऊनी डोरा अपनी कमर पर लपेट रखा था। लेकिन यह क्या, ये भी उन्हीं के साथ-साथ चल रहे हैं! पहाड़ की खड़ी चढ़ाई को हाँफ-हाँफकर नहीं बल्कि बड़ी उत्सुकता, बड़े उत्साह से पार कर रहे हैं। शायद इन्हें पता नहीं कि अभी तो सूरज छिपने तक चलते रहना है।

जी, ये तो चुस्त पाजामा-सा पहने हैं और नीचा कुर्ता पठानी ढंग का। "क्या नाम है तुम्हारा?" लेखक पूछता है।

"अल्ला खाँ।"

"मुसलमान हो?"

"जी हाँ।"

"और जाति?"

"गुज्जर।"

लेखक उनके साथ चल पड़ता है।

गुज्जर परिवार पूरा का पूरा साथ चल रहा है। वे गाँव में पीछे शायद ही किसी को छोड़ते हैं। बच्चे, बूढ़े, स्त्री-पुरुष सभी कारवाँ में शामिल होते हैं। इनके पास भेड़-बकरियाँ नहीं होतीं। गायें रखते हैं तो मोटी-मुटल्ली भैंसें भी—बड़े-बड़े सींगों वाली। अगर कोई सामने पड़ जाए तो सीधे घाटी की सैर कराकर ही छोड़ें।

पुरुष के कंधे पर पड़ा है कंबल। पैरों में देसी जूता। मोटे गाढ़े के कपड़े। लंबा कुर्ता, सिर पर पगड़ी और फिर लुंगी जैसी धोती। यह रूप है यहाँ के गुज्जर का। स्त्रियाँ भी लंबा कुर्ता और सलवार जैसा वस्त्र पहनती हैं। उनकी कमर पर बच्चा बँधा होगा, तो सिर पर छाछ, घी या दूध की बटलोई होगी। एक-दो मटकियाँ नहीं बल्कि चार-पाँच बटलोई तक हो सकती हैं, जिनमें अलग-अलग पेय भरे होते हैं। इस सबके बावजूद वे प्रसन्न मुद्रा में

पहाड़ की चढ़ाई पार करती जाती हैं। इस कठिन यात्रा का क्या कभी अंत हो पाएगा? यह प्रश्न आज भी अनुत्तरित है।

लेखक एक और परिवार की ओर दृष्टिपात करता है। एक सप्ताह का नवजात शिशु माँ की गोद में सिकुड़ रहा है और माँ के सिर पर तीन घड़े भी रखे हैं। उसके पति ने अभी-अभी दो भैंसों को दुहा है और उनके दूध से तीसरा घड़ा भी भर गया है। इस दूध को वह राहगीरों को बेचती है। मुफ्त भी देती है कभी-कभी। मौसम अच्छा हो या खराब, उसे तो अपने रास्ते पर चलना है। मटकियों को सँभालकर ले जाना है और परिवार के भरण-पोषण में सहायक बनना है।

गुज्जर अपनी भैंसों को लाठी से हाँकता है। भैंसें जब उसकी पगड़ी को घूरते देखती हैं तो कान दबाकर पीछे-पीछे हो लेती हैं। शायद वे समझती हैं कि मालिक के साथ झगड़ा करना अच्छा नहीं होता। इनकी भैंसें मैदान की भैंसों की तरह नाजुकमिजाज नहीं होतीं कि जहाँ देखा वहीं पसर गईं। नदी का बरसाती पानी हो या गाँव का बदबूदार जोहड़, उसे तो बस लोटना है। पहाड़ की भैंस ऐसी-वैसी जगह नहीं लोटेगी। उसे आराम फरमाने के लिए मखमली घास चाहिए, पीने के लिए साफ-स्वच्छ पानी चाहिए। नहाने के लिए नदी का निर्मल जल। बड़ी प्यारी हैं इनकी भैंसें और उनके कटड़ों का तो कहना ही क्या। भैंस के बारे में यों ही लोग पूर्वग्रह रखते हैं। उसका दूध पीते और मक्खन खाते समय तो कभी खयाल नहीं आता कि भैंस बीन का आनंद क्यों नहीं ले सकती। कौन कहता है कि भैंस को अक्ल नहीं होती? अरे साहब, यही तो मुसीबत है कि समाज में इतनी झूठी-सच्ची धारणाएँ बन गई हैं जिन्हें लोग बिना सोचे-विचारे सीने से चिपकाए हुए चल रहे हैं। सोचने का समय नहीं है उनके पास। भला बताइए, इन गुज्जरों की भैंसों के दूध और घी से ही तो आपका भेजा दुरुस्त रहता है। सारे वैद्य कहते हैं घी-दूध से शरीर तो बलिष्ठ होता ही है, मस्तिष्क भी तर रहता है।

लेखक के मन में इसी प्रकार के विचार उठ रहे थे कि एक वृद्ध गुज्जर अपनी भैंसों को हाँकता हुआ दिखाई देता है। बड़ी कड़क भरी है उसकी आवाज में। सारी भैंसें एक जगह इकट्ठी हो जाती हैं और उसके हुक्म का इंतजार करने लगती हैं। वह किसी की पीठ को हाथ से थपकाता है, किसी को पुचकारता है, किसी के कटड़े को उसकी माँ के पास ले जाता है और किसी की दवा-दारू करने लगता है। इस प्रक्रिया में दस-पंद्रह मिनट से

ज्यादा नहीं लगे। लेखक आश्चर्यमिश्रित मुद्रा में खड़ा यह दृश्य देखता है। बूढ़ा गुज्जर एक क्षण रुकता है और फिर लेखक की ओर देखने लगता है।

''आओ बाबू, दूध पीने की ख्वाहिश है क्या? मैं अभी अपनी जुमाँ का दूध निकालकर लाया।''

''नहीं बाबा, मैं तो आपसे कुछ बात करने का इच्छुक हूँ।'' लेखक ने कहा।

''हाँ-हाँ, बोलिए।''

''कितनी उम्र होगी बाबा आपकी?''

''यही कोई सौ से ऊपर।''

''और इस उम्र में इतनी फुरती से यह सब कर लेते हैं?''

वह मुस्कराया, ''बाबू, हमारे यहाँ के लोग आपके मैदान की तरह आरामपसंद नहीं होते। कुदरत के साथ रहते हैं और जंगल की ताजी हवा में घूमते हैं। साथ ही कुदरत से लड़ते भी हैं। हम लोग दिखावे से दूर भागते हैं। जैसे बाहर हैं, वैसे ही भीतर।''

''भारत और पाकिस्तान की लड़ाइयों में आप कहाँ थे बाबा?''

''मैं और मेरा बेटा साठ का दोनों ही पहली लड़ाई में कश्मीर सरहद पर थे। अपनी भैंसों को चरा रहे थे। कुछ पाकिस्तानी फौजी हमारी सरहद में घुसे तो हमें शक पड़ गया। मैं तो वहीं रहा, लेकिन मैंने अपने बेटे से कहा कि तुरंत हिंदुस्तानी फौज को आगाह करो। वह घी लाने का बहाना बनाकर चल पड़ा। उसने जाकर खबर दी और हम लोगों ने अपनी धरती की हिफाजत करने का फर्ज़ पूरा किया।''

लेखक सोचने लगा–कितना देशभक्त है यह यायावर। रात-दिन जंगलों और पहाड़ों में भटकने वाले इस समाज पर हम आदिवासी का बिल्ला तो लगा देते हैं, लेकिन कितना खयाल है हमें उनका? क्या 26 जनवरी को इनका तमाशा भर निकालना पर्याप्त रहेगा? इन्हीं विचारों में खोया लेखक अपने पथ पर आगे चल पड़ा।

गुज्जर सरल, भोले-भाले और ईमानदार लोग हैं। शरीर से हट्टे-कट्टे, कठिन जीवन के आदी और बहादुर हैं। ये शांति-प्रेमी, शिष्ट तथा नम्र होते हैं। आतिथ्य सत्कार में इनका सानी नहीं। ये अभ्यागतों का बड़ा आदर करते हैं। इन्होंने आज भी अनेक राजपूत प्रथाओं को अपना रखा है। इनकी स्त्रियाँ मुसलमान औरतों की तरह परदा नहीं करतीं। इनके यहाँ बच्चे का जन्म अल्लाह

की देन माना जाता है। बच्चे के जन्म की सूचना पड़ोस में भी बड़ी देर से दी जाती है। ऐसा समझा जाता है कि यदि पड़ोसी नवजात शिशु को जल्दी देखने आ गए तो उसे नजर लग जाएगी। पति प्रसूता की झोंपड़ी में तब तक नहीं घुस सकता जब तक बच्चा पैदा नहीं हो जाता। बच्चों का लालन-पालन बड़े प्यार से किया जाता है। उन्हें अपनी परंपराओं का पूरी तरह पालन करना होता है।

परिवार नियोजन में इनका विश्वास नहीं है। इसे वे खुदा के नियमों को तोड़ना कहते हैं। गुज्जर परिवार पितृ-सत्तात्मक तथा एकविवाही है। इस जनजाति का इस्लामीकरण धीमी गति से होता रहा है। जनजातीय तत्त्व भी क्रमशः समाप्त होते जा रहे हैं। वास्तव में इस्लाम में चचेरे-फुफेरे भाई-बहनों में आपस में शादी-ब्याह करना जायज़ है, अतः इनमें भी इसी प्रकार के संबंधों को उचित माना जाता है।

प्रायः माता-पिता ही अपने लड़के के लिए वधू का चयन करते हैं। लड़के या लड़की को आपस में देखने का रिवाज नहीं है। इस समाज में अपहरण विवाह नाम की कोई चीज नहीं, जबकि गद्दी जनजाति में इस प्रकार के विवाह भी यदा-कदा होते रहे हैं। हाँ, बाटा-साटा या आटा-साटा की प्रथा इस समाज में भी पाई जाती है। उदाहरणार्थ जहूरबख्श, रहमान की बहन से निकाह कर सकता है तो बदले में रहमान जहूरबख्श की बहन से निकाह कर सकता है। कभी-कभी यह त्रिकोणात्मक भी हो सकता है। जैसे, 'अ' का विवाह 'ब' की बहन से होता है। 'ब' का विवाह 'स' की बहन से और 'स' का विवाह 'अ' की बहन से होता है। ये तीनों संबंध आटे-साटे का ही रूप हैं।

यह रिवाज राजस्थान तथा गुजरात के अनेक राजपूत परिवारों में भी पाया गया है। बाटा-साटा की प्रथा उत्तर प्रदेश, हरियाणा तथा राजस्थान के अनेक समाजों में रही है। आज भी सुदूर ग्रामीण अंचल में यह प्रथा विद्यमान है। हो सकता है उस समय लड़कियों की कमी इसका कारण रही हो, अथवा लोग रक्त-शुद्धता की दृष्टि से अपने निकट रिश्तेदारों से ही संबंध रखना उचित समझते हों।

यह देखकर आश्चर्य होता है कि गुज्जर एकविवाह पद्धति के अनुयायी हैं, जबकि इस्लाम में एक से अधिक शादियों की इजाजत है। बाल-विवाह जैसी कुप्रथाओं से भारतीय समाज आज भी मुक्त नहीं हो पाया। राजस्थान के गाँवों में छोटे-छोटे बच्चों की शादियाँ प्रायः देखी जा सकती हैं। गुज्जरों में भी बाल-विवाह की प्रथा आम है। यहाँ तक कि बच्चे के जन्म से पूर्व

ही मंगनी हो जाती है। दो युवा गुज्जर आपस में बात कर रहे थे, ''भाईजान, अगर आपके यहाँ लड़की पैदा हो गई तो मेरी।''

''और अगर आपके लड़का पैदा हो गया तो मेरा।''

''बात तो वही हुई न, तुम्हारा लड़का या मेरी लड़की।''

''हां, यही तो मैं भी कह रहा हूँ कि तुम्हारी लड़की या मेरा लड़का।''

''तो मंगनी पक्की?''

''पक्की।''

इस प्रकार बात की बात में जन्म से पूर्व ही बच्चों की शादी की तैयारी शुरू होने लगती है। जबान एक बार दे दी, तो दे दी। मजाल है कि बाद में कोई भी पक्ष मुकर जाए।

वधू-मूल्य जनजातियों की भाँति मुसलमानों में भी पाया जाता है। गुज्जर इस प्रथा का पूर्ण रूप से पालन करते हैं। वधू-मूल्य वर द्वारा दिया जाता है और यदि तलाक की नौबत आती है तो दूसरा पति पहले पति को उक्त मूल्य चुकाता है। वधू-मूल्य का आदान-प्रदान क्यों शुरू हुआ, यह नृ-वैज्ञानिकों के लिए शोध का विषय है, किंतु इतना तो कहा ही जा सकता है कि इससे नारी का सम्मान बढ़ा है, घटा नहीं।

यद्यपि गुज्जरों में एक-विवाह प्रथा ही पाई जाती है, किंतु एक-आध परिवार ऐसे भी मिल जाते थे जिनमें दो या तीन पत्नियाँ तक भी होती थीं। पर ऐसे परिवार नगण्य ही हैं।

वर को अपनी सालियों से हँसी-मजाक करने का पूरा अधिकार है। विवाह के अवसर पर उसकी सालियाँ निमंत्रण देती हैं। वे उसे अपने पास बिठाकर जी भरकर मजाक करती हैं और वर की बहनों को गालियाँ भी देती हैं। वे उसकी आँखों में काजल डालती हैं और सबसे अधिक आश्चर्य की बात यह है कि कुछ लड़कियाँ उसके घुटनों पर भी बैठ जाती हैं और उसका पीछा तब तक नहीं छोड़तीं जब तक कि उन्हें कुछ नकद में नहीं मिल जाता।

सुन्नत या खतना प्रथा मुस्लिम संस्कृति का आवश्यक अंग है। जब लड़का पाँच साल का हो जाता है तो नाई द्वारा खतना करा दिया जाता है। एक पशु की बलि दी जाती है और मित्रों तथा संबंधियों को दावत भी दी जाती है।

इस संबंध में लेखक ने एक वृद्ध से प्रश्न किया, ''बाबा, पाँच साल के बच्चे पर यह अत्याचार क्यों?''

''ना-ना बाबू ऐसा न कहो। यह तो मजहब है, हमारा धर्म।''

"आप नहीं जानते, सुन्नत करने से यौन रोग नहीं होते।" उसने आगे बताया।

जो भी हो, सुन्नत इस समाज में सभी लड़कों को करानी होती है। वे चाहे रोएँ या चिल्लाएँ, लेकिन इस यातना से गुजरना ही होगा।

गुज्जरों के पितृ-सत्तात्मक परिवारों में संपत्ति पिता से पुत्रों को ही उत्तराधिकार में मिलती है। यदि परिवार में कोई बच्चा नहीं है तो संपत्ति विधवा पत्नी के नाम हो जाती है। लेकिन यदि वह पुनर्विवाह कर लेती है, तब उसका संपत्ति का अधिकार समाप्त हो जाता है और सारी दौलत मृतक के भाइयों में बाँट दी जाती है।

जहाँ तक मजहब या धर्म का प्रश्न है, गुज्जर अन्य मुसलमानों की भाँति दोजख और जन्नत में विश्वास रखते हैं। उनका कहना है कि दोजख में मुसीबतें मिलती हैं, जबकि जन्नत खुशियों का समंदर है। वे मानते हैं कि मृतक कब्र में आराम करते हैं और कयामत के दिन जिंदा उठकर खड़े हो जाते हैं। उसी दिन उन्हें कर्मों के अनुसार दंड या इनाम मिलता है।

मृतक के शव को इस्लाम की पद्धति के अनुसार दफनाया जाता है तथा तीन दिन तक पूर्ण रूप से और चालीस दिन तक आंशिक रूप से परिवार में मातम मनाया जाता है। मृतक के परिवार के यहाँ भोजन तक नहीं पकता, पड़ोसी ही उन्हें भोजन देते हैं। चौथे दिन घर में निरामिष भोजन तैयार किया जाता है और मृतक के नाम पर पड़ोसियों को खिलाया जाता है। दसवें दिन कब्र पर एक पत्थर रख दिया जाता है और पड़ोस में बच्चों को हलवा बाँटा जाता है। चालीस दिन के बाद पड़ोसी तथा रिश्तेदार इकट्ठे होते हैं और फातिहा पढ़ते हैं।

गुज्जरों का विश्वास है कि उनका खुदा सातवें आसमान पर रहता है। यद्यपि इन लोगों का विश्वास है कि नमाज दिन में पाँच बार पढ़ी जानी चाहिए, लेकिन ऐसे लोग बहुत कम हैं जो नियमित रूप से नमाज पढ़ते होंगे।

प्रत्येक गुज्जर खुदा को मानता है और खाने के समय अल्लाह को याद करता है।

गुज्जर मूलतः पशुपालक समाज है जो कश्मीर, हिमाचल प्रदेश और उत्तर प्रदेश में फैला है। ये लोग इन तीन प्रदेशों में अपनी भैंसों को लेकर स्वच्छंद विचरण करते हैं। गद्दी जहाँ अर्द्ध-यायावर जनजाति है वहीं गुज्जर पूर्णतः यायावर जनजाति है। ये पूरा वर्ष ही अपने पशुओं को चारा खिलाने

के लिए घूमते रहते हैं। यह ऐसी जगह होती है जहाँ उनकी भैंसों के लिए चारा पर्याप्त मात्रा में सुलभ हो।

गुज्जरों का कारवाँ जब कूच करता है तो अस्थायी रूप से तैयार की गई झोंपड़ियाँ नष्ट कर दी जाती हैं और अगले साल तक वहाँ कोई पेड़ जन्म ले लेता है। यायावर का कोई घर नहीं, दर नहीं और उसे भी शायद किसी घर की फिकर नहीं।

इतिहास के पृष्ठ उघड़ते हैं तो एक गौरवपूर्ण युग दिखाई पड़ने लगता है। ये खानाबदोश भी कभी शासक थे। छोटे-मोटे नहीं, बहुत बड़ी रियासतों के मालिक। अकबर के जमाने में इन्हीं गुज्जर शासकों ने गुजरात की नींव डाली थी। तभी इस क्षेत्र को गुज्जर-गृह अथवा गुज्जरों का आवास कहा जाता था। तब ये अधिकतर हिंदू थे। औरंगजेब के जमाने में इन्होंने इस्लाम कबूल कर लिया, इसीलिए सुन्नी मुसलमान कहलाए।

इनके गोत्रों की ओर ध्यान दें तो प्रायः सभी हिंदू राजपूतों के गोत्र मिलेंगे, जिन्हें ये लोग बड़े गर्व के साथ बतलाते हैं। कुछ गोत्र हैं—चंदेल, भट्टी, कसेने, भैंसी, चोपड़ा, चौहान, चेची और सरणा।

कल्हण की 'राजतरंगिणी' में म्लेच्छ, निषाद, न्यायक, महंत, भिक्षु, खस और दरद आदि गुर्जर जातियों की चर्चा है। अनेक विद्वान् गुज्जरों को आर्य-प्रजाति का मानते हैं।

लेखक ने एक नब्बे वर्षीय गुज्जर से पूछा, "आप इस इलाके में कब आए थे?"

"हमें साल का कुछ पता नहीं।"

"कोई घटना याद होगी?"

"नहीं, पर सुना है औरंगजेब के जमाने में हम पर जब बड़े जुल्म ढाए गए तो हम अपने धर्म की रक्षा के लिए पहाड़ों में चले आए। हमें यह भी पता नहीं कि हमने इस्लाम कैसे और क्यों कबूल किया?"

लेखक की जिज्ञासा शांत नहीं हुई। कनिंघम ने लिखा है—गुज्जर ईसा मसीह के जन्म से पूर्व भी थे और उनका निवास गुजरात में था। गुर्जरों का प्रदेश होने के कारण ही यह प्रदेश गुजरात कहलाया। भाषा-वैज्ञानिकों तथा इतिहासकारों का मत है कि गुज्जर शब्द गुर्जर का ही अपभ्रंश है और गुर्जर शब्द का अर्थ योद्धा जाति होता है।

अभी तक यह स्पष्ट नहीं हो पाया कि इनके गुजरात से हिमालय की

घाटियों में जाने का मूल कारण क्या था। जो भी हो, वे गुजरात-काठियावाड़ से जम्मू तथा कश्मीर और कालांतर में हिमालय तथा उत्तर प्रदेश पहुँचे। कुछ यमुना और गंगा के किनारे अस्थायी रूप से बस गए और कुछ वर्षों के अंतराल में दिल्ली की ओर आ गए। हां, यह नहीं कहा जा सकता कि ये लोग यहाँ सीधे गुजरात से आए या कश्मीर और हिमाचल प्रदेश होते हुए। उत्तर प्रदेश, हरियाणा तथा दिल्ली के सभी गुज्जर हिंदू धर्मावलंबी हैं, किंतु गोत्र सभी गुज्जरों में प्रायः एक जैसे मिलते हैं। कहा जाता है कि एक गुज्जर नेता ने काफी शक्ति अर्जित कर ली थी। वह अपने समाज से अलग होकर पेशावर चला गया। उसने पेशावर, काबुल और मुल्तान पर एक लंबे अरसे तक शासन किया था।

इतिहासकार इस बात पर पूर्णतया सहमत नहीं हैं कि गुज्जरों ने गुजरात छोड़ने पर इस्लाम स्वीकार किया या बाद में। लेकिन ऐसा लगता है कि इस्लाम कश्मीर घाटी में चौदहवीं शताब्दी में आया था और सूफी-संतों द्वारा प्रचारित हुआ था। अतः इन लोगों ने भी यह धर्म तभी स्वीकार किया होगा।

हिमाचल और कश्मीर के गुज्जर मूल रूप से पशुपालक जनजाति से हैं। वे भैंसों को बड़ी संख्या में पालते हैं, किंतु कुछ परिवार गाय भी रखते हैं। पर गाय का महत्त्व इसलिए अधिक नहीं, क्योंकि वह भैंस की अपेक्षा दूध कम देती है। अतः गायें इनके पास इक्की-दुक्की ही देखने में आती हैं। लेखक को यह देखकर आश्चर्य हुआ कि कुछ गुज्जर परिवारों ने गद्दी परिवारों की तरह भेड़-बकरियाँ भी साथ रखी हुई हैं। लेकिन भेड़-बकरी या गाय-पालक परिवारों की संख्या नगण्य ही है।

गुज्जरों की साख रही है कि वे शुद्ध दूध तथा घी का व्यापार करते हैं। इसलिए उन्हें यहाँ ईमानदार दूधिए भी कहा जाता है। ये लोग धर्मभीरु होते हैं और दूध या घी में मिलावट करके खुदा को नाराज नहीं करना चाहते। हाँ, बाहरी लोगों का संपर्क अब इन्हें भी परिवर्तित करने में लगा है और कुछ लोगों की साख समाप्त होती जा रही है।

गुज्जरों में कार्य के बारे में कोई विशेषता वाली बात देखने में नहीं आती। प्रत्येक व्यक्ति पशु चराने से लेकर दूध निकालना, मक्खन बनाना, बेचना आदि सभी काम कर लेता है। यदि परिवार का कोई सदस्य बीमार हो जाता है तो दूसरे सदस्य उसके काम को स्वतः सँभाल लेते हैं। संयुक्त परिवार इनके पारिवारिक जीवन की रीढ़ है। वे इसे किसी भी कीमत पर तोड़ना नहीं

चाहते। शायद प्रकृति की निकटता तथा जीवन की अनिश्चितता ने ही इन्हें संयुक्त परिवार-पद्धति अपनाए रखने को मजबूर किया हो।

गुज्जर गर्मियों में ऊँची पहाड़ियों की ओर प्रयाण करते हैं तथा सर्दियों में नीची पहाड़ियों की ओर उतर आते हैं। गर्मियों में ऊँची पहाड़ियों पर बर्फ नहीं होती और भैंसों के अनुकूल वातावरण मिल जाता है। पुरुष प्रायः भैंसें चराने के काम में ही अधिक व्यस्त रहते हैं जबकि स्त्रियाँ दूध से छाछ और घी बनाने व परिवार के लिए भोजन आदि तैयार करने का उत्तरदायित्व वहन करती हैं।

यह देखकर आश्चर्य होता है कि खानाबदोश गुज्जर अधिकतर निरामिष-भोजी हैं। ये दूध के बने हुए पदार्थ तथा रोटी और चावल खाते हैं। वास्तव में इनके अच्छे स्वास्थ्य का राज़ यह भी है कि ये मांस-मदिरा दोनों से ही प्रायः दूर रहते हैं, हालाँकि उनके पड़ोसी यायावर गद्दी तथा अन्य जनजातियों के लोग मांस और शराब दोनों का सेवन करते हैं।

लेखक ने सौ साल से ऊपर के अनेक वृद्ध गुज्जरों से इस बारे में बात की तो पता चला कि उन्हें पहाड़ की कड़ी सर्दी में भी शराब पीने की कतई जरूरत नहीं पड़ती। एक वृद्ध बोला, "बाबू, शराब भी कोई पीने की चीज़ है! अगर पीना है तो दूध पीयो। घी खाओ। देखते नहीं, इसी दूध-घी की वजह से मैं इतना हट्टा-कट्टा दीखता हूँ और अब भी नवजात कटड़े को अपने कंधे पर उठाकर पहाड़ की खड़ी चढ़ाई चढ़ सकता हूँ।"

"तो शराब पीना आप पाप समझते हैं, बाबा?" लेखक ने सवाल किया।

"हाँ बाबू, हमारी कुरान में लिखा है, जो शराब पीता है वह बहुत बड़ा पापी है। इसीलिए हमारे बाप-दादा किसी ने भी अपनी जिंदगी में शराब नहीं पी और हमारे बच्चे भी कभी नहीं पिएँगे।"

लेखक सोचने लगा, हिमालय का यह कैसा खानाबदोश समाज है? धर्म से मुसलमान और कर्म से ब्राह्मण। पिछड़े और जंगली कहे जाने वाले समाज की संस्कृति कितनी विशेषताओं को सँजोए है। संस्कृतीकरण के सिद्धांतवादी इधर दृष्टिपात क्यों नहीं करते? गुज्जरों को ब्राह्मणीकरण स्वतः ही हो गया, पर उनका आधुनिकीकरण कैसे हो? समाज-वैज्ञानिकों के लिए यह बहुत बड़ा सवाल है जो इन घाटियों में विचरण किए बिना हल नहीं हो सकता।

जो लोग कहते हैं कि बर्फीली पहाड़ियों पर शराब के बिना जीवन दूभर

है, या जो यह मानते हैं कि पहाड़ में मांस के बिना काम नहीं चल सकता, उन्हें चाहिए कि वे कुछ दिन हिमालय के इन खानाबदोश गुज्जरों के साथ भ्रमण करें। सुना है अब बाहरी लोगों के कारण इनकी आदतों में बदलाव आने लगे हैं।

लेखक इसी खोज में आयु के आठवें दशक में प्रवेश कर जाता है। वह आज फिर सोच रहा है–"कहीं ये गुज्जर ही तो बड़गूजर नहीं, जो रोमा समाज के अंग बन गए!"

"बड़गूजर गोत्र भारत के अनेक पशुपालक क्षत्रिय समाज में पाया जाता है। क्या रोमा इस गोत्र को अपने साथ विदेश ले गए?"

"हिंदुओं की गोत्र-परंपराओं को जाने बिना हिंदू जाति-व्यवस्था का अध्ययन अधूरा है। आखिर एक ही गोत्र अनेक छोटी-बड़ी जातियों में क्यों पाया जाता है?"

"जात-पांत व्यवस्था जातिवाद के रूप में आज राजनीतिज्ञों के लिए वरदान बन गई है।"

"सामाजिक, आर्थिक तथा राजनीतिक आरक्षण पहले से ही होते आए हैं।"

"लेकिन जंगल में भटकता गूजर, गद्दी आज भी आजादी से कोसों दूर है। उसके लिए आरक्षण का कोई अर्थ नहीं, शायद आरक्षण का लाभ उसके नसीब में ही नहीं है। काश, ये तालीम का महत्त्व समझ पाते!"

18

एक दिन लेखक के पास दिल्ली के गद्दी समाज का निमंत्रण आता है। वे उससे अपने वार्षिक समारोह की अध्यक्षता कराना चाहते हैं। केंद्र सरकार के अधिकारी मिलने आते हैं और लेखक के प्रति आभार प्रकट करते हुए कहते हैं, "आपके समाज नृ-वैज्ञानिक अध्ययन के कारण ही आज हम दिल्ली में अपना मुकाम बना पाए हैं। हमारे पूर्वज अपनी भेड़-बकरियों को लेकर खानाबदोशों की तरह पहाड़ों में भटकते रहते थे। जंगलात के अफसर उनका

शोषण करते थे। दूसरी ओर वे जादू-टोने के चक्करों में जकड़े रहते थे। लेकिन आज एक हजार गद्दी दिल्ली में रहते हैं। उनमें इक्के-दुक्के आई. ए. एस. ऑफिसर भी हैं जो शर्मा, राणा, कपूर, चौहान, सिंह आदि टाइटिल अपने नाम के साथ लगाते हैं। कारण, उनके पूर्वज कभी अपने धर्म की रक्षा के लिए जंगलों-पहाड़ों की ओर प्रयाण कर गए थे। वहाँ वे भेड़-बकरी, गाय आदि पालने लगे थे। राजस्थान में ऊँट, घोड़े, भैंस तथा अन्य पशुपालन उनके व्यवसाय बन गए जिनके नाम से रेबारी, रायका, कुरुबा, धनगर, देवासी, गड़रिया, ग्वाला, यादव, अहीर आदि जातियाँ बन गईं। बंजारा, लुहार, लंबाड़ा आदि तथा उक्त जातियाँ कभी क्षत्रिय समाज का ही अंग थीं। लेखक ने इन विषयों पर अंग्रेजी तथा हिंदी में अनेक पुस्तकें लिखीं। एक गद्दी ब्राह्मण बोला-''हमें जनजाति का आरक्षण न मिलता तो हम यहाँ तक न पहुँच पाते।''

गद्दी ऑफिसर के इस कथन से लेखक रोमांचित हो उठता है। उसने कभी भरमौर के गद्दियों पर पी-एच. डी. की थी। वह ग्रंथ अंग्रेजी में है। लेखक ने अपने ग्रंथ में सिद्ध किया था कि हिमाचल की सभी गद्दी उपजातियाँ आदिवासी जीवन व्यतीत करती हैं। उनमें ब्राह्मण, राजपूत, राठी, सिपी तथा रेहडा आदि समुदायों को एस. टी. का लाभ मिलता है। कुछ क्षेत्रों को शेड्यूल एरिया घोषित कर दिया गया था। इस संबंध में लेखक हिमाचल के प्रथम मुख्यमंत्री डॉ. वाई. एस. परमार से भी मिला था जिन्होंने उसकी अंग्रेजी पुस्तक 'हिमाचल-नेचर्स पीसफुल पैरेडाइज' पर अपनी शोधपरक भूमिका लिखी थी। लेखक पहाड़ की खड़ी चढ़ाइयों की यात्रा पर लिखने के लिए आगे कलम चलाता कि तभी रोमा पुत्री उसके सामने आकर खड़ी हो गई।

बोली, ''लेखक, आपने अपने ग्रंथों में लिखा है कि हमारे पूर्वज कश्मीर, हिमाचल, हरियाणा, राजस्थान, गुजरात, महाराष्ट्र से भी आए थे। आपकी बातें मैं ध्यान से सुन रही थी। क्या गद्दी समाज का भी हमारे रोमा समुदाय से कोई संबंध है?''

''हाँ-हाँ, क्यों नहीं। मैंने गद्दियों के प्रवसन के बारे में लिखा था-'उजडया लाहौर ते वस्या भरमौर।' गद्दी कश्मीर, लाहौर छोड़कर हिमाचल आए थे, जिन्होंने भरमौर को बसाया था। संभवत: उन्हीं दिनों एक काफिला कश्मीर होते हुए यूरोप की ओर मुड़ गया था। रोमा तथा गद्दी दोनों समाज के रूप-रंग का सौंदर्य एक जैसा है। कुछ रोमा-विशेषज्ञ अभी तक रोमा समाज को पंजाब से जोड़ते हैं जो अधूरा सच है। इस संबंध में लेखक ने अपने ग्रंथ

'रोमा-द जिप्सी वर्ल्ड' तथा 'द वर्ल्ड ऑफ नोमेड्स' में स्पष्ट लिखा है कि रोमा केवल पंजाब से ही नहीं अपितु भारत के विभिन्न अंचलों से गए थे। वे सभी भारतवंशी हैं।

19

मई-जून, 2003 की डायरी के पृष्ठों में अमेरिका, इंग्लैंड की साहित्यिक यात्रा का दस्तावेज है जो लेखक की वृहत् कृति 'मेरी विश्वयात्राएँ' में दर्ज हो गया है। उसमें कैरेबियन, न्यूयॉर्क तथा कैलिफोर्निया के 'इंडियन पोस्ट' आदि अंग्रेजी अखबारों ने लेखक के साथ इंटरव्यू, मान-सम्मान के अनेक समाचार प्रकाशित किए हैं जिन्हें रोमा पुत्री बड़े गौर से देख रही है। लेखक को न्यूयॉर्क, कैरी, आस्टिन, कैलिफोर्निया आदि की हिंदी संस्थाओं व अनेक विश्वविद्यालयों द्वारा सम्मानित किया गया था। बाद में इंग्लैंड के विश्वविद्यालयों में दाऊ जी गुप्त, उनके सुपुत्र पदमेश गुप्त तथा बर्मिंघम की गीतांजलि संस्था के संस्थापक डॉ. कृष्ण कुमार आदि द्वारा आयोजित भव्य समारोहों में प्राप्त शाल-प्लाक लेखक कभी नहीं भूलता। इस यात्रा में सुषम बेदी, उषा राजे, सुरेश शुक्ल, श्यामनारायण शुक्ल, धनंजय कुमार, मोहन राणा, पं. रामलाल, डॉ. विंदेश्वरी, डॉ. सुधा ढींगरा, शैलेन्द्र श्रीवास्तव, वेदप्रकाश सिंह, जगदीश सेठ, अंबालिका मिश्रा, सुरेश ऋतुपर्ण आदि की आत्मीयता उसके लिए किसी अमिट धरोहर से कम नहीं है।

अनेक उल्लेखनीय नाम हैं जो लेखक के हिंदी-अंग्रेजी ग्रंथों में अंकित हैं। अमेरिका यात्रा का श्रेय डॉ. विजय कुमार मेहता तथा उनकी संस्था अंतर्राष्ट्रीय हिंदी समिति को जाता है। लेखक उन्हें अपनी मॉरिशस यात्रा में भी याद करता है। रोमा पुत्री को वे जानते हैं। दिल्ली के समारोह में वह उनसे मिल चुकी है। मॉरिशस यात्रा में डॉ. गंगू को देखकर कवि तथा हृदय विशेषज्ञ डॉ. मेहता की आतिथ्य स्मृति में खो जाता है। उसके शब्दों में-''डॉ. उदयनारायण गंगू यानी गंगा-पुत्र को देखकर न्यूयॉर्क के प्रवासी भारतीय डॉ. विजय कुमार मेहता की याद ताजा हो गई। दोनों बिहारवासी हैं।

अंतर केवल इतना है कि डॉ. उदयनारायण के पूर्वज दो सौ वर्ष पूर्व पहले बिहार से मॉरिशस पहुँचे थे तथा उन्हें खेतों में काम करने के लिए मजबूर किया गया था। डॉ. उदयनारायण का जन्म मॉरिशस में हुआ था। वे वहीं पढ़े। स्थानीय विश्वविद्यालय में हिंदी के विभागाध्यक्ष रहे। भोजपुरी साहित्य पर उनका शोधकार्य अद्भुत है। डॉ. विजय कुमार चालीस वर्ष पूर्व भारत से कार्डियोलॉजिस्ट के रूप में अमेरिका गए थे। उनके पेशे के साथ-साथ उनका साहित्यिक अवदान भी उल्लेखनीय है। उन्होंने अमेरिका में चिकित्सक का व्यवसाय करते हुए प्रवासी साहित्य को अपनी लेखनी से समृद्ध किया। डॉ. उदयनारायण तथा डॉ. विजय कुमार दोनों का शारीरिक गठन, रूप-रंग तथा बोलचाल के ढंग में एक विशेष प्रकार की समानता दिखाई पड़ी।''

लेखक यह सब लिखते-लिखते भावुक हो उठता है। वह स्वतंत्रता सेनानी मणिलाल डॉक्टर के स्मृति-समारोह में दिए गए भाषण को अपने यायावरी-साहित्य में जोड़कर बताना चाहता है कि विदेश में विचरते इन यायावर क्रांतिकारियों का भारत में कोई नाम तक नहीं लेता। डेढ़ सौ वर्ष पूर्व के भारतीय स्वतंत्रता संग्राम पर लिखे बहुत से विशेषांक प्रकाशित हुए, ग्रंथों का प्रकाशन हुआ किंतु मणिलाल डॉक्टर को किसी ने याद नहीं किया। (यह प्रसंग मॉरिशस यात्रा के पृष्ठों पर द्रष्टव्य है।) लेखक को याद आते हैं 'नवभारत टाइम्स' के साहित्यिक पृष्ठ के संपादक रमेशचंद्र जो लेखक से अनुरोध करके लिखवाया करते थे। 'साप्ताहिक हिंदुस्तान' ने भी उसे खूब छापा। 'धर्मयुग' के संपादक डॉ. धर्मवीर भारती ने गद्दी तथा रोमा यायावर समुदायों पर लेखक के सचित्र आलेख प्रकाशित किए थे। उसे याद आता है 'टाइम्स ऑफ इंडिया' के वीकली संस्करण का मुख पृष्ठ जिस पर लेखक का एक लेख 'नोमेड्स ऑफ द हिमालयाज' सचित्र छपा था। उसे याद आते हैं 'दैनिक हिंदुस्तान' के संपादकीय विभाग के प्रमुख क्षितीश तथा शरदेन्दु जो लेखक को संपादकीय में उद्धृत किया करते थे। वे अनुरोध करके लेखक से यायावरों तथा अन्य विषयों पर लेख माँगा करते थे। यूनीवार्ता तथा पब्लिकेशन सिंडीकेट ने उसके अनेक लेख पत्र-पत्रिकाओं में छपने के लिए भेजे थे। लेखक को देश के तमाम लीडिंग हिंदी, अंग्रेजी समाचार-पत्रों में छपने का क्रेज था। 'हिंदुस्तान टाइम्स' में उसकी एक सीरीज 'ट्राइबल वीमेन ऑफ इंडिया' छपी थी जो बाद में अंग्रेजी में पुस्तकाकार प्रकाशित हुई। 'हिंदुस्तान टाइम्स' में तत्कालीन संपादक खुशवंत सिंह ने लेखक का रोमा सिंती विषयक

लेख अंग्रेजी में प्रकाशित किया था। उसने बाल साहित्य के पितामह राष्ट्रबंधु के सुझाव पर रोमा बच्चों पर एक पुस्तक लिखी थी जो हिंदी बाल साहित्य में पहली बालकृति के रूप में चर्चित हुई। आदिवासी बच्चों पर उसका प्रथम ऐतिहासिक कार्य है जिसे बाल साहित्य की अनुपम धरोहर कहा जाता है।

लेखक के मित्रों का अनुरोध है कि वह आत्मकथा लिखे पर परिस्थितियों ने विषय-वैविध्य के कारण समय ही नहीं दिया। इसीलिए संस्मरणों तथा डायरी के माध्यमों से हिंदी तथा भारतीय भाषाओं के लेखकों पर यदा-कदा कुछ लिखकर वह उनके प्रति कृतज्ञता प्रकट करता रहा है। और हाँ, निराशा के क्षण उसे संस्कृत के महाकवि भवभूति की ये कालजयी काव्य-पंक्तियाँ दे जाते हैं–

उत्पत्यते मम् कोऽपि समान धर्मा।
कालो ह्ययम् निर्वधिर विपुला च पृथ्वी।

अर्थात् काल अनंत है, पृथ्वी अनंत है। मेरा कोई न कोई पाठक (समानधर्मा) कहीं न कहीं अवश्य मिल जाएगा।

20

सृजनात्मक साहित्य की कुछ विधाएँ आज भी उपेक्षित हैं। वे हिंदी साहित्य के इतिहास में दर्ज किए जाने की प्रतीक्षा में हैं। उनके रचनाकार कलम का उपयोग 'स्वांतः सुखाय' कर रहे हैं या किसी अन्य उद्देश्य से, उन्हें नहीं पता। वे बस साधनारत हैं। उनका अपना एक संसार है, समाज है और एक विशेष पाठक है। कुछ महापंडित राहुल सांकृत्यायन का चरैवेति-पथ अपना लेते हैं। उनका लेखन देश-देशांतर तक को समाहित कर लेता है। शोध-सर्वेक्षण-सृजन सहयात्री बन जाते हैं, यायावर साहित्य की श्रीवृद्धि करते हैं। सदैव कुछ नया देते हैं, जो गद्य में सहज है। किंतु साहित्य की सर्वोत्तम विधा कविता है, जो ऋग्वेद से लेकर रवींद्रनाथ टैगोर तक सत्यं शिवं सुंदरम् की दिशा देती है। वाल्मीकि से कालिदास तक उपमाओं को अमरता प्रदान करते हैं। हिंदी काव्य सूर, तुलसी तथा अन्य कवियों-महाकवियों से आगे का कबीरी मार्ग अपना

लेता है। प्रसाद, पंत, महादेवी, निराला आदि के बाद अनेक काव्य-विधाओं से गुजरता हुआ आगे बढ़ता रहता है। गीत, गजल, दोहे और हाइकू तक पहुँच जाता है। विश्व कविता मिल्टन, वड्सर्वर्थ, कीट्स, शैली, इलियट, एजरापाउंड तथा वाल्ट व्हिटमैन आदि का सार्वदेशिक स्वरूप है। एक ऐसा भी युग था, जब कविता अकविता बन गई और उत्तर-आधुनिक समीक्षक वर्ग वर्ण तथा भिन्न-भिन्न वैचारिक खेमों में बँट गया।

लेखक की कलम-विश्वकोश तथा अंग्रेजी में शोध-ग्रंथों और विशालकाय एन्साइक्लोपीडियाज आदि को समर्पित थी, लेकिन राष्ट्रबंधु कहाँ मानने वाले थे। वे लेखक से बच्चों के लिए कुछ न कुछ अछूते विषयों–रोमा बच्चों, आदिवासी बच्चों आदि पर लिखने का अनुरोध करते रहते। वर्ष 1981, युवावस्था में वह चालीस दिन में चौदह देशों की यात्रा से लौटा था। रोमा भारतवंशियों पर अपनी डी. लिट्. उपाधि के लिए शोध-सामग्री भी जुटानी थी। साहित्यकार-संपादक राजेंद्र अवस्थी ने लेखक के संस्मरण व लेख 'कादंबिनी' में छापे थे। 'हिंदुस्तान टाइम्स' के लिए प्रोमिला कल्हण घर आकर अंग्रेजी में इंटरव्यू ले गईं। उन दिनों विदेशों में प्रवासी भारतीय बहुत कम थे। बड़ी मुश्किल से विदेश-यात्राएँ होती थीं। अतः विदेश से लौटने पर साहित्यकार तथा विभिन्न भाषाओं के लेखक संस्मरण सुनने के लिए गोष्ठियाँ कराते थे। आज तो अनेक वर्गों-विषयों के विशेषज्ञ न केवल विदेश-यात्रा करते हैं बल्कि वहाँ बस भी गए हैं।

भारत के राष्ट्रपति प्रतिवर्ष बाल दिवस यानी 14 नवंबर को राष्ट्रपति भवन में बच्चों से मिलते हैं। राष्ट्रबंधु जी को लगा कि उन्हें बच्चों के साथ-साथ बच्चों के लेखकों से भी मिलना चाहिए। उनका व्यंग्य था, 'भाई, आपको 'पद्मश्री' भले ही हिंदी तथा अंग्रेजी के प्रौढ़ सृजन पर दो-दो साहित्यों में मिली हो–1990 में, जिसे आपके मित्र भूले नहीं हैं, किंतु बाल साहित्य के लेखक भी तो आपको अपना मानते हैं। फिर उन्हें भारत के राष्ट्रपतियों से क्यों नहीं मिलवाते, जबकि आप सपत्नीक 15 अगस्त तथा 26 जनवरी के राष्ट्रीय पर्वों पर न केवल उनसे हाथ मिलाते हो, बल्कि उनके 'एट होम' आमंत्रण पर मिष्टान्न व चाय का आनंद भी लेते हो!'

लेखक ने सोचा कि बात तो सही है, किंतु लालफीताशाही में यह कैसे संभव है! पर जहाँ चाह है, वहाँ राह मिल जाती है। उसने राष्ट्रपति को पत्र लिखने शुरू किए। कोई उत्तर नहीं आया। याद आई पूर्व राष्ट्रपति

डॉ. शंकर दयाल शर्मा की, जिन्हें दिल्ली तथा अन्य शहरों के रचनाकार, लेखक का नाम लेकर उनसे मिल लेते थे। वे रिसर्च फाउंडेशन संस्था की परियोजना 'सामाजिक विज्ञान हिंदी विश्वकोश' के परामर्शदाता भी थे। यह ऐतिहासिक महाकोश उसके संपादन-लेखन में पाँच खंडों में प्रकाशित हुआ है, जिसमें डॉ. प्रतीक मिश्र का बाल-साहित्य पर एक आलेख राष्ट्रबंधु के अनुरोध पर छपा है।...संस्मरण-कथा कहाँ से कहाँ ले गई!

लेखक की बाल-कृति 'देश-देश में रोमा बच्चे' के प्रेरणास्त्रोत बाल-साहित्य के पुरोधा जयप्रकाश भारती तथा राष्ट्रबंधु जी थे, जो अब इस दुनिया में नहीं हैं। काश, वे जीवित होते तो देखते कि आज पद्म सम्मानों का क्या हश्र हो रहा है। लोग किसी मिशन के लिए नहीं, बल्कि 'सेल्फ प्रमोशन' तथा टी. आर. पी. के लिए अपने सम्मानों को लौटाकर मीडिया में नाम करा रहे हैं! अपवादों को छोड़कर। लेखक अपनी साहित्यिक पुरस्कार राशि लौटाने की अपेक्षा हिंदी तथा भारतीय भाषाओं के लिए दान में देता रहा है।

21

रोमानी कविताओं का हिंदी में अनुवाद करना एक कठिन प्रक्रिया से गुजरना था। लेखक ने हिंदी के कई कवि-अनुवादकों से अनुरोध किया किंतु उन्हें इसमें आर्थिक लाभ नहीं दिखाई पड़ा। फलतः लेखक को स्वयं अनुवाद करना पड़ा। कुछ अंश यहाँ दिए जा रहे हैं–

वाल्मीकि रामायण

लेक्सा मानुष (रूस)

...'इति रामायण' शब्दों से समाप्त होता है यह ग्रंथ
प्रेरक थे ब्रह्मा और अधर वाल्मीकि के
जिन्होंने गाया संस्कृत में तमाम लेखकों के लिए
लेक्सा मानुष ने गाया रोमानी में तमाम रोमाओं के लिए।
...And 'Ramayana' ends with these words.
It was prompted by Brahma and with Valmiki's lips

It was sung to the world in Sanskrit
In Romani to all Roma it sung by Leksa Manush.

(रूस के प्रख्यात रोमा कवि द्वारा संस्कृत से अंग्रेजी में अनूदित तथा हिंदी में अंग्रेजी से लेखक द्वारा अनूदित।)

मेरे प्यारे भारत

बैराम हलिति (सर्बिया)

मेरे प्यारे भारत,
तुम मेरे हृदय का कंपन हो
मेरी आत्मा हो
प्राचीनतम देश हो / विश्व के
पुरातन संस्कृति को समाए
धन-धान्य संपन्न
मेरी पितृ-भूमि,
तुम नहीं जानतीं
अपने बिछुड़े लालों का
भारतवंशियों का दर्द
यानी हमारा दर्द
जो इम्यून कर गया है हमें
गैस चैंबरों की तपन सहते-सहते
जिनमें भून दिए गए थे
हमारे पूर्वज
फासिस्ट हिटलर द्वारा
प्रत्येक रोमा का सपना होता है
कि वह पितृ-ऋण से उऋण हो
पवित्र गंगा के देश
भारत की परिक्रमा कर
पल-पल सोचते हैं हम
तुम्हारे बारे में
गीत गाते हैं तुम्हारे दुनिया-भर में
बसे हो तुम–हिमालय से हिंदुकुश तक

हमारे प्राणों में।
मेरे भारत
तुम हृदय हो मेरा
अविनाशी आत्मा हो
और देखो मर-मर कर जीवित हैं
हम अपने कोसोव में आज भी!!

कोसोव का नर-संहार
बैराम हलिति (सर्बिया)

कोसोव तथा अन्य कविताएँ

एक

शास्त्रों के बीच एक आशा लिए
अपने काव्य को नए आयाम देता हूँ
बढ़ रहा हूँ आगे और आगे
गाता हूँ मीठे-कड़ुवे गीत
जीता हूँ कविताओं को
लिखता हूँ दुःख-दर्द
रोमानी लोगों के
आने वाले कल के।

दो

छत पर बैठी है एक अजीब-सी गौरैया
गाती है अपशकुन भरे गीत
अनिष्ट का पूर्वाभास है यह
मेरे हाथ काँप रहे हैं
लिखते हुए यह शोक-गीत
और निस्तेज होती जाती है आत्मा।

तीन

कोसोव में
पाषाण और अस्थियाँ
चकनाचूर-सिसकती हैं

रक्त से सने हथियार
चारों ओर बिखरे पड़े हैं शवों के साथ
आबाल-वृद्ध स्त्री-पुरुष
बलि चढ़ गए हैं युद्ध की।

चार

एक दिन और
मेरे निर्वासन का

वही अपशकुनी चिड़िया
मेरी सुबह को तबाह कर रही है

बर्बाद कर रही है मेरी जिंदगी

सोचता हूँ–
यह सवेरा नहीं / अँधेरा है
पर मैं निराश नहीं हूँ
कल फिर सुबह होगी
मेरी कविताओं की / मेरे नए गीतों की

मुझे अभी और जीना है
अपने गीतों के लिए
बिछुड़े मीतों के लिए।

पाँच

मैं कवि हूँ–
ईश्वर द्वारा निर्मित
एक विशेष व्यक्तित्व
महसूसता हूँ औरों से अधिक
दुःख-दर्द अपने लोगों के।

छह

बोधिसत्व,
हम नत-मस्तक हैं

धूप-दीप प्रज्वलित कर
प्रार्थना करते हैं
निर्वाण के लिए

पर बोधिसत्व,
क्या निर्वाण ही समाधान है
एकमात्र मुक्ति का?

आपने ठीक ही कहा था–
अप्पा दीपो भव!

रोमानी स्वप्न

वाल्डेमार कालिनिन (इंग्लैंड)

एक

मैं जब युवा था
और अश्व था मेरा सहचर

जो बातें करता था हवा से
न वर्षा रोकती थी उसे और न बर्फ

न रात का पता चलता और न दिन का
कैसे बीत गया समय!

छूट गए कहाँ मेरे प्यारे जंगल!!
तथा शीतल जल / जो उन्मुक्त बहता था
(नद-नालों में)

याद करते हैं बड़े-बूढ़े
पुराने दिन
सुखद लगती थी
प्रकृति की तल्खियाँ भी तब
दास बन गया हूँ आज मैं
अपनी ही इच्छाओं का

ढूँढ़ता हूँ उष्णता–
सुख–सुविधा आवास के लिए
यात्रा के लिए अब कार आ गई है
गर्म कपड़े हैं / मैच करती टाई है
पर मेरे अश्व कहाँ चले गए?
क्या मेरा दूसरा जीवन है यह!!

दो

(स्मृतियाँ कचोटती हैं)
रोमा बंधुओ!
तुम्हारी चूँ–चूँ करती बग्घियाँ/गाड़ियाँ

नहीं सुहाती मुझे अब
ले जाओ इन्हें दूर
मेरे दिल से दूर

मेरा शरीर अशक्त है अब
लड़खड़ाता है

पुराने चोगे की जगह
काला सूट मुझे जकड़ लेता है

तीन

डाइनिंग टेबल पर
लगा है स्वादिष्ट भोजन

अन्यमनस्क हूँ मैं
बतियाता हूँ संभ्रांत समाज से
ढूँढ़ता हूँ प्रिय रोमाओं को / मन ही मन

सुसज्जित गाज़े (गैर–रोमा)
मगन हैं राजसी नृत्यों में

सपना लगता है रोमाओं का लिबास

सीधा-सादा कृत्रिमता से दूर
कहाँ गए वे लोग!!

गाज़े / जब अपनी भाषा में
गिटर-पिटर करते हैं
तो मुझे खयाल आता है
अपनी मातृभाषा का / रोमानी का

याद आते हैं वे गीत और शब्द
जो लगते थे कर्णप्रिय
मेरी रोमानी में।

चार

रोज-रोज / सुबह से शाम तक
रात और दिन
चलते रहे रोमा

नद-नालों को पार करते
गुजरते कठिन राहों से
जीवन जीते रहे रोमा
इह लोक छोड़ / परलोक जाते रहे रोमा!!

पाँच

रोमा नहीं मापते पथ / मीलों से
नहीं गिनते घड़ियों को / पलों को
अथवा आयु को
वे नहीं जानते–क्या होता है कैरियर?
और नहीं पालते / महत्त्वाकांक्षाएँ
उन्हें परिपक्व किया है / उनकी गलतियों ने।

छह

रोमा रक्त लाल है
जो आत्मरक्षा के लिए लड़ता है

सत्य के लिए मर मिटता है
यह भारतीय रक्त बहता आया है
रोमाओं की धमनियों में
पीढ़ी दर पीढ़ी
जिसने नहीं टेके घुटने
शत्रुओं के सामने
करता रहा प्रार्थना
अपने प्रभु से
विश्व-शांति के लिए।

बेलारूस में

तेज हवा टकराती है मेरी खिड़कियों से
वर्षा होती है मूसलाधार
लेकिन कैसी होगी आबोहवा
मेरे वतन की?
प्यारी हवा, बता सकती हो तो बताओ...
जब बेलारूस में गिरती है बर्फ
और रोमा अपनी भाषा में
करते हैं मीठी-मीठी बातें
वे अपने अश्वों पर सवार होकर
निकलेंगे मेले-ठेलों में
और फिर हमारे वन
आनंद लेंगे / मीठी धूप का।

एक रहस्य

रिज़ा लाही (अल्बानिया)

और अब
... शशशशशशश
अन्यथा
सूर्य की तरह झुलसती है एक पाँखुरी

अश्रुपात करती है सुबह की ओस-सी
देखते ही देखते
सब कुछ उड़ जाएगा
चकाचौंध नहीं रहेगी कहीं भी
कुछ नहीं
कोई नहीं
और मैं भी नहीं
ओऽहहह
क्या प्यारा पुष्प है!!!!
और मैं जाजाजाजा रहा हूँ
शशशशशशश...

कोई क्रेता नहीं कविताओं का
रिज़ा लाही

...आते हैं जाते हैं
लोग लिखते हैं
और पैसा देते हैं प्रकाशित कराने के लिए
अपने कविता-संग्रहों को
वे जानते हैं कि उनका
कोई ख़रीदार नहीं होगा
वे ऋण लेते हैं
मुद्रण के लिए
प्रचार करते हैं स्वयं अपनी पुस्तकों का
यशोगान करते हैं इंटरनेट पर अपना
दुखी हैं बेचारों की आत्माएँ
लेकिन मैं
मेरी प्यारी पुस्तकों को,
रखता हूँ अपने पास तालों में
किसी को नहीं देता उन्हें
वे मुझे देखती हैं / मैं उन्हें देखता हूँ
वे मुझे अधिक प्यार नहीं करेंगी

शायद वे बदसूरत हो गई हैं
लेकिन मेरे लिए बहुत सुंदर हैं
जैसे सर्वाधिक सुंदर लगती है
एक माँ को अपनी बदसूरत बेटी भी।

ओह, प्रभाकर श्रोत्रिय कुछ रोमा कविताओं को साहित्य अकादमी की पत्रिका में प्रकाशित कर परलोक सिधार गए। उनकी स्मृति को नमन!

22

मॉरिशस के बारे में एक किंवदंती है कि ईश्वर ने स्वर्ग से पहले मॉरिशस का निर्माण किया था। शायरों ने भले ही कश्मीर को जन्नत कहा हो, लेकिन मॉरिशस का प्राकृतिक सौंदर्य उससे कम नहीं। वह हिंद महासागर का एक अनूठा मोती है। यहाँ आकर लगता है जैसे यात्रा ठहर गई हो तथा वह स्वयं अपनी आँखों से प्रकृति के असीम संसार में अपनी सार्थकता ढूँढ़ रही हो।

लेखक यहाँ के अप्रतिम सौंदर्य में कुछ क्षणों के लिए खो गया है। कभी हिंद महासागर में उसका 'अग्निसागर' जन्मा था जिसमें स्वयंभुव से लेकर वैवस्वत मनु तक की यात्रा थी किसी सात्त्विक अप्रक्षिप्त मनुस्मृति की खोज में। यात्रा सोद्देश्य हो या निरुद्देश्य, इस विषय पर साहित्य के विवेचकों को बहस का मुद्दा मिल सकता है किंतु लेखक ने सोद्देश्य यात्राओं में ही साहित्य की सार्थकता अनुभव की है।

6 अक्टूबर, 2007 का सुहावना दिन।

मन विचार-सागर के साथ-साथ महासागर की गहराई तक छूने के लिए व्यग्र था, लेकिन लेखक तो इंदिरा गांधी कला केंद्र के सभागार में बैठा था। ओह, कवि-मन को कितना मसोसना पड़ा है उसे इन शुष्क वैचारिक मंचों के कारण! मॉरिशस में अधिकांश लोग हिंदी समझते हैं, बोलते भी हैं किंतु उसे बीज भाषण अंग्रेजी में ही देने के लिए कहा गया था। शायद इसलिए कि वहाँ की राजभाषा अंग्रेजी है, हिंदी नहीं। मॉरिशस सरकार द्वारा स्टेट गेस्ट के रूप में आमंत्रित होने के कारण भी एक विवशता थी। भारत सरकार ने

उसकी यात्रा पर आंशिक व्यय किया था। अपने भाषण में लेखक ने ऋग्वेद की पंक्तियों से प्रारंभ कर मणिलाल डॉक्टर द्वारा मॉरिशस, फिजी तथा अन्य द्वीपों में की गई उनकी सेवा का विस्तृत विवरण दिया था। लगता है ऋग्वेद की इस ऋचा में मॉरिशस के चारों ओर लहराते समुद्र को देखने की प्रार्थना की गई हो।

यस्यां समुद्र उत सिंधु रापो
यस्यामन्नं कृष्टय: सबभूव:
यस्यामिदं जिन्वति प्राण देजत्सा
नो भूमि: पूर्वपेये दधातु।

इस संबंध में लेखक ने मॉरिशस के राष्ट्रपति सर अनिरुद्ध जगन्नाथ से रोमा तथा अन्य भारतवंशियों के सांस्कृतिक आदान-प्रदान के बारे में चर्चा की थी। मॉरिशस विश्वविद्यालय में मणिलाल डॉक्टर चेयर स्थापित करने का भी अनुरोध किया था। मॉरिशस के आर्य नेता इस कार्य में अपना योगदान करने के लिए आगे आए। उन्होंने लेखक को आर्य सभा पोर्टलुइस तथा अन्यत्र आयोजित समारोहों में आमंत्रित किया।

शिक्षा तथा मानव संसाधन मंत्री श्री धर्मवीर गोकुल ने अपने कार्यालय में उसे आमंत्रित किया था। डॉ. गंगू तथा उषा शर्मा उनके साथ थीं। गोकुल बड़े मिलनसार व्यक्ति हैं। उनसे भी मणिलाल चेयर पर विचार-विमर्श किया था। मुख्य भाषण के समय मॉरिशस के उपप्रधानमंत्री डॉ. अहमद राशिद बीबी जॉन तथा उनके मंत्रिमंडल के सदस्य पर्यावरण मंत्री श्री अनिल कुमार बेचू, महेंद्र गोरेसू आदि उपस्थित थे।

भारत के हाईकमिश्नर श्री बी. जयशंकर ने भी अपने कार्यालय में आने के लिए मुझे आमंत्रित किया था। लेखक व डॉ. गंगू उनके कार्यालय में गए उनके साथ। उनके साथ डिप्टी हाई कमिश्नर संजीव रंजन से मिले। साहित्यकार डॉ. जयप्रकाश से भी भेंट हुई। यह जानकर सुखद आश्चर्य हुआ कि डॉ. विनोदबाला अरुण, महासचिव विश्व हिंदी सचिवालय लेखक के भाषण सुनने के लिए इंदिरा गांधी कला केंद्र आई थीं। उन्होंने भी विश्व हिंदी मुख्यालय में आमंत्रित किया। उनकी कार्यशैली देखकर अत्यंत प्रसन्नता हुई। किंतु उन्हें न तो पूरा स्टाफ ही दिया गया था और न ही भारत तथा मॉरिशस के मंत्री-स्तर पर आगे की कार्रवाई के लिए कोई बैठक बुलाई गई। वास्तव में विश्व हिंदी-सम्मेलनों में अधिकांश प्रतिनिधियों की भीड़ तमाशबीनों की

तरह रहती है। उनकी रुचि विदेश में सैर-सपाटे की अधिक होती है। न्यूयॉर्क सम्मेलन का भी यही हाल था।

मॉरिशस के पूर्व मंत्री श्री राजनारायण गत्ती ने अपने गाँव में एक सौ एक यज्ञ-कुंडीय हवन कराया। उन्हें जब शुद्ध मंत्रोच्चार के साथ आहुतियाँ देते हुए देखा तो लघु भारत विशाल भारत से भी महान् दिखाई पड़ा। इंदिरा जी मॉरिशस को लघु भारत कहा करती थीं। संस्कृति-संरक्षण के लिए यदि किसी समाज का उदाहरण देना हो तो मॉरिशस, सूरीनाम, फिजी, गुयाना तथा ट्रिनिडाड में प्रवासी भारतीयों की श्रद्धा को नमन करना होगा, जिनके पूर्वज दो सौ साल पहले भारत छोड़ते समय अपने साथ गीता, रामायण तथा अन्य धर्मग्रंथ ले गए थे।

लेखक को यहाँ के शिव सागर तथा दूसरे धर्मस्थलों को देखने का सुयोग मिला। मॉरिशस में वैदिक हिंदू धर्म, यहाँ की भौतिक तथा आध्यात्मिक विकास यात्रा का जीता-जागता उदाहरण प्रस्तुत करता है। वर्ण तथा जाति व्यवस्था का विकृत स्वरूप यद्यपि यहाँ भारत की तरह देखने में नहीं आया, किंतु राजनीतिक उद्देश्यों के लिए जातीय अहं प्रच्छन्न भेदभाव उभरने लगते हैं। पता नहीं अनेक संतों तथा महापुरुषों के प्रयत्नों के बावजूद जात-पाँत का भूत हिंदुओं का पीछा क्यों नहीं छोड़ता!

यहाँ जाति संबंधी एक आश्चर्यजनक तथ्य का पता चला। यहाँ ब्राह्मण को श्रेष्ठ माना जाता है। वैश्य दूसरे नंबर पर हैं जिसके उच्चपदासीन व्यक्ति तथा राष्ट्रपति प्रायः इसी वर्ग से आते रहे हैं। क्षत्रिय का स्थान तीसरा है जिन्हें बाबू जी भी कहा जाता है। राजपूत प्रायः चौथे वर्ण में हैं, उसी में रविवेद समाज भी आता है।

यहाँ कबीरपंथी भी हैं। अलबत्ता वैश्य बहुसंख्यक हैं। मॉरिशस के 50 प्रतिशत भारतीय हिंदुओं में लगभग आधे वैश्य हैं। आर्यसमाजी जाति-पाँति नहीं मानते। वैसे कट्टरपंथी यहाँ कोई नहीं है। छुआछूत तो बिलकुल ही नहीं है।

डॉ. उदयनारायण गंगू भोजपुरी आंचलिक साहित्य के मर्मज्ञ विद्वान् हैं जो लंबे अरसे तक महात्मा गांधी संस्थान में हिंदी के आचार्य तथा विभागाध्यक्ष रहे हैं। उनके कई आलोचनात्मक ग्रंथ प्रकाशित हुए हैं। वे कुशल शिक्षाविद् के साथ-साथ संगठन तथा प्रबंधन में अद्वितीय दक्षता रखते हैं। डॉ. रुद्रसेन नीवूर, श्री सत्य देव प्रीतम आदि के साथ भी लेखक ने भ्रमण किया।

प्रसिद्ध लेखक प्रह्लाद रामशरण को बहुत से स्त्री-पुरुषों के साथ यज्ञ करते हुए देखा। उन्होंने अपने जन्मदिन पर यह कार्यक्रम रखा था। उन्होंने 'मॉरिशस का इतिहास' तथा अन्य अनेक ग्रंथ लिखे हैं। लेखक का उनसे परिचय दिल्ली में 1995 में हुआ था। वे रिसर्च फाउंडेशन के स्वर्ण जयंती समारोह में उपस्थित थे। उक्त समारोह में दो रोमा स्कॉलर भी उनसे मिले थे।

सुरेश रामबरन ने लेखक का लाइव इंटरव्यू रेडियो मॉरिशस पर प्रसारित किया। वे मॉरिशस के जाने-माने लेखक व रेडियो पत्रकार हैं।

भरत मंगरू तथा श्रीमती नीरू आर्या रात्रि में स्वयं अपनी गाड़ी चलाकर लेखक को एयरपोर्ट छोड़ने के लिए आए। वे बिजनेसमैन हैं। उनकी धर्मपरायण पत्नी ने नीरू जी को अपने यहाँ खास मेहमान की तरह रखा था। लेखक ने सरकारी गाड़ी छोड़कर उनकी मेहमाननवाजी स्वीकार की तथा उनके साथ दो-तीन घंटे बिताए।

एक स्मृति। जर्मनी की एक महिला पत्रकार जो सागर तीरे जॉगिंग करते हुए मिली थी। वह होलीडे मनाने के लिए आई थी। कुछेक युवा दंपती भी मिले जो हनीमून के लिए यहाँ आए थे।

23

लेखक ने अपनी विश्वयात्राओं में रोमा तथा यायावरों पर ढेर सारा साहित्य खंगाला और जो भी उपलब्ध हुआ उसे अपने साथ भारत ले आया। लेखक ने हिंदी पाठकों के लिए उस सामग्री को हिंदी में अनूदित करना चाहा किंतु समय नहीं मिला। साथ ही प्रकाशकों ने भी विशेष उत्साह नहीं दिखाया। हाँ, कुछेक प्रकाशक जरूर बार-बार याद कराते रहे और सामग्री माँगते रहे पर रोमा साहित्य का अनुवाद आड़े आता रहा। वाल्मीकि रामायण (रोमानी-अंग्रेजी) के कुछ अंशों का अनुवाद किया। कुछेक अन्य रोमा कवियों को हिंदी में प्रस्तुत किया, पर उसके पाठक नगण्य थे।

लेखक ने साहस जुटाकर 'रोमा-विश्व के यायावर' पुस्तक लिखी किंतु वह भी संतोष नहीं दे सकी। यायावरी दुनिया के कुछ लेखकीय अनुभव यहाँ देने का लोभ स्मरण नहीं हो पा रहा है।

'यायावरों की दुनिया बड़ी निराली होती है। यायावर स्वतंत्र जीना चाहता है। दखलंदाजी उसे कतई पसंद नहीं। यायावर स्वभाव से हो या पेशेवर, दोनों ही यात्रा-पथ के उपभोक्ता हैं। पगडंडी से उनका अटूट रिश्ता है। गिरि-गह्वरों में यायावरी पीढ़ियाँ जन्मती हैं। यायावर माँ नवजात शिशु को कंधे पर लटकाए पहाड़ की खड़ी चढ़ाई पर चढ़ते जब पहली बार हिमालय में देखी थी तो ठहर गया था मेरा अध्ययन कुछ क्षणों के लिए, और वह सोचने लगा था—क्या मेरे देश को इसका अहसास हो सकता है? क्या कोई माँ शिशु को जन्म देने के एक दिन बाद ही पहाड़ी पर चढ़ सकती है? पर यह कहानी एक नहीं, उन अनेक माताओं की है, जो इसी प्रकार यायावर अथवा अर्द्ध-यायावर जीवन जीती हैं।

लेखक ने जवानी में बुढ़ाए चेहरे देखे हैं और देखा सी-सी करते, कड़ाके की ठंड में ठिठुरते अर्द्धनग्न बालकों को, जिन्हें दूध की बजाय आँसुओं का कड़वा पानी हलक से उतारना पड़ता है। यायावरी साहित्य को सृजन की मनोभूमि दे सकती है, किंतु समाज वैज्ञानिक को चुनौती तथा चिंतन के अतिरिक्त शायद ही कुछ दे।

भारतीय संविधान में समानता, समरसता तथा सामाजिक न्याय आदि मूलाधिकारों को कानून का रूप भले ही मिला हो किंतु उनका क्रियान्वयन ईमानदारी के साथ न होने के कारण आज भी देश के अनेक लोग उपेक्षित जीवन जी रहे हैं। भारत के आदिवासी तथा यायावर जल-जंगल और जमीन के 1996 में बने आधे-अधूरे कानून का खमियाजा भुगत रहे हैं। सभ्य समाज के लिए निर्मित बहुत से कानूनों की इसी प्रकार से अवहेलना की जाती है। महिलाओं पर अत्याचार कानून बनने के बाद भी कम नहीं हुए। वास्तव में उनका दुरुपयोग भी होता रहा है। दूसरी ओर जहाँ अरण्य संस्कृति का स्वतंत्र साम्राज्य हुआ करता था, वहाँ आज नक्सलवाद चरमसीमा पर दिखाई देता है। आखिर आदिवासी तथा वंचित युवा शक्ति को अन्याय के विरुद्ध बंदूक का सहारा क्यों लेना पड़ा? विनोबा भावे तथा अन्य समाज-सुधारकों ने कभी डाकू समस्या का हल निकाला था तथा उनसे आत्मसमर्पण कराए गए थे। संविधान के नाम पर वोट की राजनीति अनेक वर्षों तक किस तरह भ्रष्टाचारी समाज का निर्माण करती रही, यह सबके सामने है। लगभग डेढ़ हजार राजनीतिक पार्टियाँ आखिर किन संवैधानिक हितों की सुरक्षा कर रही हैं? एक यक्ष प्रश्न आज भी उपस्थित है।

24

लेखक आज स्वस्थ मूड में है। अपने नए-पुराने विचारों में खोया हुआ है। वह संचार माध्यम और हिंदी की बात करने लगता है।

लेखक चिंतन के कुछ भाव उतरते हैं–'आनो भद्रा' का आप्त वचन अपनाता है। वह एक सामासिक संस्कृति का पक्षधर है। आर्ष ग्रंथ, पाश्चात्य समाजशास्त्र, नृविज्ञान, गांधी, मार्क्स, दयानंद, विवेकानंद तथा अंबेडकर और विनोबा भावे आदि के चिंतन की पुनरावृत्ति उसके लेखन को स्फूर्ति प्रदान करते हैं। समाज-सापेक्ष साहित्य उसका पथ-प्रशस्त करता है जो 'अग्निसागर' का चरैवेति-पथ भी है। यही है उसका चिरंतन-दर्शन। संतुलित चिंतन।

उक्त दर्शन रोमा पुत्री के पल्ले पड़े या न पड़े किंतु सामाजिक चिंतकों को कुछ नया सोचने को जरूर प्रेरित करेगा।

शब्द के दो मुख्य रूप हैं : मुद्रित तथा श्रव्य। मुद्रित शब्द के लिए शिक्षित होना आवश्यक है। जबकि श्रव्य शब्द के लिए व्यक्ति की पढ़ाई-लिखाई अपेक्षित नहीं। मुद्रित शब्द समाचार-पत्रों, पत्रिकाओं, पुस्तकों, संदर्भ-ग्रंथों अथवा अन्य मुद्रित सामग्री के लिए प्रयुक्त होता है, जबकि श्रव्य शब्द वार्तालाप, भाषा, परिचर्चा आदि के लिए उपयोगी है। रेडियो तथा दूरदर्शन श्रव्य शब्द का सर्वाधिक सहारा लेते हैं। आकाशवाणी का विस्तार दूरदर्शन से अधिक है। अतः स्वाभाविक है वहाँ इस शब्द की अधिक आवश्यकता पड़ती है। दूरदर्शन में श्रव्य के साथ दृश्य यानी चित्र अथवा चलचित्र भी जुड़ जाता है जो अधिक प्रभावी होता है। वैसे 'श्रुति' भारत की पुरानी परंपरा रही है। वेद तथा अन्य ग्रंथ गुरु-मुख से सुनकर शिष्य पंडित बनते थे। संजय ने धृतराष्ट्र को महाभारत के युद्ध का आँखों देखा हाल सुनाया था। उसे युद्ध-संवाददाता भी कहा जा सकता है। मध्यकाल में चौपालों का बड़ा महत्त्व था। वहाँ श्रव्य शब्द के द्वारा ही बड़े-बड़े फैसले हुआ करते थे। श्रव्य शब्द शक्ति का प्रतीक था। वह हिंदी या किसी भारतीय भाषा का होता था।

अंग्रेजी के वर्चस्व के बारे में विश्वविख्यात अस्तित्ववादी चिंतक ज्याँ पाल सार्त्र का एक उद्धरण चौंकाने वाला है। उन्होंने अफ्रीकी देशों के बारे में जो शब्द कहे थे वे भारत पर भी पूरी तरह लागू होते हैं–"अभी ज़्यादा दिन

की बात नहीं है, जब इस धरती की सारी आबादी दो वर्गों में विभाजित थी। एक–चौथाई लोग गोरे थे, शासक थे और बाकी तीन–चौथाई लोग शासित थे, नेटिव थे। पहले वर्ग के मुट्ठी भर शासक या गोरे वाणी के या शब्द के स्वामी थे, शब्द उनका चलता था। बाकी तीन–चौथाई नेटिव अपने शब्द, अपनी वाणी से वंचित थे, गोरे शासक की वाणी, उसका शब्द ही मान्य था। इन दोनों वर्गों के बीच कुछ थोड़े से लोग थे–भाड़े के राजे–महाराजे।''

हिंदी कभी अंग्रेजों से लड़ने की भाषा थी। स्वाधीनता संग्राम की भाषा थी। आज़ाद हिंद फौज की भाषा थी। संतों की भाषा थी। उसे राज्याश्रय की अपेक्षा नहीं थी। आज़ादी के बाद उसे धन मिलना शुरू हुआ। बड़ी–बड़ी समितियाँ बनीं। संस्थान खोले गए। माध्यम बढ़ते गए पर शब्द बौना होता गया। शायद अनुवाद भी इसका एक कारण था। हमने थोक में अनुवाद किए, पर उनमें अशक्त अनुवादों की मात्रा बहुत थी। मैकाले की 'किंग्स इंगलिश' हमारे अनुवादों पर भी छाई रही। 'मक्षिका स्थाने मक्षिका' अनुवादों ने हमारे संचार माध्यमों को भी नहीं बख्शा। समाचार–पत्रों के लिए पी. टी. आई. तथा यू. एन. आई. की हिंदी सेवा कुछ दशक पहले ही की है। 'हिंदुस्तान समाचार' और 'समाचार भारती' अंग्रेजी समाचार समितियों के समक्ष कैसे ठहर सकती थीं! धीरे–धीरे हिंदी अनुवाद की भाषा बनती गई।

यह अनुवाद श्रव्य माध्यमों में कभी शत–प्रतिशत था। आज भी अनुवाद की मात्रा काफी है। आकाशवाणी की हिंदी के संबंध में चर्चा करते समय बुखारी साहब का नाम जुबान पर आ जाता है। उन्होंने हिंदी समाचार तथा अन्य कार्यक्रमों में उर्दू–अरबी–फारसी शब्दों का खुलकर प्रयोग करने की आज्ञा दी थी। संस्कृतनिष्ठ हिंदी उन्हें 'धोती परशाद' वालों की हिंदी लगती थी जो उनके अनुसार सामान्यजन की हिंदी नहीं थी।

जगदीश चन्द्र माथुर जब आकाशवाणी के महानिदेशक बने तो अनेक हिंदी के प्रतिभाशाली कलाकार, विद्वान् इस माध्यम से जुड़े। हिंदी अपने प्रांजल स्वरूप में आने लगी। संस्कृतनिष्ठता से दक्षिण भारतीय अत्यंत प्रसन्न हुए क्योंकि तमिल को छोड़कर अन्य सभी भाषाओं में संस्कृत भाषा के शब्दों का प्रयोग होता है। एक ओर संस्कृत अपने गौरवपूर्ण स्थान पाने की ओर बढ़ रही थी तो दूसरी ओर अंदर से षड्यंत्र भी चल रहे थे। बुखारी साहब का बुखार लोगों के ज़हन से नहीं उतरा था। नेहरू जी के कान भी भरे गए। और फिर वही राग आज भी दोहराया जाता है।

लेखक को बड़ा कष्ट होता है यह सुनकर जब राजनेताओं से लेकर हिंदी के हिमायती तक इस प्रकार की आलोचना करते हैं। उर्दू हिंदी की बहन तो है किंतु उसकी अपनी पहचान है। बिहार, उत्तर प्रदेश तथा अन्यत्र उसे द्वितीय भाषा का दर्जा दिया गया है। फिर शब्दों को लेकर यह झगड़ा क्यों? हां, यह बात संचार-माध्यमों से जुड़ा प्रत्येक समझदार व्यक्ति मानेगा कि किस माध्यम की भाषा सरल होनी चाहिए जो आम आदमी की पहुँच से बाहर न हो। पर इसके साथ यह भी ध्यान में रखना होगा कि जहाँ कोई तकनीकी या पारिभाषिक शब्द आएगा वह तो कठिन होगा ही। जब हमें अंग्रेजी के तकनीकी शब्द याद करने पड़ते हैं तो फिर हिंदी के तकनीकी शब्दों की क्लिष्टता को क्यों कोसा जाता है?

दूरदर्शन के विस्तार से अन्य संचार माध्यमों का प्रभाव कम होता जा रहा है। यह कथन कुछ अंश में सत्य भी है। पुस्तकें पढ़ने की आदत तो हमारे देश में-केरल तथा बंगाल को छोड़कर पहले भी बहुत कम थी। अब दूरदर्शन संस्कृति ने मुद्रित शब्द के सामने एक चुनौती खड़ी कर दी है। पर हिंदी अपने परिष्कृत रूप में अधिक प्रभावशाली ढंग से आ रही है, यह देखकर अच्छा लगता है। समस्याएँ हैं, तो समाधान भी ढूँढ़े जा रहे हैं। निराशा की बात नहीं है। अंग्रेजी का वर्चस्व होते हुए भी हिंदी तथा अन्य भारतीय भाषाएँ विकास की ओर उन्मुख हैं। हाँ, आज़ादी के अनेक वर्षों बाद भी यदि हिंदी दिवस या हिंदी मास मनाने पड़ें तो इससे बड़ा आश्चर्य और क्या होगा? एक प्रश्नचिह्न मुँह बाए खड़ा है?

25

शांतिनिकेतन विश्वविद्यालय में आदिवासी कला पर व्याख्यान जारी था- लेखक के सुझाव पर कैथी यहाँ सेमिनार में भाग लेने के लिए आई है। लेखक अपना पर्चा पढ़ने लगता है-

कला कला के लिए अथवा जीवन के लिए-वैश्विक स्तर पर यह एक विवादास्पद विषय रहा है। 'साहित्य संगीत कला विहीनः / साक्षात् पशुः पुच्छ विषाणहीनः / तृणं न खादन्नपि जीवमानः / तदभागदेयं परमं पशूनाम्।'

संस्कृत कवि की यह सूक्ति आज भी कला को जीवन के सर्वोच्च स्थान पर प्रतिष्ठित करती है। शास्त्रों में साहित्य, संगीत और कलाविहीन व्यक्ति को पशु-तुल्य माना गया है। मानव समाज पर यह एक करारा व्यंग्य भी है। कला का पथ आदिम युग की टेढ़ी-मेढ़ी रेखाओं से प्रारंभ होकर लोक संस्कृति के विभिन्न आयामों से गुजरता हुआ मॉडर्न आर्ट को जन्म देता है। भारतीय चित्रकला चाहे काँगड़ा शैली के राधा-कृष्ण संवाद में चित्रित हो अथवा मधुबनी पेंटिंग में, भारतीय कलाकारों में चाहे बासु हों अथवा रवीन्द्रनाथ टैगोर, सभी की तूलिकाएँ भारतीय संस्कृति में रची-पची हैं। दूसरी ओर पिकासो का चित्रांकन-संसार है, इटली, फ्रांस तथा अन्य देशों के नए-पुराने कलाकार हैं, जिनके ब्रश अपने-अपने देशों की संस्कृति को कैनवस पर उतारते रहे हैं। चित्र मूक होते हुए भी बोलते हैं, तस्वीरें बतियाती हैं, रंग आँखों में उभर आते हैं, तूलिका जीवन के नए-नए पथ प्रशस्त करती है—कहीं यथार्थ तो कहीं एब्सट्रैक्ट। पर आर्ट तो आर्ट है, उसे शब्दों में व्यक्त करना निश्चय ही कठिन प्रक्रिया है।

कलाप्रेमी ज्ञानार्थ सीधे आदिम युग में प्रवेश करते हैं। इस युग में प्रकृति का उन्मुक्त साम्राज्य रहा है। कलाकार की तूलिका चंद्रमा की राका, सूर्य की लालिमा, अंतहीन आकाश, टिमटिमाते तारे, मनमोहिनी आकाशगंगाएँ, अद्‌भुत लोक-लोकांतर तथा अनछुए ब्रह्मांड को पकड़ने का प्रयास करती है। वह वसुंधरा पर उतरती है तो वन-पर्वत, नदियों तथा समुद्र में उठते तूफान, झंझावात, दावानल, सुनामी जलप्लावन तथा ज्वालामुखी के भीषण दृश्यों को प्रस्तुत करती है। पशु-पक्षी की टी-टी टुट्-टुट् से लेकर नायिका के नख-शिख श्रृंगार तक कलाकार की तूलिका अपने अंदर समाए है।

चित्रकला अन्य ललित कलाओं की भाँति मानव-समाज तथा प्रकृति की रंगस्थली है जिसमें भावनाओं के ज्वार उमड़ते-घुमड़ते हैं। उसमें भूख-प्यास, सेक्स, धर्म-दर्शन आदि सब कुछ विद्यमान है जो कभी किसी क्रांति के रूप में उत्पन्न होती है तो कभी आँसुओं का समंदर बन जन-जन की आँखें नम कर जाती है। चित्रकला को हम किसी परिधि-विशेष तक सीमित नहीं कर सकते। किंतु उसका सरोकार यदि समाज से नहीं है तो वह कैनवस के साथ रंगों का विलास ही कहा जाएगा। अत: चित्रकार को जहाँ 'स्वांत: सुखाय' उड़ान भरने की आज़ादी है, वहाँ उसे देश, राष्ट्र और समाज की मर्यादा को भी ध्यान में रखना होगा।

यहाँ किसी तर्क-वितर्क की दुविधा में नहीं पड़ना है, बल्कि भोली-भाली आदिम चित्रकला पर चर्चा करने से पूर्व आदिवासी सरल समाज पर दृष्टिपात करना होगा। पौराणिक ग्रंथों में आभीर, निषाद, दास, पौंड्र तथा तक्षक आदि नामों से आदिवासियों के नामोल्लेख मिलते हैं। वे सभी धनुर्धर होते थे। आज ये प्राय: सभी आदिवासी जनजातियों में अधिसूचित किए जाते हैं। उदाहरणार्थ भील, संथाल, उराँव, गोंड, मुडिया, टोडा, नागा, गारो, खासी, जारवा, ओंगे, गद्दी, वन-गुर्जर आदि जनजातियों के रूप। भारत में हजारों जातियाँ, अनुसूचित जातियाँ, अनुसूचित जनजातियाँ तथा उपजातियाँ हैं। कुछेक में बहुपति प्रथा से लेकर बहुपत्नी प्रथा तक प्रचलित है। महाभारत की द्रौपदी विवाह-प्रथा के संदर्भ दिए जाते हैं। किंतु, एक पति-पत्नी प्रथा सर्वोत्तम मानी जाती है। रोमा-संस्कृति में इसे संबल मिला और आज भारतीय संविधान का अंग बन गई।

आदिवासी चित्रकला, गुफा शैली से प्रारंभ होती है। आदि मानव कभी बंजारों की तरह यायावर अथवा अर्द्ध-यायावर जीवन जीता था। पर्वतीय गुफाएँ प्राय: उसका घर होतीं तथा खानाबदोश जीवन उसकी विवशता। उसकी आवश्यकताएँ अत्यंत सीमित थीं। दो-जून भरपेट खाना मिल जाए और पीने के लिए गृह-निर्मित मद्य, बस फिर क्या! वह नृत्य संगीत में डूब जाता है तथा अपनी कठिन जीवन-यात्रा से समझौता कर लेता है। और तब विराम के क्षणों में उपजती है कला अपने नाना रूप लिए। संगीत वाद्यों से लेकर मूर्तिकला, काष्ठकला तथा चित्रकला तक। शिल्प, चित्र, नृत्य और नाट्य कलाओं का मूल स्रोत आदिवासी कला ही है। हस्तशिल्प कताई-बुनाई के उद्योग का उदय भी यहीं से होता है। आदिवासी आभूषण हों या अंगालेखन (गोदना), काष्ठ पर उत्कीर्ण चित्र हों या मिट्‌टी, धातु आदि से बनाई देवी-देवताओं की मूर्तियाँ, प्राय: सभी में आदिवासी अनुष्ठान, धर्म, पर्व, उत्सव तथा जादू-टोने की उपस्थिति दिखाई पड़ती है।

प्रारंभ में आदिवासी कला को जिन सहज चित्रों ने समृद्ध किया उनमें प्राय: ज्यामितीय आकार तथा सीधी-सादी रेखाओं का बाहुल्य होता था। मानव एवं पशु-पक्षी से लेकर पेड़-पौधों तक की रेखा आकृतियाँ तथा तस्वीरें गुफाओं में देखी जा सकती हैं जिन्हें केव पेंटिंग भी कहा जाता है। अजंता, एलोरा तथा मध्य प्रदेश की गुफाओं की तस्वीरें प्राचीन चित्रकला के सजीव उदाहरण हैं। मोहनजोदड़ो और हड़प्पा संस्कृति के विविध रूप

आदिवासी चित्रकला में भी देखे जा सकते हैं। वस्तुतः भारत के अनेक क्षेत्रों में आदिवासी मृणशिल्प (टेराकोटा) और भित्तिचित्र मिल जाएँगे जिनमें शिल्प-वैविध्य प्रतिभासित होता है। आदिवासी चित्रकला-विशेषज्ञों के अनुसार–इनके आकारों में माध्यम के लचीलेपन के कारण विविधता दिखाई देती है अर्थात् इनकी शैली ज्यामितीय नहीं होती। यथार्थ में मिट्टी कला का एक सुघाट्य (प्लास्टिक) और शाश्वत माध्यम है जिसका उपयोग आदिकला से लेकर आज के आदिवासियों तक में देखा गया है। इन मृणशिल्पों के विषय घोड़ा-हाथी, ऊँट, मयूर, मानव, विविध प्रकार के पक्षी व प्रकृति के अतिरिक्त देवी-देवता भी होते हैं जो घर के सभी लोग बनाते हैं। अनेक आदिवासी लोगों में अनाज-संग्रह के विशाल मिट्टी के पात्र विविध प्रकार के अभिप्रायों और अभिकल्पों से अलंकृत होते हैं। ऐसे पात्र अन्य जातियाँ भी बनाती हैं किंतु गुफाचित्रों की शैलीगत विशेषता के कारण आदिवासियों के मृणपात्र पृथक् पहचान रखते हैं।

आदिवासी जनजातियों के लिए 'वनवासी' संज्ञा का भी प्रयोग किया जाता है। जो भी हो, इन समाजों में भित्ति-चित्रण की परंपरा बहुत पुरानी है जिसमें अनेक प्रकार के आकार-प्रकार देखने को मिलते हैं। इनकी शैली भी ज्यामितीय तथा अज्यामितीय दोनों प्रकार की होती है। प्रागैतिहासिक गुफाचित्रों की विशेषता के कारण उनमें रहस्याभिव्यक्ति भी देखी जा सकती है। एक कला-शिक्षा विदुषी लिखती हैं–किसी भी दिशा में दौड़ती हुई रेखाएँ, अमूर्त निरूपक और परंपरागत शैली की रेखाएँ, स्वप्न से अवतरित चित्र-विचित्र आकार, तंत्र-मंत्र से संबंधित चिह्न आदिवासी भित्तिचित्रों का महत्त्वपूर्ण पक्ष है। अनेक आकार ओझाओं के सामने मार्गदर्शन में भी बनाए जाते हैं। इन्हीं विशेषताओं के कारण आदिवासी कला आधुनिक कला के विकास का प्रेरणास्रोत रही है। इस दृष्टि से आदिवासी कला अधिक सृजनात्मक और स्वतंत्र कला है जो अन्य लोककलाओं के निश्चित प्रकार के कारण अलग से पहचानी जाती है। इनके चित्रों में सीमित और स्थानीय रंगों का उपयोग होता है जिसमें गेरू, खड़िया मिट्टी, दाल-चावल या हल्दी का चूर्ण, चूना आदि है। भित्तिचित्रों के विषयों में मानवाकृतियाँ, पनिहारिन, पशु-पक्षी, प्रकृति आखेटक, दैनिक जीवन, बैलगाड़ी, खेत-खलिहान, युगल और कभी-कभी कार, विमान आदि भी होते हैं। रहस्यमय अतिशयोक्तिपूर्ण आकार भी इनका प्रमुख विषय होता है।

नागा जनजातियों में जहाँ डरावने मुखपट, कौड़ियों की मालाएँ, रंग-बिरंगे शाल, तीर-कमान व भालों के चित्र तथा बाँस की शिल्पकला का रोमांचक रूप देखा जा सकता है वहाँ मध्य प्रदेश के मुड़िया आदिवासी समाज में नृत्य-संगीत तथा वाद्य-यंत्रों के साथ-साथ घोटुल के आरेखण एवं मोटियारी के कर्णाभूषण आदिवासी कला के जीवंत प्रमाण हैं। मुड़िया हों या गोंड अथवा भील हों या मुंडा जनजाति, सभी के चित्रकार मानवाकृतियों को प्रायः खड़े रूप में चित्रित करते हैं। मृतात्मा की पूजा के लिए पत्थरों अथवा शिलाओं पर आकृतियाँ उत्कीर्ण की जाती हैं। गणचिह्न टोटम की पवित्रता का विशेष ध्यान रखा जाता है। उत्तराखंड में महासू, शिव, भैरव तथा बहुत से देवी-देवता आदिवासी चित्रकला के प्रमुख विषय होते हैं। जनजातीय कलाओं को सुरक्षित रखने के लिए देश में अनेक संग्रहालय स्थापित किए गए हैं। मुंबई, कोलकाता तथा दिल्ली में राष्ट्रीय संग्रहालय हैं; अभिलेखागार भी हैं जिनमें जनजातीय कलाओं के नमूने देखे जा सकते हैं। निश्चय ही, जनजातीय कलाओं में चित्रकला का महत्त्वपूर्ण स्थान है जिस पर गहन शोध की आवश्यकता है।

सभी रोमा अब वे रोमा नहीं रहे। उनके पूर्वज कभी अश्व-वैगनों में सफर करते थे। अब वे आधुनिक मोटर-काफिलों में चलते हैं। वे पश्चिम के रंग में रंग गए हैं। लेखक को यूरोप के सर्बिया गणराज्य की यात्रा करते समय कई रोमा शिक्षक, अधिकारी, डॉक्टर, इंजीनियर, उद्यमी व कलाकार-लेखक भी मिले जो भारत को अपने पूर्वजों की जन्मभूमि मानते हैं। लेकिन यह भी कटु सत्य है कि पूर्वी यूरोप में उनका सामाजिक तथा आर्थिक स्तर आज भी निम्न है। वे न तो आपस में संगठित हैं और न ही सुशिक्षित। इसीलिए रोमा-इतर समाज उन्हें हेय दृष्टि से भी देखता है। पर वे अपनी मस्ती नहीं छोड़ना चाहते। अलबत्ता उनका सैन्य स्वभाव कभी-कभी आक्रोश में फूट पड़ता है। अब वे भारत के महापुरुषों में महात्मा गांधी, अंबेडकर आदि का भी नाम लेने लगे हैं। लेखक ने कभी उन्हें स्वामी विवेकानंद तथा स्वामी दयानंद का साहित्य दिया था। कुछ घरों में अंग्रेजी में अनूदित गायत्री मंत्र और योग भी पहुँच गया है।

26

वर्ष 2004, जून का महीना।

वर्ल्ड हंगेरियन कांग्रेस के निमंत्रण पर लेखक हंगरी देश के बुदापेस्त शहर में ठहरा है। मार्टिन तथा उनकी पत्नी डॉ. एवा अरादी भारत में रह चुके हैं। श्रीमती एवा इतिहासविद् हैं। बहुत से हंगेरियन शक-हूणों को अपना पूर्वज मानते हैं। एवा स्वयं कांग्रेस में महत्त्वपूर्ण पद का निर्वहन कर रही हैं। लेखक की पुस्तक 'शेपड्र्स ऑफ इंडिया' को अपने लेखों में उद्धृत करती रही हैं। डॉ. पेतरूबनी कांग्रेस के अध्यक्ष हैं, तमाम व्यवस्था पर नजर रखे हुए हैं। लेखक से कई बार कह चुके हैं–'यू आर माई शका ब्रदर। वस्तुतः वह अकेला भारतीय नृवैज्ञानिक था जिसे कॉन्फ्रेंस में भारतीय शक-हूणों पर एक शोध-पत्र प्रस्तुत करना था। पेतरूबनी अन्य सारे काम छोड़कर लेखक का व्याख्यान सुनने के लिए आए थे।

एवा अरादी के पति श्री मार्टिन आदर्श पति हैं। कभी डाइवोर्स का नाम तक नहीं लिया। वे लेखक को न केवल हवाई अड्डे पर लेने आए थे बल्कि पूरे सप्ताह उसकी देखभाल भी करते रहे। यहाँ के अनुभव खट्टे कम, मीठे अधिक थे। एक ओर इस शहर से 'रोमा राइट्स' जर्नल प्रकाशित होता है तथा दूसरी ओर क्लारा जैसी सुशिक्षित युवती रोमाओं से नफरत करती है। किंतु एवा जी बड़ी संतुलित महिला हैं और रोमाओं के बारे में सकारात्मक सोच रखती हैं।

जर्मनी में बुदापेस्त का पूरा विवरण देना संभव नहीं है। अतः लेखक बर्लिन के लिए चल पड़ता है। यहाँ से ट्रेन द्वारा वह चेकोस्लोवाकिया होते हुए जर्मनी पहुँच जाता है। कैथी और उनके पति स्टेशन से लेखक को अपने घर ले आते हैं। वह बर्लिन में लगभग तीन सप्ताह रहता है और फिर स्वदेश वापस चला आता है।

27

वर्ष 2009

रोमा पुत्री पुनः भारत आई है। उसकी यह सातवीं भारत यात्रा है। उसे दिल्ली रास नहीं आती, यहाँ फिर भी रहना चाहती है। वह यहाँ दो-तीन मास अवश्य गुजारती है। वह चंडीगढ़ को भूल चुकी है। दिल्ली में दो हजार रुपया प्रतिदिन होटल का किराया देती थी। उसे तब इंटरकांटिनेंटल लंच या डिनर के लिए चार-पाँच सौ रुपए खर्च करने पड़ते थे। उसके जर्मनी के गैर-रोमा पति उसे पर्याप्त पैसा भेजते रहते हैं। वह जब दिल्ली में घुटन महसूस करती, तो नेचर का दामन थाम लेती। उसे हिमालय अच्छा लगता है, जहाँ वह कई बार जा चुकी है। अब गोवा का समुद्री तट उसके लिए वरदान बन गया है। वहाँ वह अकेली घूमती रहती है। सेफ अनुभव करती है। यद्यपि वहाँ विदेशी बालाओं से रेप के बाद हत्या के केस भी होने लगे हैं। वहाँ अनेक देशों के गोरे सैलानी आते रहते हैं। वह सभी से बात तो नहीं करती, किंतु उनके बीच रहते हुए सुरक्षित अनुभव करती है। लेखक संयोगवश एक अंतर्राष्ट्रीय कॉन्फ्रेंस में भाग लेने गोवा गया है तथा विदेशियों के साथ एक होटल में ठहरा है। रोमा पुत्री वहाँ पहले से ही रहती है। लेखक अपने कमरे में लेखनरत है। नई पीढ़ी की प्रतीक रोमा पुत्री की कला पर भी कलम चलती है। वह स्वयं से पुनः बतियाता है। वह अपने कथन की पुनरावृत्ति करता है। ''रोमा पुत्री, तुम्हें किस रिश्ते का नाम दूँ। तुम भारत की बेटी हो, क्या इतना ही कहना रोमा पुत्री के लिए पर्याप्त नहीं होगा। हम भारतीय स्त्री-पुरुष के संबंधों के बीच खोट देखने के आदी हैं। उनके भाई-बहन के संबंध हो सकते हैं। पिता-पुत्री की अनुभूतियाँ हो सकती हैं, माँ-बेटे का प्यार हो सकता है। वे गुरु-शिष्य हो सकते हैं। वे कभी विद्यालय-महाविद्यालय के सहपाठी रहे होंगे। किसी सस्थान के सहकर्मी हो सकते हैं। बॉस और जूनियर हो सकते हैं या बिजनेस पार्टनर होंगे। समान रुचि वाले व्यक्ति हो सकते हैं। किसी मिशन को प्राप्त करने के लिए दो साहसी व्यक्तित्व हो सकते हैं और अंततः दो अच्छे मित्र हो सकते हैं।''

''दुनिया यह सब समझने के लिए अपने सही दिमाग का इस्तेमाल नहीं करती।''

उन दिनों लिव इन रिलेशन को प्रायः न कोई जानता था और न ही समलिंगी मैरिज की चर्चा थी। अब तो मीडिया टी. आर. पी. के लिए कुछ भी कर सकता है। अपवाद हो सकता है पर...।

वह यह सोच ही रहा था कि रोमा पुत्री उसके दरवाजे पर दस्तक देती है। लेखक दरवाजा खोलता है। आरामकुर्सी पर बैठने के लिए इशारा करता है। वह उसके पूर्वजों के देश में हुए कटु अनुभवों के प्रति खेद प्रकट करता है। वह दिल्ली, चंडीगढ़, पटियाला और अन्य शहरों से क्यों उकता गई है। वह उन्हें अकेली महिला के लिए असुरक्षित तथा हॉरर स्थान क्यों मानती है। उसे गोवा तथा केरल के समुद्र तट क्यों अच्छे लगते हैं। यहाँ रात्रि के बारह बजे भी समुद्र के बीच पर घूमने में उसे डर नहीं लगता। उसे पता है कि यहाँ भी विदेशी युवतियों के साथ रेप और मर्डर की घटनाएँ होने लगी हैं। लेखक उससे इस प्रकार के सवाल पूछता है–

"क्या कारण है कि तुम यहाँ देर रात तक समुद्र के पास बैठी रहती हो?"

"क्या तुम समुद्री लहरों से बात करती हो या अपने किसी भावी चित्रांकन के लिए सामग्री की तलाश में हो?"

"तुम्हें नहीं पता कि हेरल्ड में मुखपृष्ठ पर एक समाचार छपा था जिसमें लिखा था–इंग्लैंड की एक युवती की रेप के बाद हत्या कर दी गई। इस वर्ष यहाँ का यह ऐसा तीसरा समाचार है।"

"यस आई नो, बट सो व्हाट? आई एम बोल्ड एनफ फॉर माई सेफगार्ड। नथिंग विल हैपन टू मी। दिल्ली इज आलसो नोट सेफ फॉर वीमेन!" रोमा पुत्री ने लेखक की बात काटते हुए उसकी सभी शंकाओं को निर्मूल सिद्ध कर दिया।

रोमा पुत्री तुनकमिजाज है इसलिए उसे जरा-जरा सी बात पर गुस्सा आ जाता है। उसकी इच्छा के विरुद्ध यदि किसी ने कुछ बोल दिया तो वह आगबबूला हो उठती है। उसे तब यह पता नहीं रहता कि वह क्या कह रही है। वह अपने को सर्वश्रेष्ठ समझती है। परिस्थितियों से समझौता नहीं करती। बड़े बाप की बेटी और धनी पति की पत्नी जो ठहरी।

लेखक को एक घटना याद आती है। वह उसे स्मरण कराता है–

"तुम्हें याद है रोमा पुत्री, दिल्ली में तुम्हारे चित्रों की तीसरी प्रदर्शनी समाप्त हो चुकी थी। पहली प्रदर्शनी शिक्षा भवन में हुई थी जिसका उद्घाटन

हिंदी के नब्बे वर्षीय साहित्यकार पद्मभूषण विष्णु प्रभाकर ने किया था। उन्होंने तुम्हें आशीर्वाद स्वरूप शॉल भी ओढ़ाया था। दूसरी प्रदर्शनी रफी मार्ग की आई फैक्स आर्ट गैलरी में लगी थी जिसका उद्घाटन इंग्लैंड में भारत के राजदूत डॉ. लक्ष्मीमल्ल सिंघवी ने किया था। अनेक कलाकारों तथा साहित्यकारों ने तुम्हारी पेंटिंग पर अपनी प्रतिक्रियाएँ व्यक्त की थीं।''

रोमा पुत्री ने बीच में ही बात काटते हुए अपनी प्रतिक्रिया भी दे दी–

''यह तो ठीक है लेखक, कि आपने दिल्ली में मेरी प्रदर्शनियाँ लगवाकर उन्हें हॉलोकॉस्ट से थोड़ा-बहुत परिचित कराया किंतु मेरी प्रदर्शनियाँ तो चंडीगढ़ व पटियाला में भी लग चुकी हैं तथा दिल्ली में दो बार लगी हैं। मेरे देश जर्मनी और बहुत से देशों में लगी हैं।''

लेखक ने उसकी प्रतिक्रिया का कोई प्रत्युत्तर नहीं दिया और अपनी अधूरी बात को पूरी करने के लिए वह पुन: बोला–

''और तुम्हें स्मरण है तुम जब वापस जर्मनी जाने वाली थीं तो एक दिन पूर्व भारत के पूर्व उपराष्ट्रपति ने हम लोगों को मिलने का समय दे दिया था। बड़ी मुश्किल से अपाइंटमेंट मिला था क्योंकि उपराष्ट्रपति जी कहीं बाहर जाने वाले थे। तुम्हारे साथ कुछ प्रतिष्ठित कलाकारों व लेखकों का डेलीगेशन उनसे मिला था। लेकिन इससे पूर्व मैं तुम्हें लेकर भारतीय विद्या भवन के तत्कालीन निदेशक के कार्यालय में गया था। उन्होंने अपने यहाँ भी तुम्हारी पेंटिंग की प्रदर्शनी लगाई थी। उन्हें धन्यवाद भी देना था। वे अपने कार्यालय के कार्य में अत्यंत व्यस्त थे, अत: उनसे बात करने में कुछ समय लग गया था। तुम्हें वह प्रतीक्षा उपेक्षा प्रतीत हुई और तुम उनके कक्ष से तीर की तरह बाहर निकल आई। मैं सकते में था। तब मैंने तुम्हें बुलाने के लिए एक युवा चित्रकार को तुम्हारे पास भेजा था।''

''हाँ-हाँ, लेकिन उस अधिकारी ने हमारी उपेक्षा करके हमें अपमानित क्यों किया?''

''नहीं-नहीं, वह अपमान नहीं था। संस्थान के प्रमुख होने के नाते किसी महत्त्वपूर्ण निर्णय के लिए वे अपने अधीनस्थ प्रिंसिपल से बात कर रहे थे।''

''नहीं, उन्हें हमें हैलो तो करना ही चाहिए था।''

''लेकिन यह सब जरूरी नहीं था।''

''तो फिर उनसे हमारा मिलना भी जरूरी नहीं था।''

यह कथोपकथन चलता रहा। रोमा पुत्री अपनी भूल मानने को आज भी

कतई तैयार नहीं है।

लेखक ने बात को और आगे बढ़ाते हुए कहा–

"और जानती हो रोमा पुत्री, मेरी उस समय क्या दशा थी? मुझे लगा, उपराष्ट्रपति से मिलने का हमारा प्रोग्राम भी टांय-टांय-फिस्स होने जा रहा है क्योंकि तुम्हारी हठधर्मी ने सब गुड़-गोबर कर दिया था। संयोग से मेरे साथ एक युवा चित्रकार न होते तो तुम्हें बाहर ढूँढ़ने के लिए कौन जाता? एक ओर उपराष्ट्रपति के यहाँ जाने के लिए मैं अपने मोबाइल पर सबसे संपर्क साध रहा था और दूसरी ओर तुम्हारा ईगो आड़े आ रहा था।"

रोमा पुत्री कुछ सोचने लगी। उसने इसी प्रकार की एक और घटना सुनाई–

"मेरी कला प्रदर्शनी जब पटियाला में लगी थी। उद्घाटन के लिए सब लोग पंजाब के संस्कृति मंत्री की प्रतीक्षा कर रहे थे। मंत्री जी देर से आए और सीधे मंच की ओर चल पड़े। सभी लोग उनसे मिलने को बेताब थे। धक्का-मुक्की में मुझे पीछे कर दिया गया। मैंने इसे कलाकार का अपमान समझा और वहाँ से निकलकर बाहर सीढ़ियों पर आकर बैठ गई। कार्यक्रम के आयोजक परेशान थे। उन्होंने इधर-उधर दृष्टि दौड़ाई। मैं दिखाई नहीं पड़ी तो उन्होंने किसी को भेजकर मुझे ढूँढ़ा और मंच पर बुलवाया।"

लेखक ने कहा, "वास्तव में कहती तो तुम ठीक हो, किंतु आयोजक बेचारा क्या करे, वह कार्यक्रम की समाप्ति तक धर्मसंकट में चकरघिन्नी बना रहता है। मुझे भी अनेक कार्यक्रमों में संयोजक अथवा अध्यक्ष होने के नाते इस प्रकार के हादसों से गुजरना पड़ा है। कई बार मन करता है कि अब आगे कोई पंगा नहीं लेना है, पर आदत तो आदत ही ठहरी। इसे तुम 'थैंकलेस जॉब' कह सकती हो, विषय-विशेष में सफलता के लिए पागलपन कह सकती हो, जुनून कह सकती हो। लेकिन यदि ऐसा जुनून या पागलपन न हो तो तुम्हारे जैसे कलाकारों की प्रदर्शनियाँ कौन लगाएगा!"

अलबत्ता, रोमा पुत्री अपनी बात को ही तूल दिए जा रही थी। वह यह बिलकुल मानने को तैयार नहीं कि कलाकार से बड़ा कोई और भी हो सकता है। बेचारा लेखक खफ़ा होने के सिवाय और क्या करता!

एक और स्मृति। आईफैक्स आर्ट गैलरी में प्रदर्शनी अभी चल रही है। चित्रकार को रात्रि में एक सपना आता है जैसे कोई उसके पति पर शस्त्र-प्रहार कर रहा है। वह हड़बड़ाकर उठ खड़ी हुई। लेखक के परिवार में सब सो रहे

थे। वह रूसी टैरो कार्ड लेकर बैठ गई और शकुन-अपशकुन पर विचार करने लगी। ये कार्ड जिप्सियों की पुरानी ज्योतिष विद्या पर आधारित हैं। जिप्सी महिलाएँ आज भी इन पत्तों को लेकर लोगों को उनका भविष्य बताती हैं। अनेक स्त्री-पुरुष अपना भाग्य जानने के लिए उनके पास जाते रहते हैं। वे बदले में अच्छी फीस लेती हैं। पर यहाँ तो रोमा पुत्री स्वयं का भाग्य बाँच रही थी। उसे कभी-कभी इंट्यूशन भी होता है।

अगले दिन जब वह आईफैक्स गैलरी से बाहर निकल रही थी तो उसके ऊपर कहीं से ईंट का टुकड़ा आ गिरा। लेकिन वह बाल-बाल बच गई। उसने देखा कि कोई चील जैसा पक्षी आकाश की ओर उड़ा जा रहा है। उसने यह घटना अन्य कलाकारों को भी बताई। उसे विश्वास नहीं हो रहा था कि इतना बड़ा ढेला कोई पक्षी कैसे गिरा सकता है। वह दो-तीन दिन बड़ी परेशान रही। लेकिन कार्यक्रमों के कारण लेखक अत्यंत व्यस्त था। अत: इस घटना का उसे कोई आभास तक नहीं हुआ। हाँ, उसके परिवार को अवश्य पता चल गया था।

प्रदर्शनी के अंतिम दिन कैथी के पति का फोन आता है। वह उसे सुनते ही जोर-जोर से रोने लगी। लेखक उस समय अपने घर में था–

''क्या हुआ रोमा पुत्री, इतना क्यों रो रही हो?''

''मेरे पिता नहीं रहे।''

''ओह, वेरी सैड। माई कोंडोलेंस।''

लेखक का परिवार उसके पास आकर बैठ जाता है। उसे सब ढाढ़स बँधाते हैं। लेकिन पिता तो पिता होता है। उसका बिछुड़ना किसी पुत्री को कैसे सहन होगा। उसका रोना बंद नहीं हुआ। लेखक तथा उसका परिवार शोक-मग्न था। पर मृत्यु के सामने किसी का वश नहीं चलता।

वह धीरे-धीरे नॉर्मल होने लगी। लेखक को दो दिन बाद उत्तराखंड के किसी विश्वविद्यालय के समारोह में मुख्य अतिथि के रूप में उपस्थित होना था।

लेखक की पत्नी बोली–''यह बेचारी हमारे पास रहकर बोर होगी। रोती रहेगी। आप पहाड़ जा रहे हैं, इसे भी साथ लेते जाएँ। इसका मन बहल जाएगा।''

लेखक ने अनमने मन से पत्नी का प्रस्ताव स्वीकार तो कर लिया और उसे साथ भी ले गए किंतु अनुभव अच्छा नहीं रहा। कारण उसके दिवंगत

पिता की स्मृतियाँ उसे कचोट रही थीं। विश्वविद्यालय के कला विभाग के अध्यक्ष ने उसे गुलदस्ता देकर सम्मानित किया था।

दोनों दिल्ली आ गए थे।...

दिल्ली विश्वविद्यालय की दो महिला प्रोफेसरों के साथ एक दिन कनॉट प्लेस के रेस्तराँ में बैठे थे। कैथी पेरिस का एक किस्सा सुनाती है–

''रोमा सिंती लोगों का एक समारोह पेरिस में मनाया जा रहा था जिसमें कुछ गायक तथा नर्तक कलाकार भी आए हुए थे। जिप्सी प्राय: 'गाज़ो' यानी गैर-रोमा लोगों से आशंकित रहते हैं। वे उनसे दूरी भी बनाए रखते हैं। ठीक उसी तरह जिस प्रकार कुछ गाज़े उन्हें अपराधी करार देने के लिए उलटी-सुलटी कहानियाँ गढ़ लेते हैं। अपराधी किस समाज में नहीं होते। लेकिन किसी समाजविशेष का नाम लेकर सभी को एक तरह का समझ लेना गलत है।''

रोमा पुत्री कहे जा रही है–

''और हाँ, हमारा समाज भी तो कम दोषी नहीं है। वह संगठित होकर अपनी आवाज बुलंद नहीं करता। मेरे ही साथ कैसा व्यवहार हुआ? उस समारोह में मुझे तो आमंत्रित किया किंतु मेरी बेटी और पति को नहीं। कारण, मेरे बाल काले हैं तथा रूप-रंग भारतीय मूल का लगता है किंतु मेरे पति जर्मन हैं जो हिटलर की प्रजाति के वंशज हैं। वह हिटलर जिसने लाखों रोमाओं को जिंदा जला दिया था। मेरी बेटी का रंग-रूप भी जर्मन रेस जैसा है। इसलिए रोमा संगठन ने उसे भी नहीं बुलाया था। मैं क्रोध से भरी थी। मेरे पति जर्मन हुए तो क्या हुआ, एक रोमा स्त्री के पति और उसी की औलाद मेरी पुत्री है। अगर वे उनके लिए गैर हैं तो मैं भी गैर हूँ।''

रोमा पुत्री रोमा समारोह में नहीं गई।

रोमा पुत्री लेखक के परिवार में एक मास से अधिक समय तक रही और पुन: आने के लिए अपने बारोथान से विदा हो गई। लेखक उसके घर पर कभी जर्मनी प्रवास में रुका था। उसकी इच्छा थी कि वह रोमा समाज के नेता रोमानी रोज़ से मिले लेकिन वह मिलने की व्यवस्था नहीं कर सकी। रोमानी रोज़ किसी दूसरे शहर में रहते हैं जो बर्लिन से काफी दूर है। उसने बर्लिन के किसी अन्य रोमा परिवार से भी नहीं मिलाया, यह रहस्य लेखक के लिए आज भी रहस्य बना हुआ है। हो सकता है वह उनसे अधिक घुलना-मिलना न चाहती हो क्योंकि वह यूक्रेनी माँ व पोलिश जियोलॉजिस्ट

की बेटी है। शायद कोई सुपीरियरटी कॉम्पलेक्स भी रहा होगा। वैसे भी उसे जिप्सी शब्द से घृणा है। वह अपने को मॉडर्न रोमा सिंती कहती है। सिंती यानी भारत के सिंधी।

28

लेखक जब युवा था तथा भारत सरकार में राजपत्रित पद पर कार्यरत था, उसने फ्रैंकफर्ट में आयोजित रोमा विश्व सम्मेलन में भाग लिया था जो उसकी निजी यात्रा थी। उसकी अंग्रेजी पुस्तकों के एक प्रकाशक ने उसे इस शर्त पर एयर टिकट दिलाया था कि लेखक उसके लिए पुस्तक लिखकर देगा। लेखक अपने सरकारी दायित्व और लेखकीय प्रतिबद्धता से तालमेल रखकर आगे बढ़ता रहा।

भारत के पूर्व प्रधानमंत्री पं. जवाहरलाल नेहरू जब स्वतंत्रता संग्राम में जेल में थे तो उन्होंने उनकी इकलौती बेटी इंदिरा के नाम पत्र लिखे थे जो 'पिता के पत्र पुत्री के नाम' शीर्षक से प्रकाशित हुए थे। वह अपनी बेटी को पत्रों के माध्यम से भारत के गौरवपूर्ण अतीत तथा अन्य विषयों की जानकारी देना चाहते थे। लेखक भी एक लंबे पत्र की तरह रोमा पुत्री को भारतीय संस्कृति तथा रोमा समाज पर प्रामाणिक सामग्री देना चाहता है। उसके पत्र अंग्रेजी में हैं जिसका भाषांतर इस प्रकार है–

रोमा दिवस

नई दिल्ली
8 अप्रैल, 2008

प्रिय रोमा पुत्री,

आशा है तुम्हें मेरे एसएमएस तथा ई–मेल द्वारा मेरे, मेरे परिवार तथा अन्य मित्रों की कुशलता के समाचार मिलते रहे होंगे। आजकल हाईटेक ने पत्रों की परंपरा लगभग समाप्त कर दी है। पश्चिम के लेखकों की तरह भारतीय लेखक भी इस हृदयविहीन मशीनी पद्धति को अपना रहे हैं। मैं समयाभाव के कारण इस यांत्रिक विद्या को थोड़ा–बहुत ही समझ पाया हूँ। अतः सभी पत्रों के

उत्तर नहीं दे पाता और देश-विदेश की यात्राओं तथा लेखकीय, शैक्षणिक व शोध-प्रतिबद्धताओं के कारण अनेक आवश्यक पत्र भी अनुत्तरित रहते हैं। एक मासिक न्यूजलेटर-पत्रिका शुरू की है जो देश-विदेशों में निःशुल्क जाती है। उसमें पत्रों के उत्तर भी होते हैं। सभी को नियमित रूप से भेज पाना संभव नहीं। अलबत्ता मेरे प्रशंसकों, साहित्यिक पाठकों तथा शोधार्थियों के अनुरोध पर शोध समाचार यदा-कदा छपते रहते हैं, जो अन्य अखबारों तथा पत्रिकाओं से भी उद्धृत करने पड़ते हैं। कुछ आलोचक इसे ईर्ष्यावश आत्म-प्रचार अथवा कोई और संज्ञा देते होंगे जिसकी इसलिए परवाह नहीं क्योंकि मेरे यायावर तथा अन्य साहित्य के अनेक पाठकों को इस पत्रिका की प्रतीक्षा रहती है। मैं तुम्हें भी सलाह दूँगा कि पत्रिका के अतिरिक्त मेरे द्वारा संपादित एक अन्य अंग्रेजी-हिंदी अर्द्धवार्षिक पत्र 'रोमा वर्ल्ड' को भी अवश्य पढ़ लिया करो। (अब यह पत्रिका इंटरनेट द्वारा हजारों पाठकों तक पहुँचती है। थैंक्स गूगल-याहू।)

लेखक का एक और संस्मरण-" जब पहली बार पंजाबी साहित्य सभा भवन में तुम्हारी पेंटिंग की प्रदर्शनी लगाई गई थी तो उसके उद्घाटन समारोह में, मैं विशिष्ट अतिथि के रूप में उपस्थित था। तुमसे मेरी यह प्रथम भेंट थी। तब मैंने तुम्हें भारतीय संस्कृति को समझने के लिए कुछ साहित्य भेंट किया था। उसमें मेरे शोधग्रंथ-'रोमा द जिप्सी वर्ल्ड' के अतिरिक्त गीता प्रेस गोरखपुर द्वारा प्रकाशित भगवद्गीता का अंग्रेजी संस्करण तथा 'द ग्रेट गायत्री' मंत्र का अनुवाद भी था। मुझे खुशी है कि तुम्हारे चित्रों में हॉलोकॉस्ट के साथ-साथ राधाकृष्ण, विष्णु, सूर्य तथा अन्य भारतीय प्रतीकों के चित्र भी हैं। गायत्री मंत्र तो तुम्हें बहुत ही अच्छा लगा था जिसे तुम मेंटल टेंशन के समय उच्चरित भी करती हो। मैंने तुम्हें स्वामी विवेकानंद की पुस्तक 'हिंदुइज्म', विवेकानंद का शिकागो में दिया गया भाषण तथा अन्य साहित्य भी भेंट किया था। उसे पढ़ने पर भारतीय संस्कृति के बारे में बहुत कुछ जान पाओगी। आर्य समाज कनॉट प्लेस ने तुम्हें स्वामी दयानंद कृत 'सत्यार्थ प्रकाश' का अनूदित संस्करण भेंट किया था जिसे तुम मेरे घर ही छोड़ गई थी। अगली बार जब भारत आओगी तो उसे ले जाना न भूलना। वैदिक धर्म के बारे में उसमें बहुत कुछ पढ़ने को मिलेगा।

" रोमा पुत्री, यह तो सिद्ध हो ही गया है कि तुम्हारे पूर्वज एक हजार वर्ष पूर्व अपना भारत छोड़कर पश्चिम की ओर चले गए थे। वास्तव में जो

एक बार घर छोड़कर चला गया वह लौटकर नहीं आया, यह जग की रीति है। वे भाग्यशाली हैं जो भारत से प्रवासी बनकर विदेश गए और धनार्जन अथवा विद्यार्जन कर स्वदेश लौट आए। लेकिन तुम्हारे पूर्वज तो कहीं हिटलर के अत्याचारों के शिकार होते, तो कहीं एक देश से दूसरे देश में जबरन धकेल दिए जाते।...

यही कारण है कि वे आज तक यूरोप, अमेरिका तथा अन्य देशों में सदियों यायावर बनकर घूमते रहे। कुछेक आज भी यायावरी में मिल जाएँगे। जर्मनी के नात्सी, इंग्लैंड के स्किन हैडेड तथा अन्य यूरोपीय देशों के चरमपंथी जब भारत तथा एशिया के प्रवासियों के साथ मारपीट करते रहते हैं तो वे तुम्हें भी क्यों बख्शेंगे? तुम्हारे रोमा समाज से भी उन्हें घृणा है। शायद यही कारण है कि तुम्हारा समाज भी उनसे मिलना नहीं चाहता। तुम्हारे लिए वे गाज़ो हैं जिनसे संबंध रखना कभी रोमा समाज में टैबू था। पूर्वग्रहों की खाई आज तक नहीं भरी, लेकिन रोमा पुत्री, तुमने एक जर्मन जर्नलिस्ट से विवाह करके उदार दृष्टिकोण का परिचय दिया। भारत में तो जाति-प्रथा के कारण आज भी अनेक लड़के-लड़कियाँ इच्छानुसार विवाह नहीं कर पाते। मॉरिशस, सूरीनाम, फिजी, गुआना, ट्रिनीडाड आदि के भारतवंशियों में शादी-विवाह के जाति-बंधन टूट चुके हैं। हाँ, मॉरिशस में राजनीति कुछ-कुछ भारत की तरह लगती है। वहाँ भी चुनाव के समय जातिवाद परोक्ष रूप से अपना प्रभाव दिखाने लगता है। और तुम्हारे रोमा समाज के भिन्न-भिन्न समुदायों का भी तो यही हाल है। सिंती समुदाय, लोआरी वर्ग में विवाह नहीं करेगा। मानुष रोमा अपने को सिंती व जिगुनार रोमा समूह से श्रेष्ठ समझता है। प्रत्येक समुदाय अपना-अपना हित देखता है। यही कारण है कि तुम्हारा समाज आज तक डॉ. अंबेडकर की इस सूक्ति को नहीं समझ पाया जिसमें उन्होंने कहा था–'शिक्षित बनो, संगठित हो तथा संघर्ष करो।' वास्तव में तुम्हारे जैसे पिछड़े अथवा अर्द्ध उन्नत समाजों को आगे बढ़ने के लिए इस प्रकार के मूल मंत्र उपयोगी होंगे।

" एक बात और, मैंने तुम्हें अपनी नई पुस्तक 'मिनी एनसाइक्लोपीडिया ऑफ इंडियन स्क्रिप्चर्स' दी थी जो 'सभ्यता संस्कृति' में भी छपी है। उसमें वेद, उपनिषद्, दर्शन, आर्ष ग्रंथ, पुराण, स्मृति, रामायण, महाभारत आदि के अतिरिक्त बौद्ध, जैन, सिख ग्रंथ तथा कुरान, बाइबिल आदि के सार-संक्षेप भी मिलेंगे। उन्हें पढ़ डालो। बाद में रवीन्द्रनाथ टैगोर, प्रेमचंद, सुब्रह्मण्यम

भारती आदि के अनुवाद भी पढ़ लेना। मैं अंत में भारत की पूर्व प्रधानमंत्री श्रीमती इंदिरा गांधी, अटल बिहारी वाजपेयी के निम्न वक्तव्य देकर बॉय-बॉय करना चाहूँगा–

> 'मैं रोमा लोगों को स्वजन मानती हूँ। मैंने हमेशा उनके साहसिक कार्यों के प्रति लगाव की, प्रकृति से उनकी निकटता की तथा सबसे अधिक उनके साहस की सराहना की है। आज रोमा अपनी पहचान बनाए हुए हैं तथा अपनी संस्कृति को सुरक्षित रखे हुए हैं। लेकिन वे स्वयं उन सभी समाजों में घुल-मिल गए हैं जिनके साथ वे आजकल रहते हैं। उन्होंने अपने परिश्रम से उन सभी देशों को समृद्ध किया है जहाँ वे आजकल स्थायी रूप से रहने लगे हैं।'
>
> –इंदिरा गांधी

" इंदिरा जी भारतवंशी रोमाओं को ही नहीं बल्कि बंजारों, यायावर समुदायों के साथ-साथ जनजातियों के साथ भी घुल-मिल जाती थीं। वह परंपरा नेहरू परिवार के बाद अन्य राजनीतिज्ञों में देखने में नहीं आई। यही कारण है कि रोमा उन्हें 'बारोरानी' अर्थात् बड़ी रानी कहते हैं। एक बार मैंने श्रीमती इंदिरा गांधी के निवास पर उन्हें यह बात बताई तो कुछ पत्रकारों ने उसे बॉक्स आइटम देकर हाईलाइट किया था। 'इंडियन एक्सप्रेस' ने उसे विशेष स्थान दिया था।

" इंदिरा जी की तरह उनके सुपुत्र राजीव गांधी भी अपने प्रधानमंत्रित्व काल में रोमा समुदाय से मिलते रहे हैं। किंतु बाद में यह परंपरा बंद हो गई। कई बार प्रयास करने के बावजूद अन्य प्रधानमंत्रियों ने उनसे मिलने का समय ही नहीं दिया। अलबत्ता, अटल बिहारी वाजपेयी ने वर्ष 2001 में अपने प्रधानमंत्री काल में लगभग 30 रोमाओं से मुलाकात की थी। इस लेखक का प्रयास आज भी रोमा स्कॉलरों को, भारतीय राजनीतिज्ञों तथा अन्य वर्गों से मिलाने का रहता है।...अटल जी ने एक संदेश में लिखा है–

> 'मुझे उन रोमा भाइयों और बहनों की सांस्कृतिक विरासत से हमेशा प्यार रहा है जो बहुत समय पहले अपने पूर्वजों की भूमि, भारत को छोड़कर अन्य देशों में बस गए थे। भारत और उनके रीति-रिवाजों, परंपराओं तथा संस्कृति में अनेक समानताएँ हैं। मुझे विश्वास है कि रोमा लोग अपने पूर्वजों की भूमि से और अधिक सांस्कृतिक संबंध स्थापित करेंगे और अपने-अपने प्रवासी देशों की चहुँमुखी प्रगति में महत्त्वपूर्ण

योगदान देकर वहाँ अपने लिए सम्मानजनक स्थान बनाएँगे। मैं चाहूँगा कि रोमा साहित्य का हिंदी में अनुवाद हो तथा भारतीय और रोमा विद्वानों के बीच समय-समय पर सांस्कृतिक आदान-प्रदान के कार्यक्रमों का आयोजन भी किया जाए।'

–अटल बिहारी वाजपेयी

" रोमा पुत्री, मैं तुम्हें नए प्रधानमंत्री डॉ. मनमोहन सिंह से भी मिलाना चाहता था परंतु तुम्हें स्वदेश जाने की जल्दी थी। वर्ष 2001 में तैंतीस रोमा डेलीगेट तत्कालीन प्रधानमंत्री श्री अटल बिहारी वाजपेयी से मिले थे। मैं तुम्हें उपराष्ट्रपति महामहिम भैरोसिंह शेखावत से मिला सका। अपनी एक यायावरी कविता के साथ इस पत्र का समापन करना चाहूँगा।

'तू मेरा रत्त'
कितना मीठा लगा था
सुनकर रोमा-मुख से!
मेरे रोमा,
हैलिसिंकी
जैनेवा और
फिर गोटिंजेन में
पश्चिम के कितने ही रोमा
उच्चारते रहे
भारत को अपना कहते रहे।
मेरे रक्त,
घर छोड़कर भी तू सुरक्त रहा
विरक्त रहा,
और कुरक्त तो नहीं बना
मेरे वर्तमान-सा।
'तू मेरा रत्त'
अलाप रहे हैं

अनेक रोमा जिप्सी
और मैं

ढूँढ़ने लगा हूँ उनमें
अपना रक्त
अपने पूर्वजों का रक्त। "

स्नेह सहित
–लेखक

29

लेखक को समाजशास्त्र परिषद् की अध्यक्षता के लिए साहित्य सम्मेलन प्रयाग का निमंत्रण-पत्र मिलता है। प्रो. सूर्य प्रसाद दीक्षित का अनुरोध है कि मुंबई अवश्य जाना है। किंतु इच्छा होते हुए भी नहीं जा पाता। बस उन्हें उक्त अवसर के लिए अपना आलेख अवश्य भेज देता है जिसे वह रोमा पुत्री तथा अपने पाठकों के लिए यहाँ यथावत् दे रहा है। शीर्षक है–

'बदलते मूल्य और कुछ संवैधानिक प्रसंग : एक समाजशास्त्रीय दृष्टि' : हम भारतीय समाज के बदलते मूल्यों का जब विश्लेषण करते हैं तो कुछ संवैधानिक प्रसंग स्वत: उभर आते हैं। वस्तुत: सामाजिक परिवर्तन एक सतत प्रक्रिया है जिसमें हमारी सामाजिक, आर्थिक, शैक्षिक, राजनीतिक तथा अन्य प्रकार की आवश्यकताओं, स्वार्थों, आदतों, पूर्वग्रहों आदि का समावेश रहता है। राजनीतिक उथल-पुथल सामाजिक मूल्यों को सर्वाधिक प्रभावित करती है। 'यथा राजा तथा प्रजा' की प्रवृत्तियाँ प्रजातांत्रिक व्यवस्थाओं में भी दखलंदाजी करती रहती हैं। आखिर इस सबका कारण क्या है? व्यक्ति तथा समाज के संबंधों पर समाजशास्त्रीय परिभाषाएँ क्या कहती हैं? इस विषय पर चर्चा करना समीचीन होगा।

संभवत:, मनुस्मृति के मनु प्रथम समाज वैज्ञानिक थे। 'समम् अजन्ति जन: अस्मिन् इति समाज:' अर्थात् जन सम्यक् रूप से गतिमान हो, उसे समाज कहा जाता है। 'सम' का अर्थ समान होता है। वैदिक साहित्य में साथ-साथ चलने तथा अहार-व्यवहार संबंधी मित्रों से समाज का महत्त्व प्रकट होता है।–'संगच्छध्वं सं वद्धवं, सं नो मनासि जानताम्', 'सहनौभुनक्तु'

आदि वेद-वाक्यों में सामाजिक समानता, समरसता तथा सम्यक् वाणी का समावेश है।

पाश्चात्य समाजशास्त्रियों के अनुसार यह विषय अपेक्षाकृत नया है जिसके जनक ऑगस्त कॉम्ट माने जाते हैं, जो फ्रांस के निवासी थे। उन्होंने इस शब्द (sociology) का प्रयोग 1838 में किया था। वे अपने समय में प्रचलित तात्त्विक व धार्मिक पद्धतियों द्वारा सामाजिक घटनाओं के अध्ययन के पक्ष में नहीं थे। इसके विपरीत, वे वैज्ञानिक पद्धति 'प्रत्यक्षवाद' में विश्वास रखते थे और इसीलिए सामाजिक अध्ययन को निरीक्षण, परीक्षण तथा वर्गीकरण की व्यवस्थित प्रणाली के अंतर्गत लाने के पक्ष में थे अर्थात् वह एक ऐसा नवीन विज्ञान निर्मित करने के पक्ष में थे जो वैज्ञानिक ढंग से सामाजिक घटनाओं एवं सामूहिक जीवन का अध्ययन कर सके। वे व्याख्या की अपेक्षा संश्लेषण (Synthesis) के अधिक पक्ष में थे तथा इसीलिए इन्होंने समाजशास्त्र की विषय-वस्तु को समग्र मानवीय प्रजाति बताया। उनको यह आशा थी कि समाजशास्त्र मानवीय एवं सामाजिक संगठन को प्राप्त करने, आधुनिक समाजों में तनावों को कम करने तथा समाज के पुनर्निर्माण के लिए वैज्ञानिक आधार प्रस्तुत करने में सहायक सिद्ध होगा। अतः कॉम्ट ने समाजशास्त्र का निर्माण एक संश्लेषी विज्ञान (Synthetic Science) के रूप में किया जो सामान्य नियमों एवं उद्‌विकास के मौलिक नियमों से प्रारंभ होता है तथा अंतिम वास्तविकता तक पहुँचने में सहायता करता है। अधिकांश विद्वान् (यथा आडम, वार्ड, जिंसवर्ग गिडिंग्स आदि) समाजशास्त्र को समाज के अध्ययन या समाज के विज्ञान के रूप में परिभाषित करते हैं।

आर टर्नर ने दो प्रकार की परस्पर विरोधी गतिशील व्यवस्थाओं का सुझाव दिया है। एक को उन्होंने प्रायोजित सामाजिक गतिशीलता में शिक्षा व्यवस्था कहा है जो इस प्रकार से होती है कि उसमें विभिन्न प्रतिभाओं को शीघ्र ही चुन लिया जाता है। आगे बढ़ने के लिए विशेष विषयों की कक्षाओं में विशेष शिक्षण-प्रशिक्षण के लिए भेज दिया जाता है। वहाँ की उपलब्धि के आधार पर उसे फिर दूसरी उच्च श्रेणी में प्रशिक्षण के लिए भेजा जाता है। ऐसा प्रतीत होता है मानो कि प्रतिभाओं की आरोही गतिशीलता के लिए विभिन्न स्तरों पर चल-सोपान लगे हों। व्यक्ति को सबसे निचली सीढ़ी पर खड़ा कर दिया जाता है और चल-सोपान उसे अपने आप ऊपर पहुँचा देता है। इंग्लैंड में इसी प्रकार की शिक्षा व्यवस्था रही है। स्कूलों में भी यह व्यवस्था

होती है कि प्रतिभाओं का चयन हो जाए और उसी के अनुसार चयन के द्वारा उन्हें अध्ययन-क्षेत्र में भेज दिया जाए।

इसके विपरीत, अमेरिका में प्रतियोगी सामाजिक गतिशीलता अधिक है। वहाँ एक सीमा तक सभी को एक-से स्कूलों में और एक-सी शिक्षण व्यवस्था से गुजरना पड़ता है। वहाँ प्रत्येक को अपने कठिन परिश्रम और प्रतियोगिता से ऊपर उठना है। वहाँ सभी के लिए एक खुली दौड़ है और सभी को समान अवसर है कि वे दौड़ में आगे आएँ। वहाँ चल-सोपान नहीं है और प्रत्येक को सोपान की प्रत्येक सीढ़ी पर स्वयं चढ़ना है और स्वयं ही यह तय करना है कि किस सीढ़ी पर पहुँचकर वह और आगे चढ़ना बंद कर दे या अपनी दौड़ समाप्त कर दे। वास्तविकता यह है कि प्रत्येक समाज में दोनों ही व्यवस्थाएँ मिलती हैं, कहीं एक ज्यादा है और कहीं दूसरी।

सामाजिक संबंधों की संपूर्ण जटिल योजनाओं अथवा समस्त तंतुओं को समाज की संज्ञा दी गई है। सामाजिक संरचना व सामाजिक स्तर के साथ संयुक्त अध्ययन किया जाए तो पता चलेगा कि सामाजिक संरचना व्यवस्थित सामाजिक तत्त्वों के बीच विद्यमान अंतर्संबंधों से विकसित होती है। यह संकल्पना यथार्थ हो अथवा यथार्थता पर निर्मित प्रतिरूप, सामाजिक स्तर को जन्म देती है। किसी भी समाज अथवा समूह की सामाजिक संरचना में सदस्यों के कार्यों, व्यवसायों, प्रदत्त और अर्जित प्रस्थितियों, विशेषाधिकारों, प्रतिष्ठा, प्रभाव एवं सत्ता के अनुरूप उनकी भूमिका के आधार पर किया गया सामाजिक संस्तरण (Social Stratification) होता है। इन विचारों को शास्त्रीय संकल्पना जटिल स्वरूप प्रदान करती है ठीक वैसे ही, जैसे सामाजिक संबंधों की जटिलता से जुड़ा सामाजिक जीवन।

भारतीय समाज के अध्ययन के लिए हमें वैदिक काल, उपनिषद्-युग, मनुस्मृति अथवा स्मृति-युग से लेकर बुद्ध-महावीर, गुरु नानक तथा अन्य धर्म-मत-मतांतरों के संस्थापकों तक के चरैवेति-पथ को अनुसंधानना होगा। साथ ही बाद के समाज-सुधारक-समाजशास्त्रियों में स्वामी दयानंद सरस्वती, स्वामी विवेकानंद, महात्मा गांधी, महात्मा फुले, डॉ. अंबेडकर आदि को भी स्मरण करना होगा। पश्चिम के चिंतक सामाजिक पक्ष को समूह, समुदाय, वर्ग, प्रजाति आदि के विश्लेषण में समाज का संधान करते हैं जबकि भारत में जाति तथा वर्ण के बिना इस प्रकार के अध्ययन का कोई औचित्य नहीं है। सैकड़ों जातियों तथा उपजातियों में बँटा भारतीय समाज, भारतीय

संस्कृति की अनेक उप-संस्कृतियों को ढोता हुआ कहीं विघटन के कगार पर पहुँच जाता है तो कभी समरसता की सलिला में प्रयाग का परिदृश्य बन जाता है। वह भिन्न-भिन्न भाषाओं, बोलियों, परंपराओं, धर्मों, मत-मतांतरों तथा अलग-अलग रीति-रिवाजों में रूढ़ियों व पूर्वग्रहों में अपना अस्तित्व बनाए रखता है।

सामाजिक प्रक्रियाएँ परस्पर अंत:क्रियाओं का प्रतिफलन होती हैं जो चक्रीय परिस्थितियों में परिवर्तन की ओर गतिशील रहती हैं। यह गतिशीलता यदि प्रगति अथवा सामाजिक पुनर्निर्माण की दिशा में मंद होगी, तो आक्रोश, कुंठा, निराशा अथवा सामाजिक आंदोलनों का स्वरूप धारण कर लेती है जिसका नेतृत्व अलौकिक शक्तियों के वाहक पीर-पैगंबर, अवतारी अथवा चमत्कारी व्यक्तियों से लेकर समाज-सुधारक, क्रांतिकारी, राष्ट्र-पुरुष, संत-महात्मा आदि विशिष्ट विभूतियाँ करती हैं। भारतीय समाज इन सभी विभूतियों का समुच्चय है।

डॉ. अंबेडकर ने कहा था–"भारत में राजनीतिक समानता की व्यवस्था तो हो गई किंतु अभी सामाजिक और आर्थिक जीवन में विषमताएँ शेष हैं। इस विसंगति को यथाशीघ्र दूर किया जाना चाहिए।"

उक्त तथ्यों के परिप्रेक्ष्य में सामाजिक अध्ययनों से पता चलता है कि आज समाज के बदलते मूल्यों में आमूलचूल परिवर्तन हो रहे हैं। अंत में प्रस्तुत है लेखक के प्रिय विषय यायावर समाज के संबंध में एक उल्लेखनीय संदर्भ जो उसकी पुस्तक 'भारत के यायावर' से प्रस्तुत है–

गांधी जी और ठक्कर बापा का ध्यान उस समय भारत की उन जातियों की तरफ नहीं गया, जो सदियों से हिमालय से लेकर कन्याकुमारी तक घूमती रही हैं। न उनके घर हैं, न जमीन और न ही जीवन की स्थिरता। आज उनका पड़ाव यहाँ मिलेगा तो कल वे बहुत दूर जंगलों में दिखाई देंगे। भारत की स्वतंत्रता मिलने के वर्षों बाद भी वे भारत के नागरिक नहीं हैं। अलबत्ता डॉ. अंबेडकर द्वारा संविधान को अंतिम रूप देते समय कुछेक अर्द्ध-यायावर समुदाय, अनुसूचित जाति अथवा जनजाति की सूची में सम्मिलित कर लिए गए।

सन् 1978 में भारतीय यायावरों पर मैसूर में एक सेमिनार हुआ था, जिसमें देश के 30 प्रतिनिधियों ने भाग लिया था। भाग लेने वालों में इतिहास, नृविज्ञान, समाजविज्ञान तथा भाषाविज्ञान आदि के विद्वान् थे।

डॉ. जी. एस. घई के अनुसार, प्राचीन तमिल साहित्य में दो हजार वर्ष पूर्व यायावरी का वर्णन मिलता है। कहा जाता है कि जब परिवहन और संचार-माध्यम नहीं थे तो घुमंतू ही एक स्थान से दूसरे स्थान तक समाचार ले जाते थे। ये लोग बड़े बहादुर होते थे और राजाओं के वफादार सिपाही भी। यह काम खतरे से खाली नहीं होता था और कभी-कभी इन यायावरों को अपनी जान तक से हाथ धोना पड़ता था। वे कई भाषाएँ जानते थे और स्थानीय परिवेश में बहुत जल्दी घुल-मिल जाया करते थे।

30

लेखक रोमा पुत्री को भारत की साहित्यिक संस्थाओं तथा अन्य कार्यक्रमों से अवगत कराने के लिए कुछ चयनित सामग्री सौंपते हैं।

एसोसिएशन फॉर इंटरनेशनल एक्सचेंज ऑफ लिटरेचर (जापान) के निमंत्रण पर टोकियो में जून-जुलाई, 1995 में आयोजित अंतर्राष्ट्रीय सम्मेलन में लेखक को भारत का प्रतिनिधित्व करने के लिए जाना पड़ा। भारतीय वाङ्मय तथा विश्व-साहित्य के परिप्रेक्ष्य में द्वितीय विश्व-युद्धोत्तर हिंदी काव्य पर व्याख्यान देते समय उसने संयोगवश आगामी सम्मेलन भारत में करने की घोषणा कर दी। उसके साथ बांग्ला साहित्यकार प्रो. आशीष सान्याल थे। उन्होंने भी समर्थन कर दिया। दिल्ली आने के बाद सरकारी तथा गैर-सरकारी संस्थानों से आर्थिक सहयोग माँगा किंतु नेताओं के कोरे आश्वासनों-वायदों की भाँति सभी प्रयास निरर्थक रहे। हाँ, कतिपय लेखक मित्रों का सहयोग मिला। स्वाभाविक है उनसे भी आर्थिक सहायता की अपेक्षा नहीं की जा सकती थी। इतने बड़े अनुष्ठान हेतु समय अत्यल्प था। येन-केन प्रकारेण कार्य आरंभ किया। देश-विदेश के अनेक सामाजिक वैज्ञानिकों, साहित्यकारों तथा विभिन्न विषयों के विशेषज्ञों को हजारों पत्र-प्रपत्र अनुस्मारक भेजे गए। यह एक विशुद्ध बुद्धिजीवी सद्प्रयास था। अतः अनेक विद्वानों ने आतिथ्य स्वीकार किया।

जैसा कि सब जानते हैं कि आज विशेषज्ञता का युग है, किंतु मानव तथा

समाज के अध्ययन के लिए केवल एक विषय में विशेषज्ञ होना पर्याप्त नहीं है। संस्कृतियों के सर्वांगीण अध्ययन के लिए बहु-विषयक तथा समेकीकृत दृष्टिकोण का होना बहुत जरूरी है। इस सम्मेलन का मूल उद्देश्य यही था जिसमें विभिन्न सामाजिक विज्ञानों के मनीषियों, विविध विषयों के स्कॉलरों-विशेषज्ञों, कलाकारों तथा साहित्यकारों के लिए सामूहिक मंच प्रदान करना था। इसीलिए जहाँ सामाजिक विज्ञान, संस्कृति तथा कला के लिए साथ-साथ दोनों दिन कई सत्रों की व्यवस्था की गई है, वहाँ एक पूरा दिवस हिंदी साहित्य तथा भारतीय भाषाओं के लिए अर्पित किया गया। सायंकाल को सांस्कृतिक कार्यक्रम तथा अंतर्राष्ट्रीय काव्य-गोष्ठी का आयोजन भी था।

सहयोगी संस्थाओं में इंडियन राइटर्स एसोसिएशन कलकत्ता, इंडिया इंटर-कांटीनेंटल कल्चर एसोसिएशन चंडीगढ़ तथा पोयटी क्लब ऑफ दिल्ली के नाम उल्लेखनीय हैं। भारतीय संस्कृति संबंध परिषद् के विद्वान्-अध्यक्ष वसंत साठे तथा पूर्व केंद्रीय मंत्री भारत सरकार, सम्मेलन के अध्यक्ष थे जिनके सौजन्य से अशोक होटल में जापान तथा कुछ अन्य देशों के विद्वानों के लिए आवास की व्यवस्था संभव हो सकी। देश-विदेश से 500 विद्वान् आए थे जिसमें दो रोमा स्कॉलर भी थे। मुख्य अतिथि सुप्रीम कोर्ट के पूर्व मुख्य न्यायाधीश तथा तत्कालीन ह्यूमन राइट्स कमीशन के अध्यक्ष थे।...लेखक अस्पतालों में शल्य क्रिया तथा अन्य कारणों से अपने सपनों की दुनिया को यहीं छोड़ देता है। इलाहाबाद में सुमित्रानंदन पंत, उपेन्द्रनाथ अश्क, हिंदी साहित्य सम्मेलन आदि के संस्मरण लिखने के उपरांत अगली यात्रा पर चल पड़ता है।

31

यायावरों के बारे में कुछ रोचक सामग्री रोमा पुत्री के नाम–

17 मार्च, 2005 का संध्या काल और स्थान है कर्नाटक की राजधानी बंगलौर, जहाँ लेखक इंडियन एयर लाइंस के विमान से यहाँ आया है। कर्नाटक सरकार के पिछड़े वर्गों के आयोग द्वारा राष्ट्रीय सेमिनार में

आमंत्रित होने के कारण यहाँ के सरकारी अतिथि निवास 'गुरुकृपा' में ठहरा है। उम्र भर का सफर।...और दो दिन का सफर पुनः बंगलौर में। सोचा था जीवन के पृष्ठों में कोई पन्ना खाली नहीं बचा। दरवाजे पर दस्तक हुई। कन्नड़ विश्वविद्यालय के प्रोफेसर के. एम. मैत्री खड़े हैं–घुमक्कड़ों के साथ उम्र की सीढ़ियाँ चढ़ते-उतरते। साथ में हैं पाँच और हमसफर। पिछले साल इन्होंने कन्नड़ विश्वविद्यालय के नोमेडिक स्टडीज विभाग में लेखक का व्याख्यान कराया था जिसमें यायावर शास्त्र के शोधार्थियों के अतिरिक्त यायावर जनजातियों के कुछ पढ़े-लिखे व्यक्ति भी उपस्थित थे। विश्वविद्यालय के उपकुलपति ने उसे जब कर्नाटक की विशेष प्रकार की माला भेंट करते हुए कहा–"इसे आप विश्वविद्यालय तथा उम्र भर के सहयात्रियों की ओर से स्वीकार कीजिए," तो उसकी आँखें नम हो आई थीं। उसने हिमालय के यायावरों से लेकर विश्व के रोमा यायावरों तक की सृजन-यात्रा में यौवन के कितने स्वर्णिम क्षणों को जिया होगा, उनके दुःख-दर्दों को 'धर्मयुग' और 'साप्ताहिक हिंदुस्तान' से लेकर 'हिंदुस्तान टाइम्स' तथा 'इंडियन एक्सप्रेस' आदि अनेक हिंदी-अंग्रेजी पत्र-पत्रिकाओं में लिखा होगा, एक दर्द भरी कहानी बार-बार कुछ नया बुनने लगती है। उनकी भाषा से अनभिज्ञ होते हुए भी उन्हें पढ़ता रहा, किसी विशालकाय उपन्यास की कल्पना में सामग्री बटोरता गया, किंतु लेखन-वैविध्य ने साँस नहीं लेने दी। उन पर पेशेवर लेखकों की तरह लिखने का समय कहाँ था उसके पास।

इन्हीं ग्रंथों के प्रेरक पात्र उसके साथ बैठे हैं। डॉ. मैत्री कहते हैं–"मैं तथा भटके समाज के ये लोग कल के सेमिनार में तार्किक भाषण, बहसें और पांडित्य प्रदर्शन में भटके हुए थे। किंतु आज आपने अपना अंग्रेजी में लिखा शोध-पत्र वाचन करते हुए जब घुमक्कड़ जातियों का वर्णन किया तो यायावर समाज के अंग्रेजी प्राध्यापक बालागुरुमूर्ति खुशी से झूम उठे। वे हम्पी से मेरे साथ आए हैं उनसे रूबरू करा रहा हूँ।"

चालीस वर्षीय गुरुमूर्ति कहते हैं–"मेरा जन्म भिक्षावृत्ति वाले बुडुंगजंगम समुदाय में हुआ। मेरे पूर्वज गाँव-गाँव जाकर इकतारे पर लोकगाथाएँ गाते थे। वे शिव भक्ति, कृष्ण भक्ति तथा अन्य देवताओं के चमत्कारों को कन्नड़, तमिल, तेलुगु, मलयालम तथा मराठी में रचित लोकगीतों में गाकर लोगों का मनोरंजन करते हैं। मेरे समाज का यह पुश्तैनी पेशा है। हमारे लोग आज भी भिक्षावृत्ति पर निर्भर हैं। मैं अकेला व्यक्ति हूँ जिसने अंग्रेजी में एम. ए. किया

है और अब एक कॉलेज में अंग्रेजी का लेक्चरर हूँ। हमारे समाज की एक कोड भाषा भी है जिसे हम गुप्त रखते हैं।''

गुरुमूर्ति कुछ और बोलते कि लेखक उनके उप-समुदायों, गोत्रों तथा 'अल्ह' के बारे में प्रश्न करने लगा। वस्तुत: समाजशास्त्र में सहभागिक अवलोकन तथा प्रश्नावली द्वारा साक्षात्कार कुछ ऐसी शोध-पद्धतियाँ हैं जिन्हें के. वी. यंग ने भले ही पश्चिम के शोधार्थियों के लिए लिखा हो किंतु उनका यह ज्ञानमार्गी ग्रंथ आज भी समाजशास्त्रीय शोध का आधार-ग्रंथ माना जाता है। ये 'अल्ह' अथवा 'गोत्र' आज की 'मनुस्मृति' जैसे किसी नए समकालीन ग्रंथ को लिखवाने के लिए भरपूर सामग्री देते हैं। महापंडित राहुल सांकृत्यायन या भिक्खु चमनलाल तो अब आने से रहे। दयानंद, विवेकानंद, अंबेडकर आदि का अध्ययन भी अधूरा रह गया। गौतम बुद्ध और महावीर से लेकर महामना मालवीय, रानाडे, गांधी जी, तिलक, फुले आदि समाज-सुधारक विभूतियों की वाद-विवाद भरी सूचियाँ और उनके मंतव्य पर शायद कभी इंटरनेट की सार्थक बहस हो सके। अब तो विज्ञान की बेतहाशा दौड़ में फेसबुक जैसे सोशल मीडिया 'आई लाइक' पर इतिश्री कर लेते हैं! लेखक भौचक है!

गुरुमूर्ति ने चर्चा को आगे बढ़ाते हुए कहा–'हमारे गोत्रों में प्रमुख है–अश्व, कोड पिल्ले (वनपुत्र), विभूति (माथे पर लेप), भारतोल्लु (भारत के लोग)।' कोष्ठक में उनके कुछ गोत्रों के अर्थ दिए गए हैं। बातचीत के दौरान उनके समाज के एक अन्य अधेड़ उम्र के व्यक्ति ने कहना शुरू किया–''साब, हमें थोड़ा-थोड़ा हिंदी आता है। आज आपने हमारा दिल छू लिया। हम छठी पास हैं। नौकरी कौन देगा। हम पढ़ाई छोड़ा और अब दर-दर की ठोकरें खाते हैं। गाना गाते हैं, बदले में खाने को कुछ मिल जाता है। जहाँ रात पड़ी, वहीं सो जाते हैं।''

बुडुंगजंगम जाति के इस व्यक्ति का नाम है डोम्बी दास वी. एन. नारायण स्वामी जो अब बंगलौर में बस गए हैं। उन्हें भी अंग्रेजी-हिंदी सहित कई दक्षिण भारतीय भाषाओं का ज्ञान है। वास्तव में जिस भूमि पर कोई वृक्ष नहीं होता, वहाँ अरंड को ही वृक्ष मान लिया जाता है, यह मुहावरा इन पर पूरी तरह चरितार्थ होता है। उनके बारे में कुछ और जानने पर पता चला कि इनमें प्रतिभा का कोई अभाव नहीं है। घंटों गाए जाने वाले लोकगीत इन्हें कंठस्थ हैं। कोई पोथी-पुस्तक इनके पास नहीं है। मैं सोचने लगा श्रुति तथा वाचिक

परंपरा का यह समाज सांस्कृतिक दृष्टि से कितना समृद्ध है। उनके पास लोकगीतों तथा लोकगाथाओं का विपुल भंडार है पर उन्हें लिपिबद्ध करने तथा रिकॉर्ड में भरने की किसी को फुरसत नहीं। काश, भारत सरकार का संस्कृति मंत्रालय तथा कर्नाटक, आंध्र प्रदेश, तमिलनाडु, केरल एवं महाराष्ट्र के संस्कृति विभाग अथवा सरकारी-गैरसरकारी साहित्य संस्थान इस ओर भी दृष्टिपात कर सकें इन प्रकृति-पुत्रों को भिक्षावृत्ति से निजात दिलाएँ, फेलोशिप अथवा अनुदान द्वारा इनकी लुप्तप्राय सांस्कृतिक धरोहर व लोककला को नष्ट होने से बचाएँ।

लेखक को उत्तर भारत का जोगी समाज याद आया। नरोत्तमदास के सुदामा की पंक्तियाँ याद आईं–'औरन को धन चाहिए बावरी, ब्राह्मण को धन केवल भिच्छा।' राजस्थान के चारण याद आए। भाट और बहुरुपिए स्मृति-पटल पर उतरने लगे। लोकगायक, लोकनर्तक, लोक नाट्यकर्मी तथा लोक चित्रकार कठपुतली कलाकार आदि की प्रतिभाएँ स्वतंत्र भारत से प्रश्न करने लगीं–'हम गणेश, व्यास, वाल्मीकि, कबीर, रैदास, तुलसीदास, कनकदास और सुंदरदास की परंपरा के वाहक हैं जिन्हें सूतपुत्र कर्ण की तरह पग-पग पर अपमानित होना पड़ता है। हम कहीं अनुसूचित वर्ग, तो कहीं भिक्षुक हैं। कोई हमें ब्राह्मणों का वंशज 'आचारज' समझता है तो कोई आदिवासियों का ताना भगत। कोई हमें शंबूक का उत्तराधिकारी मानता है कोई एकलव्य का। अंतर है तो बस इतना कि हम आजादी के 'रामराज' में भी दिन-रात गाते-गाते मर जाते हैं, पर अपना अँगूठा नहीं कटवाते, स्वयं कट जाते हैं।' और लेखक इन स्वाभिमानी प्रतिभाओं को प्रणाम कर शोध-पथ पर आगे बढ़ जाता है। उम्र भर के सफर में एक पन्ना और जुड़ जाता है।

32

कैसी विडंबना है हम भारतीय बचपन से सीधे पचपन में पहुँच जाते हैं। यहाँ यौवन आता है, क्षणिक सुख भी मिलता है पर उसे ऐषणाएँ तथा

मृग-मरीचिकाएँ बहुत जल्द वृद्धत्व के चौराहे पर लाकर खड़ा कर देती हैं। लेखक का साठ दूर था किंतु साठ की ओर पहुँचने के आभास मात्र से एक अजीब सी कँपकँपी हुई थी। लोग षष्ठिपूर्ति पर अपने अभिनंदन ग्रंथ प्रकाशित कराते हैं, भले ही उन्हें कोई पढ़े या न पढ़े। एक लेखक ने अपना अभिनंदन ग्रंथ वृहत् आकार में छपवाया कि उसे हाथ में उठाते हुए भी कष्ट होता था। एक मित्र ने लेखक को बताया कि जब वे उसे अपने घर ले गए तो उसे उपयुक्त स्थान पर सुशोभित करने की समस्या उत्पन्न हुई। कभी कमरे में तो कभी अन्यत्र उसे पटक दिया जाता। एक दिन उनकी पत्नी ने तंग आकर उसे रद्दी वाले को बेच दिया। मित्र नाराज हुए, लेकिन क्या करते। उन्हें भी उसके बदले एक आइसक्रीम खाने को मिल गई।

एक और घटना। डॉ. हरिवंश राय बच्चन के दिल्ली वाले बँगले में हजारों पुस्तकें थीं। अनेक कवियों ने उन्हें अपने कविता संग्रह भेंट किए थे। श्रीमती तेजी बच्चन कहाँ तक उनकी देखभाल करतीं और अंततः उनका हश्र भी वही हुआ जो विशालकाय अभिनंदन ग्रंथ का हुआ था।

मधुर शास्त्री के एक गीत की पंक्तियाँ हैं–

लाचार कल्पनाएँ
सहमी हुई कलम है
कोई हमें बता दे
किसके लिए लिखें हम...

कुछ मित्रों ने लेखक को बड़े लिक्खाड़ के विशेषण से विभूषित किया हुआ है। लेखक ने भी सोच लिया कि अब ढलती उमर में इस विशेषण से परिपक्व होकर दिखाएँगे और लिखने की बजाय लोगों की गलतियाँ निकालेंगे, यानी संपादन कार्य करेंगे और विश्वकोशों के संपादन में अपनी जान खपाएँगे। अभिनंदन-ग्रंथ तो भूलकर भी नहीं छपवाएँगे क्योंकि वे राजेन्द्र अवस्थी की तरह साठ को पार नहीं करना चाहते। वे बड़े समझदार हैं, चिर युवा बने रहते हैं। दोस्तों से अपने ऊपर लेख लिखवाने के तकादे का तो सवाल ही नहीं उठता।

चेकोस्लोवाकिया के प्रख्यात साहित्यकार तथा भारत में तत्कालीन राजदूत डॉ. स्मैकल के सम्मान में एक कवि-गोष्ठी का आयोजन किया गया था जिसमें लेखक भी उपस्थित था। डॉ. स्मैकल बड़े मधुरभाषी, हँसमुख तथा

मिलनसार व्यक्ति थे। एक बार आप उनसे मिले फिर उनका स्नेह आपको अपने प्रभामंडल में सदा के लिए बसा लेगा। आप भले ही उनसे अलग हो जाएँ किंतु वे आपसे अलग नहीं होंगे। उनकी कविताएँ भारत के अनेक कवियों ने सुनी हैं। उस दिन उन्होंने जी भरकर अपनी रचनाएँ सुनाई थीं। उनकी पत्नी नृविज्ञानी थीं तथा रोमाओं में विशेष रुचि रखती थीं। अतः लेखक की उनके परिवार से आत्मीयता और अधिक बढ़ गई थी।

लेखक ने अपनी डायरी का एक पृष्ठ खोला और उनके सम्मान में उक्त प्रसंग के लिए एक मुक्तक लिखा जो बड़ा मौजूं लगता है।

कुछ लोग
बदलते रहते हैं–
अपनी जन्म-तिथियाँ
ताकि चिर युवा कहलाएँ
कितना भाग्यशाली हूँ मैं
कि
जन्मा ही नहीं आज तक
किसी जन्म-पत्री में।

अवस्थी जी के साथ सभी ने इन पंक्तियों का आनंद लिया। दिल्ली आगमन से अधुनातन जीवन-यात्रा तक का इतिहास लेखक को अपने आगोश में लेने को लालायित है। बात 1964 की है। उन दिनों प्रेस इन्फार्मेशन ब्यूरो में असिस्टेंट जर्नलिस्ट के दो तदर्थ स्थान खाली हुए थे। एक हिंदी का दूसरा अंग्रेजी का। लेखक यद्यपि उत्तर प्रदेश में तहसीलदार पद पर नियुक्त हो गया था किंतु उस पर पत्रकारिता का भूत सवार था। इसलिए स्थायी तथा कमाऊ पद को छोड़कर उसके मन ने कठिन राह को अपनाना मंजूर किया और ब्यूरो की हिंदी-अंग्रेजी दोनों प्रतियोगी परीक्षाओं में बैठा। संयोग से अंग्रेजी में उसके प्राप्तांक कुछ अधिक थे। अतः उक्त भाषा के लिए चयन कर लिया गया। हालाँकि यह नौकरी केवल एक मास के लिए थी। उसने खतरे मोल लेना बचपन से सीख लिया था, अतः निर्णय लेने में कोई दिक्कत नहीं हुई। उसने इससे पूर्व भी सरकारी तथा गैर-सरकारी नौकरियाँ छोड़ीं। वैसे उसने नौकरी करना कभी नहीं सोचा था किंतु लेखक के पिताश्री के असामयिक निधन से संघर्षों की एक लंबी शृंखला शुरू हुई जो कभी नहीं टूटी।

अलबत्ता, उसका रूप अवश्य बदल गया है। पत्रकारिता बहुत पहले यानी इंटर के बाद देहरादून के 'हिमालय' पत्र से आरंभ हो गई थी जो बाद में कभी अंशकालीन तो कभी पूर्णकालिक रूप में चलती रही। उसने दिल्ली में रहते हुए कई विभाग बदले। वैज्ञानिक तथा तकनीकी शब्दावली आयोग में अनेक सहकर्मी मिले। यहाँ वह उन्हें सहयोगी की अपेक्षा मित्र कहना अधिक उपयुक्त समझता रहा है। समाजशास्त्र विषय में वह पहला अनुसंधान सहायक था जिसने 'सोशियोलॉजी' के लिए प्रचलित हिंदी शब्द 'समाजशास्त्र' को 'समाजविज्ञान' बनवाने के लिए पर्याप्त संघर्ष किया।

यहाँ उसके गाइड–डॉ. आर. एन. सक्सेना यदा–कदा मीटिंग में आते थे। अत: उनका मार्गदर्शन मिलता रहता था। लेखक ने उनके प्रिय विषय यायावरी गद्दी जनजाति पर शोध प्रारंभ कर दिया। दो वर्ष में कार्य संपन्न हो गया था। बाद में, रोमा यायावरों का नृवैज्ञानिक अध्ययन उसकी डी. लिट्. का प्रिय विषय बना। अध्ययन तथा संघर्षों की लंबी दास्तां है।

33

एक ऐतिहासिक कॉन्फ्रेंस में लेखक का एक और प्रवास रोमा पुत्री के लिए–टर्किश एयरलाइंस से पहले भी यात्राएँ की है। लेखक अब 75 की आयु में इस्तांबुल होते हुए बेलग्रेड जा रहा है। वहाँ दो बार पहले भी जा चुका है। पहली बार 1982 में, जब यूगोस्लाविया टूटा नहीं था, दूसरी बार 2007 में जब सर्बिया अलग देश बन गया था। विदेश यात्राओं के लिए आज भी पूर्ववत् निमंत्रण-पत्र आते रहते हैं। इस बार सर्बिया के पूर्व मंत्री तथा विश्व रोमा पार्लियामेंट के अंतर्राष्ट्रीय अध्यक्ष योवन दमियानोविच के निमंत्रण पर पुन: विदेश यात्रा–शायद अंतिम पड़ाव। आई. सी. सी. आर. का टिकट घर आ गया। पासपोर्ट रिन्यू कराने का मन नहीं था किंतु परिस्थितियाँ अनुकूल बनती गईं और यों 19 अप्रैल, 2012 की प्रात: अंतर्राष्ट्रीय हवाई अड्डे पर स्वयं को उपस्थित पाया। शनिदेव एक दिन पहले ही यात्रा पर ले उड़े।

एक कपल सामने बैठा है। युवती के दोनों हाथ बैंगल से भरे हुए हैं। पिछड़े बंजारा समाज की महिलाओं के हाथ में इसी तरह के रंग-बिरंगे कड़े होते हैं। अब उन्नत समाज की नवविवाहिताएँ आदिवासी श्रृंगार के परिवर्तित रूप में दिखाई पड़ती हैं। शायद कलाई के बड़े कड़े-कंगन बनकर पुनः लौट आए हैं। फैशन सुविधा तथा समय के अनुसार अदलता-बदलता रहता है। लेखक गलती से नवोढ़ा के साथ बैठे युवक को उसका पति समझ लेता है। दोनों पंजाबी में बतिया रहे थे।

लेखक पूछता है–"लगता है आपकी शादी हाल ही में हुई है? दोनों विदेश यात्रा पर जा रहे हो?" वह सहज भाव से बोली, "मैं इनके साथ नहीं हूँ।" लेखक ने सॉरी नहीं कहा क्योंकि दोनों ही पिंड से आए थे। उन्हें इस शब्द को सीखने में अभी समय लगेगा। युवक से पूछने पर पता चला कि वह बर्मिंघम होटल मैनेजमेंट की पढ़ाई के लिए जा रहा है। सामने बैठी एक महिला ने बताया कि वह अपनी बेटी से मिलने जा रही है। उसकी बेटी भी बर्मिंघम में एम. बी. ए. कर रही है। वह वहाँ खुश नहीं है। वापस घर आना चाहती है। लेखक को यह जानकर आश्चर्य हुआ क्योंकि भारत के हजारों युवक-युवतियाँ विदेशों में पढ़ने के बाद जॉब मिलने पर वहीं बस जाते हैं।

18 अप्रैल को रात भर जागरण रहा। लेखक ने एक बंद गले का आसमानी गर्म सूट, एक पुलओवर, एक शर्ट और दो-तीन बनियान महापंडित राहुल सांकृत्यायन के 'घुमक्कड़ शास्त्र' के अनुसार छोटी सी अटैची में रख लिए। उन्होंने कहा था–कम सामान तो सफर आसान। लेकिन इस सबसे महत्त्वपूर्ण थी–पत्रिकाएँ 'रोमा वर्ल्ड' (अंग्रेजी) जनवरी-जून, 2012 का 'सभ्यता संस्कृति विशेषांक' जिसकी प्रतियाँ कॉन्फ्रेंस में वितरित करनी थीं। साथ ही गीता के अंग्रेजी अनुवाद की कुछ प्रतियाँ तथा अन्य साहित्य भी साथ लेना था।

विमान ब्लैक सी के ऊपर से उड़ रहा है। लेखक को बेलग्रेड से विशेष प्यार इसलिए भी रहा है कि भारत के पूर्व प्रधानमंत्री पंडित जवाहरलाल नेहरू तथा यूगोस्लाविया के राजनेता मार्शल टीटो में गहरी दोस्ती थी। वह उन्हें याद कर ही रहा था कि अचानक एक अप्रिय घटना घटी। एक प्रवासी भारतीय इंग्लैंड से इस्तांबुल जा रहा था। उसके हाथ में शराब का गिलास भरा हुआ था। शायद अधिक मात्रा में पी गया था। इसीलिए अंग्रेजी, पंजाबी तथा हिंदी में गालियाँ बक रहा था।

लेखक को देखकर बोला–''नेहरू, नेहरू। व्हेयर फ्रॉम?'' लेखक की उम्र को देखकर पाँव छूने लगा।

''नो–नो आई एम फ्रॉम इंडिया, द लैंड ऑफ नेहरू एंड महात्मा गांधी।''

तभी उसने अपना पासपोर्ट दिखाया और कहा–

''मेरे पूर्वज कभी अफ्रीका से इंग्लैंड आए थे। हमारा देश भारत रहा है। माई एनसेस्टर्स आर फ्रॉम इंडिया।

लेखक पिंड छुड़ाकर अपनी सीट पर आकर बैठ गया।

कुछ देर बाद उसने विमान में हंगामा खड़ा कर दिया। वह 500 यूरो एयर होस्टेस को देने लगा।

उसने कहा–सॉरी।

''पता नहीं वह क्या चाहता था। लेकिन सभी यात्री उसकी ओर हैरानी से देख रहे थे। वह फिर गाली–गलौज की भाषा पर उतर आया। भारतीय महिलाएँ शर्म से आँखें झुकाए बैठी थीं। यूरोप की महिलाएँ भी भृकुटि ताने हुए थीं। एक–दो सरदार युवक आए और उससे हाथापाई करने को ही थे कि बुजुर्गों के हस्तक्षेप के कारण शांत होकर बैठ गए। वरिष्ठ होस्टेस ने समझाने की बहुत कोशिश की, किंतु वह टस से मस नहीं हुआ। बड़ी मुश्किल से प्लेन इस्तांबुल लैंड कर पाया। एक भारतीय युवक बोला, ''ऐसे शराबियों के कारण भारतीयों को नीचा देखना पड़ता है।'' लेखक कभी ऐसे अवसरों पर चुप नहीं बैठता था, पर आज मौन क्यों साध लिया। शायद, आयु के बढ़ने के साथ-साथ शक्ति का क्षीण होना भी एक कारण हो सकता है।

लेखक हवाई जहाज में बैठे हुए यह वृत्तांत लिख रहा है। उसकी आदत है–ट्रेन अथवा विमान आदि में एकांत मिलते ही लेखनी पकड़ लेना–लिखते जाना। इस्तांबुल में पाँच घंटे ट्रांजिट में रहना पड़ेगा। इसलिए वहाँ भरपूर लिखेगा। किंतु दृश्यावलोकन और फोटो लेने के कारण यह संभव नहीं हो सका। हाँ, कुछ कविताएँ अवश्य लिखीं।

...इस्तांबुल से बेलग्रेड की यात्रा 6.35 पर शुरू हुई। इस बार विमान को बादलों से दो–चार होते नहीं देखा। शायद मौसम ठीक है। उसने यूरोप की विमान–यात्राओं में अनेक बार विमान को डगमगाते हुए देखा है। विमान बादलों के ऊपर उड़ रहा है। उनका भूरा रंग देखकर मन–मयूर नाच उठता है। घंटा भर हो गया है किंतु रुई के गालों से बादल समाप्त होने का नाम ही नहीं लेते। शैली और पंत के बादल स्मृति–पटल पर बरसने लगते हैं, सूरज

ढलने लगा है। आकाश पर 'अग्निसागर' की लालिमा को तैरते देखकर वह आनंदित है। वह कभी अग्निशिखा-सी दिखाई पड़ती है तो कभी उषा की अगवानी करती ताम्रवर्णी लालिमा। ...सूरज डूब गया है। अपनी एक कविता 'डूबता सूरज हूँ।' याद आती है। यह उसे गुनगुनाने लगता है।...

मैं कल फिर आऊँगा
उगूँगा बंजर खेत में
किसी आत्महत्या करते किसान के,
उजाला बाँटूँगा अँधियारे घरों को
जहाँ आज भी बच्चा
लालटेन की रोशनी में
ककहरा याद करता है।
उष्णता दूँगा उस हिम-पुरुष को
जो ठिठुरते काट रहा है सर्दी
दादा-परदादा के फटे हुए कंबल में
धधकूँगा ज्वाला बन
शोषण-अन्याय-ईर्ष्या-द्वेष
और पूर्वग्रहों के विरुद्ध
तपूँगा किसी सूर्यपुत्र की तरह
अग्निसागर का अग्निसागर बन।
मेरे मित्र, मुझे गलत मत समझना
मैं अस्ताचल को बढ़ते हुए
उदास अवश्य था
पर हारा नहीं हूँ
मैं आज भी लड़ रहा हूँ
एक अनंत युद्ध से
तुम्हारे सुख के लिए
विश्व शांति और
वसुधैव कुटुंबकम् के लिए।
मैं डूबता सूरज हूँ
चढ़ते सूरज को प्रणाम करने वाले दोस्त,
मैं निराशा को आशा में बदलता
जन-जन का जीवन हूँ।

अंबर में तारे जगमगा रहे हैं। उसने सूर्य और चंद्रमा को कई बार क्षितिज से उगते देखा है। विमान यात्रा में देखने का अपना ही आनंद है। ...अरे रे, ये क्या हुआ! विमान डगमगाने लगा। बाहर बादलों ने सर्दी के कारण काले कंबल ओढ़ लिए हैं। उनमें कुछ बड़े हठीले हैं, रास्ता रोककर खड़े हैं। विमान उनके बीच से अपना पथ खोज रहा है। मल्लयुद्ध जैसा दृश्य है। कुछ यात्री भयभीत से लगते हैं। पायलट बड़ी चतुराई से धरती की ओर लौट रहा है। अंतत: बादल छँट जाते हैं। घरौंदे जैसे घरों पर टिमटिमाहट दिखाई पड़ती है। विमान बेलग्रेड के हवाई अड्डे पर उतर आता है।

इस यात्रा की सबसे बड़ी उपलब्धि रही–लेखक का दुनिया भर के रोमा बुद्धिजीवियों से संपर्क, जिनमें प्रोफेसर, टीचर, अधिवक्ता, इंजीनियर, डॉक्टर, प्रशासक, लेखक, समाजविज्ञानी तथा कई उद्यमी भी थे जो अमेरिका, इंग्लैंड, ऑस्ट्रेलिया, रूस, जर्मनी, फ्रांस, इटली, हंगरी, रोमानिया, बुल्गारिया, मेसोडोनिया तथा सर्बिया आदि देशों से आए थे। तीन दिन यानी 20-21-22 अप्रैल को यह रोमा तथा नृविज्ञानियों व सामाजिक कार्यकर्ताओं का महासम्मेलन था। लेखक यह जानकर प्रसन्न था कि कुछेक ने उसका अंग्रेजी शोधग्रंथ 'रोमा-द जिप्सी वर्ल्ड' पढ़ा था। किंतु अधिकांश की शिकायत थी कि उन्हें अंग्रेजी नहीं आती, अत: उनका रोमानी तथा देश-विदेश की अन्य भाषाओं में अनुवाद होना आवश्यक है। वर्ल्ड रोमा आर्गनाइजेशन रोमानीपेन के सेक्रेटरी जनरल बैराम हलिति रोमानी भाषा के प्रतिष्ठित लेखक हैं। उन्होंने कभी उसके रोमानी अनुवाद का वादा भी किया था।

तीसरे दिन रोमा पार्लियामेंट का इलेक्शन था। लेखक वहाँ भारत का अकेला नृविज्ञानी लेखक उपस्थित था तथा कोई पद नहीं चाहता था। उसे सर्वसम्मति से वर्ल्ड रोमा आर्गनाइजेशन रोमानीपेन का कमिश्नर फॉर एजूकेशन तथा वर्ल्ड पार्लियामेंट का सदस्य घोषित किया गया। साथ ही नवगठित रोमा विश्वविद्यालय का अध्यक्ष (चांसलर) पद पर भी आसीन किया गया। वह आश्चर्यचकित था जब उसे वर्ल्ड रोमा आर्गनाइजेशन के अंतर्राष्ट्रीय अध्यक्ष योवन दमियानोविच ने कहा–"आई एम नाट कंपीटेंट टू हेड द यूनिवर्सिटी। यू आर द ओनली स्कॉलर अमंग अस हू विल बी द हेड (चांसलर)।" अंतत: मुझे उनका अनुरोध स्वीकार करना पड़ा। शायद यह रोमा समाज का लेखक के प्रति प्यार का प्रतीक था और इस यात्रा की नियति भी।

34

'सागर तीरे : गंगा नीरे'

लेखक का नया काव्य संकलन। हिंद महासागर का तट।

उत्तराखंड से आए हिमालय के जल ने कहा–"अपनी जन्मभूमि को आकर क्यों नहीं निहार जाते लेखक, तुमने यहाँ की संस्कृति को देखा ही नहीं जिया भी है।"

लेखक विमान द्वारा दिल्ली पहुँचता है और फिर बस से ऋषिकेश। रास्ते में उसकी किशोरावस्था का शिक्षास्थल बहादराबाद निकट से गुजर जाता है। वह अपने गंतव्य की ओर चला जा रहा है। जन्म-स्थल पास-पड़ोस के क्षेत्र छूट जाते हैं। बस, हृदय की एक टीस लिए...गंगा का किनारा और हिमालय दर्शन, आसेतु हिमालय यात्रा। हिमालय पर सृजनात्मक साहित्य लिखने वालों का कोई अभाव नहीं रहा। गढ़वाल तथा कुमाऊँ की संस्कृति और इतिहास पर बहुत से ग्रंथ उपलब्ध हैं। किंतु आदिवासी संस्कृति के प्रति अभी भी उदासीनता बनी हुई है। लेखक इस दिशा में प्रयत्नशील है।

लेखक की बस ज्वालापुर, गुरुकुल काँगड़ी कनखल तथा मायापुर से गुजरती हुई हरिद्वार पहुँच जाती है। कहने को तो यह लग्जरी बस है, सीटें भी अच्छी हैं किंतु यहाँ आते-आते पूरा दिन लगा दिया। लेखक ने गलती से उत्तराखंड तथा उत्तर प्रदेश रोडवेज की बजाय एक प्राइवेट बस ले ली थी। रास्ते में कहीं सड़कों का निर्माण कार्य तो कहीं उनकी खस्ता हालत। इधर आने वाले विदेशी पर्यटक क्या सोचते होंगे। अत: इस पथ को दिल्ली-आगरा की तरह चौड़ा तथा सुंदर क्यों नहीं बनाया जा सकता। गनीमत है अब इधर सरकार का ध्यान जाने लगा है। हरिद्वार भारत ही नहीं विश्व भर का धार्मिक सांस्कृतिक स्थल है। जहाँ से उत्तराखंड के हिमालय का प्रवेश-द्वार खुलता है। लेखक ने यहाँ कितनी ही बार गंगा में डुबकियाँ लगाई हैं। गंग नहर को लेखक ने किशोरावस्था में अनेक बार तैरकर पार किया था। लेखक किशोरावस्था में गाँव के अन्य बच्चों के साथ पढ़ने के लिए हरिद्वार के डॉ. हरिराम इंटर कॉलेज प्रतिदिन पैदल जाता है। छह मील जाना और छह मील आना। उन दिनों साइकिलें भी उपलब्ध नहीं थीं। कक्षा में सदैव प्रथम आना एक सुखद संयोग था। आज वह जीवन की भागमभाग में जी रहा

है। उसे जल्दी है, अपनी कुलभूमि को प्रणाम करके आगे बढ़ जाता है। हरिद्वार में गंगा के किनारे कभी कविताएँ उपजती थीं जो उसे स्मरण आने लगती हैं। युवावस्था तथा प्रौढ़ावस्था में जब भी अपनी गंगा का किनारा छूता, स्मृतियाँ उसे कचोटने लगतीं। उसकी गंगा–टेम्स, मिसीसिपी, राइन तथा बोल्गा तक स्मृतियों में बहती रही। कागज पर दो सद्यःरचित कविताएँ उतर आती हैं–

एक

गंगा,
तुम्हारे तट पर आज
जपने नहीं आया
हरिनाम
और न ही निरखने
किसी अहंकारी सूरज की
बुढ़ियाई शाम
मैं तो यहाँ
तलाश रहा हूँ
स्वयं को
तुम्हारी कल-कल में
ढूँढ़ रहा हूँ अपना अतीत
अपना गीत
उसे वापस नहीं कर सकती
न करो
पर एक उच्छ्वास भर
लौटा दो
मेरे बचपन की
मुझे आयु नहीं
अट्टहास की तलाश है
जो आज भी
तुम्हारे पास है
लौटा दो न उसे

मेरी प्यारी जाह्नवी
मेरी प्यारी गंगा मैया।

दो

गंगा,
तेरे कूल कभी सिहरन देते थे
मेरा बचपन जीते थे
टेसू के फूल
पलाश के पत्तों पर
यौवन की लहरें
थिरकती थीं
और अब खँखारती है
एक प्रौढ़ा प्यास
तृप्ति के लिए
ये कूल अब
दूषित लगते हैं
अपने नहीं
किसी और के लगते हैं।

लेखक की बस ऋषिकेश पहुँच जाती है। ऋषिकेश कभी ऋषि-मुनियों की तपोभूमि थी, किंतु आज यह विदेशियों का भी संगम-स्थल बन गया है। लेखक सोचता है–क्या सागर-तीरे की तरह गंगा-तीरे–पर्यटन संस्कृति का विकास नहीं किया जा सकता। विदेशी पर्यटकों से लेखक की बातचीत होती है तो पता चलता है उनमें योग तथा हिंदू धर्म का अध्ययन-मनन करने वाले अधिक होते हैं। कुछ शांति की तलाश में हिमालय की कंदराओं में अपनी कुटिया बना लेते हैं। पता नहीं अब अंग्रेजीयत ने योग को 'योगा' क्यों बना दिया। भारत के वर्तमान जुझारू प्रधानमंत्री श्री नरेन्द्र मोदी को हार्दिक बधाई। जिन्होंने 21 जून को यू. एन. ओ. द्वारा इंटरनेशनल 'योगा डे' घोषित करा दिया। मनाया भी गया। काश, 8 अप्रैल 'रोमा डे' पर रोमाओं को शुभकामनाएँ ही भेज देते। लेखक उन्हें पत्र लिखता रहा है।

बस लेखक को ऋषिकेश के बस अड्डे पर उतारकर चली गई थी और वह टेंपो में रामझूला पहुँचा। रामझूला और लक्ष्मणझूला पास-पास ही हैं जहाँ वह कई बार आया है। पता नहीं उन पर लिखने का समय उसे क्यों नहीं मिला। उसे इन पंक्तियों को लिखते हुए स्मृतियों की दौड़ में तीव्र गति से आगे बढ़ना पड़ रहा है। विश्व-पर्यटक लेखक के पास समय का कितना अभाव है जिसे यायावर राहुल की तरह भुक्तभोगी ही समझ सकते हैं। राहुल तो रहे नहीं, किंतु उनकी राह पकड़ते हुए लेखक बहुत दूर तक साथ चला था।

बाद में अपना पथ उसने स्वयं ढूँढ़ लिया था जिसमें अनेक देशों की यात्राएँ समाई हैं। गोविंद चातक के ये शब्द लेखक को आज भी कचोट रहे हैं। उन्होंने एक पत्र में लिखा था–"चलो विश्व भर पर लिखने के बाद कलम उत्तराखंड की ओर मुड़ी तो सही।" हाल ही में, उत्तराखंड की जनजातीय लोक संस्कृति पर उसका शोधग्रंथ छप गया है। उसमें खस, थारू, वन गूजर, भोटिया, वनराजी आदि जनजातियों पर नृतत्त्व-शास्त्रीय अध्ययन के साथ-साथ सृजनात्मक लेखन भी है। लेखक उसे हिंदी-अंग्रेजी में लिखे अपने शोध-पत्रों के माध्यम से थोड़ा-बहुत संप्रेषण करता रहा है। इस दिशा में अभी बहुत कार्य होना है। उत्तराखंड के विश्वविद्यालयों में जनजातीय संस्कृति तथा लोक साहित्य से जुड़े नए पक्षों पर शोध होना है।

लेखक ऋषिकेश के एक आश्रम में ठहरा है। यहाँ की पर्यटन संस्कृति पर कलम चलनी शुरू ही हुई थी कि अचानक रोमा पुत्री उपस्थित हो जाती है।

लेखक भौचक सा पूछता है–"अरे, तुम यूरोप से ऋषिकेश कैसे आ गई? लगता है, तुम्हें कोई इंट्यूशन होता है कि मेरा पीछा करते हुए कभी दक्षिण भारत पहुँच जाती हो, तो कभी उत्तराखंड के हिमालय में।"

रोमा पुत्री मुस्कराकर बोली–"आप ही के साथ पहले कुमाऊँ विश्वविद्यालय अल्मोड़ा गई थी, तब मुझे शोध के सिलसिले में हिमालय-पुत्रों से मिलना था। अब मुझे सब रास्तों का पता चल गया है। अत: अकेली चली आई।"

ऋषिकेश से लक्ष्मणझूला तक का पथ उसे रास आ गया है जहाँ वह अकेली निर्भय होकर घूमती रहती है। मंदिरों में जाती है। साधु-संतों से मिलती है। उसने यहाँ देवी-देवताओं तथा गंगा के कई चित्र बनाए हैं। वह लेखक की कलम से यदा-कदा साक्षात्कार करते हुए अपनी रामकथा सुनाने लगती है।

उसे जब हिटलर याद आता है तो रणचंडी बन जाती है किंतु जब कला

में मग्न होती है तो साक्षात् देवी का स्वरूप धारण कर लेती है। वह जब भी मुस्कान बिखेरती है तथा अट्टहास करती है तो चन्द्रमा का धवल हास भी फीका पड़ जाता है। उसकी दंतावली में कोई त्रिपुर बसता है जो हलकी सी मुस्कराहट को भी चुंबकीय बना देता है। लगता है ईश्वर कुछ प्रतिभाओं को बड़े प्यार से निर्मित करता है।

लेखक ने रोमा पुत्री के कई रूप देखे थे किंतु आज वह दुखी क्यों है? क्या उसे अपने घर-परिवार की याद सता रही है? लेखक पूछता है तो उसकी आँखों से अश्रुधारा फूट पड़ती है और वह पुनः हॉलोकॉस्ट का वर्णन करने लगती है। एक ट्रांस सी अनुभूति होती है। वह हिचकियाँ भरते हुए बताती है–उसके पिता की कहानी का अगला अंश। दक्षिण भारत के प्रवास में भी बताया था। उसकी दादी रूस के एक नोबुल परिवार से थी, दादा रोमा थे। उन दिनों अंतरजातीय तथा अंतर्राष्ट्रीय विवाह होने लगे थे। कैथी के पिता रोमा सिंती थे किंतु उनका विवाह यूक्रेन की गाजो महिला से हुआ था। वह सरकारी सेवा में थी। कैथी के पिता पोलैंड में प्रोफेसर थे। उसकी माँ जब पोलैंड जाती तो बेटी कैथी को चचिया दादी के पास छोड़ जाती। बालिका छोटी थी पर कुशाग्र बुद्धि होने के कारण कई भाषाओं के शब्द बहुत जल्दी सीख गई थी। चचिया दादी ने उसे बताया था कि उसके पेट में गोली के कुछ कण अभी तक भी भरे हैं। वह अविवाहित थी। उसे कन्सन्ट्रेशन कैंप में रखा गया था। उसकी बड़ी बहन उसके साथ यातना भुगत रही थी। छोटी बहन को दूसरे स्थान पर शिफ्ट करना था। उसे रेलगाड़ी में बिठाया गया। किंतु हिटलर के नात्सी सैनिकों से कैसे बचती। उन्होंने गोली चलाई तो वह बेहोश होकर गिर पड़ी। नात्सी उसे मृत समझकर छोड़ गए। पास ही एक गाँव था। लोगों को दया आई तो उसे उठाकर अपने घर ले गए और वह बच गई। जब वह कन्सन्ट्रेशन कैंप में कैद थी तो उसका कई बार रेप हुआ था। वह गर्भवती हो गई। संयोग से कैदियों की किचन में उसकी ड्यूटी थी। वहाँ उसे कुछ सुविधाएँ मिल गईं। खाना भी भरपेट मिलने लगा था। बाद में एक रेपिस्ट सैनिक को उस पर तरस आ गया। उसने उसे किचन के नीचे एक तहखाने में छिपा दिया ताकि वह बच्चे को जन्म दे सके। जच्चा-बच्चा दोनों बच गए पर बाद में अलग हो गए। बच्चा कौन ले गया, कुछ पता नहीं। उधर जर्मनी युद्ध में हार गया। हिटलर की फौजें वापस चली गईं।

कुदरत का करिश्मा देखिए। कुछ समय बाद फिल्म की कहानी की तरह

दोनों बहनें मिल गईं। ये यूक्रेन के कीव शहर में साथ-साथ रहती थीं। इस आपबीती को सुनाते-सुनाते वह बार-बार रोने लगी। उसे तब तक यह भी पता नहीं था कि वह रोमा रक्त की संतान है। हाँ, वह रेप से नहीं, बल्कि अरेंज्ड मैरिज से जन्मी थी। उसके रोमा पिता ने रूसी महिला से शादी की थी जो रोमा नहीं थी। स्वयं उसने भी बाद में हिटलर के जर्मनवंशी से विवाह किया था। उसकी चचिया दादी ने उसे आपबीती का थोड़ा-बहुत हिस्सा सुनाते हुए बताया था कि वह रेलगाड़ी में सफर नहीं करती थी क्योंकि उसे विश्वयुद्ध के दौरान गाड़ी से कूदते हुए कभी गोली लगी थी। वह कीव के एक कोने से दूसरे कोने में बस द्वारा सफर करती थी जिसमें दो घंटे का समय लगता था जबकि ट्यूब द्वारा केवल आधे घंटे में पहुँचा जा सकता था। रोमा पुत्री उसके साथ प्राय: बस में जाया करती थी। लेखक ने कभी द्नीफर नदी पर अनेक कविताएँ तथा बाद में एक ग्रंथ भी लिखा था।

रोमा पुत्री को अचानक दादी के एक रिश्तेदार थरूमैन का नाम भी याद आया जो हिटलर की हार के अगले दिन ही गैस चैंबर में भून दिया गया था। उसका दोष इतना ही था कि वह रोमा-सिंती परिवार में जन्मा था। रोमा पुत्री की आँखें पुनः अश्रुपात करने लगीं। वह शांति पाने के लिए ही तो यहाँ आई है।

...वह चपाती कब तक खाती इसलिए उसने एक यूरोपीय फूड का रेस्तराँ तलाश लिया। वह गंगा का पानी पीने से कतराती, पर गंगा के किनारे घंटों टहलती रहती। भिखारियों को मुँह नहीं लगाती, किंतु गाय, कुत्तों तथा बंदरों को कुछ जरूर खिला देती। कभी आश्रम के स्वामियों के बारे में पूछती, शायद अपना भविष्य जानना चाहती थी। हिटलर का नाम सुनते ही वह आगबबूला हो जाती। वह भारतीय संस्कृति की प्रशंसा करती तो कभी आलोचना करने लगती। वह स्वयं को श्रेष्ठ समझने का भी भ्रम पाले हुए है। लगता है ओवर कॉन्फिडेंस और ईगो दोनों ही भरे हैं इस महिला में, जिसका अध्ययन करना इतना आसान नहीं है। पश्चिमी संस्कृति में ब्वॉयफ्रेंड या गर्लफ्रेंड को बुरा नहीं माना जाता। किंतु उसे भारतीय नारी की तरह अपने पति की गर्लफ्रेंड का साथ उसे गवारा नहीं। लगता है उसका पति अब उससे ऊबने लगा है। वह अलग रहता है पर कभी-कभी उसे देखने आता रहता है। वह उसकी आलोचना भी खूब करती है। बेचारा पति इतना शरीफ है कि वह उसे देश-विदेश की यात्राओं के लिए पर्याप्त पैसा भी देता रहता है। वह उसे अधिकृत

पत्नी-धन मानती है। वह भी उसके साथ भारत आ चुका है और लेखक का पारिवारिक मित्र भी है।

वास्तव में लेखक को रोमा पुत्री की तरह अनेक चरित्र मिले जो गैस चैंबरों की घटनाएँ सुनते ही संतुलन खो बैठते हैं। कारण, उनके माता-पिता अथवा रिश्तेदारों की जघन्य हत्याएँ। शायद उसकी जगह कोई भी होता तो ऐसा ही करता। स्वाभाविक है लेखक को आंतरिक सहानुभूति हो गई थी– रोमा पुत्री तथा उसके परिवार से।

कैथी ने लेखक के परिवार में अगली बार रुकना असुविधाजनक समझा। आखिर भारतीय खान-पान कब तक गले से नीचे उतारती रहेगी। दरअसल, एक तरफ पाश्चात्य जीवन-शैली भारतीय परिवारों को रास नहीं आती और दूसरी ओर आज की यूरोपीय पीढ़ी भारतीय पारंपरिक परिवेश में असहज अनुभव करती है। रोमा पुत्री भी अपवाद नहीं है। वह महीनों अच्छे होटलों में ठहरती है जहाँ भारत के मध्यमवर्गीय परिवार दो-चार दिन से अधिक अफोर्ड नहीं कर सकते। आश्चर्य है वह ऋषिकेश के पेइंग गेस्ट आश्रम में कैसे रहने लगी। शायद वह यहाँ अपने को सेफ़ अनुभव करती थी। लेखक सोच रहा है–

गंगा एक संस्कृति है–सगर के समय की।
कल की–आज की
जिसे ऋषियों ने वाङ्मय का स्वरूप दिया
और रत्नाकर ने 'गंगावतरण' का
गंगा तुमने हरा-भरा किया धरती को
तुमने गाँवों को आबाद किया
अनेक नगर बसाए
जहाँ उदय हुआ एक सभ्यता का
गंगा-जमुना की सभ्यता
और भारत की आस्था का

राष्ट्र की गंगा,
तुम्हारे घाट गवाह हैं
पर्वों के इतिहास के
संतों के समागम के

शुक्रताल प्रवचन के
प्रयाग-वाराणसी-घाट के
ऋषिकेश की गंगा,
मातेश्वरी
हिमालय के शिखर
घाटियाँ, ऊबड़-खाबड़ तटों से टकराती
जब मैदान में उतरती है
शांत तरंगों से पूछता हूँ
क्या थककर सो गई हो गंगा मैया!
अथवा समय के साथ बूढ़ी हो गई हो
शांत गंगा स्वयं बोल उठती है–
शिव की जटाओं में सुरक्षित थी शताब्दियों तक
इसीलिए शिवत्व का कुछ अंश ले पाई हूँ
शांति का संदेश देने के लिए
स्वयं शांति बनकर आई हूँ
काश! ये शांति-संदेश तमाम विश्व को
शांति की मनोभूमि प्रदान कर सकें।

लेखक का कवि कागजों पर गंगा को अपनी लेखनी द्वारा प्रवाहित कर रहा है। रोमा पुत्री गंगा किनारे बैठकर घंटों ध्यानमग्न रहती है। वह कभी गंगा की कलकल में अट्टहास करती है तो कभी अपने पूर्वजों की याद में आँसू बहाती है। वह गंगा-स्नान कर आई है–बर्लिन से हिंद महासागर और अब गंगा तट। वह मंदिर भी जाती है। राधा-कृष्ण को बार-बार कैनवस पर उतारती है। भारतीय संस्कृति को अपने चित्रों में सहेजती है। गंगा को कैनवस पर उतारने के लिए बेताब है पर ब्रश बार-बार हरिनाम में रुक जाता है।

रोमा पुत्री कितने मूड्स हैं तुम्हारी कला में, तुम्हारे जीवन में! एक लेखक के लिए तुम आज भी पहेली हो और देखो मेरी लेखनी भी तो पहेली बन गई है। वह तुम्हें किस नाम से पुकारे? तुम्हारी कला को क्या नाम दे? यह नाम कोई शबद-कीर्तन में भी गुंजायमान है। मेरी लेखनी कुछ नहीं सोच पाती केवल गंगा की कलकल दे सकती है। कलकल-छलछल।

यात्रा जारी है...

और कलम रुक गई

एक दिन पता चला कि कलाकार का पथ बदल गया। वह कहा करती थी कि लेखक उसकी कला के लिए उसका साथ दे। उसे प्रमोट करे। उसके लिए कलामय हो जाए। वह दुनिया भर की आर्ट गैलरी में उसकी कला पर कसीदे लिखे। वह शायद कलम को तूलिका के साथ जीने का सपना देखने लगी थी। किंतु लेखक की कलम तो विश्व-कल्याण के लिए समर्पित थी। उसे स्नेह-बंधन हार्दिक सुख देते थे। वह उन्हें अपने कर्तव्य समझने लगा था। किंतु प्रत्येक कर्तव्य की भी एक सीमा होती थी जिसे वह बखूबी जानता था। कलाकार ने एक बार कहा था कि उसे यदि कलम का साथ नहीं मिला तो वह अपना मार्ग स्वयं बना लेगी।...

और यों विवश होकर अपने स्वतंत्र पथ पर चल पड़ी थी चित्रकला। कहते हैं तभी से कलम को शब्द मिलने बंद हो गए।

और कलम रुक गई।

जिसका अंतिम वाक्य था–

''जूलियस सीजर के कथोपकथन की पुनरावृत्ति–ओह यू टू ब्रूट्स!...''

❑❑

डॉ. श्याम सिंह शशि
के
प्रमुख कोश

सामाजिक विज्ञान हिंदी विश्वकोश (खंड 1, अ)	₹600
सामाजिक विज्ञान हिंदी विश्वकोश (खंड 2, आ)	₹600
सामाजिक विज्ञान हिंदी विश्वकोश (खंड 3, इ से औ)	₹500
सामाजिक विज्ञान हिंदी विश्वकोश (खंड 4, क से न)	₹600
सामाजिक विज्ञान हिंदी विश्वकोश (खंड 5, प से ह)	₹600